그라니트

용들의 땅

GRANITE

그라니트 : 용들의 땅 5

이경영 판타지 장편 소설

초판 1쇄 찍은 날 § 2016년 3월 14일
초판 1쇄 펴낸 날 § 2016년 3월 21일

지은이 § 이경영
펴낸이 § 서경석

편집책임 § 박가연

펴낸곳 § 도서출판 청어람
등록번호 § 제387-1999-000006호
등록일자 § 1999. 5. 31
어람번호 § 제1-2378호

주소 § 경기도 부천시 원미구 부일로 483번길 40 서경B/D 3F (우) 14640
전화 § 032-656-4452 팩스 § 032-656-4453
http://www.chungeoram.com
E-mail §chungeorambook@daum.net

ISBN 979-11-04-90699-2 04810
ISBN 979-11-04-90405-9 (세트)

그라니트

용들의 땅

GRANITE

이경영 판타지 장편 소설

도서출판 청어람

GRANITE

그라니트

용들의 땅

37

A—9988

켐리가 묻자 데스디아는 그 두툼한 덩치의 악어 머리 청년에게 눈총을 쐈다.

"안 듣는 게 좋을걸?"

"누님이 그러시면 더 궁금하잖아요?"

"하아, 켐리. 어른들에겐 이런저런 사정이 있는 거야."

오른손에 든 스트라투스를 왼손에 바꿔 쥔 데스디아는 자신의 건하운드, 파프니르를 들고는 포대를 프린팅했다.

고급 만년필처럼 늘씬한 파프니르의 포대가 하늘에서 모습을 갖췄다.

데스디아는 입술만으로 조류의 지저귐에 가까운 휘파람을

냈다. 훈련받은 알타이르 왕족들은 휘파람만으로 의사소통을 대신할 수 있었다.

포대는 그 소리에 반응하여 잘 훈련된 사냥개처럼 그녀의 앞으로 내려왔다. 오랜만에 파프니르의 움직임을 본 켐리는 침을 꿀꺽 삼켰다.

그는 종종 그 건하운드 포대가 살아 있는 게 아닌가 하는 느낌을 받곤 했다. 데스디아가 특별한 조작을 하지 않아도 지금처럼 움직일 때가 있었기 때문이다.

파프니르의 제어장치에 전함에나 사용되는 최고급 인공지능이 장착된 사실은 비밀 아닌 비밀이었다.

그리고 1년 넘도록 데스디아의 손에 길들여진 그 인공지능은 주인에게 맞춰 스스로를 진화시키고 있었다.

"좋아, 착하군."

그녀는 왼손에 든 스트라투스를 포대 옆에 댔다. 그러자 금속 갈고리들이 포대에서 튀어나와 칼을 단단히 붙들었다.

포대에 스트라투스의 거치대 기능을 첨부한 것도 실은 개발자가 아니라 파프니르의 인공지능이었다.

무장을 완전히 갖춘 데스디아는 제어장치의 방아쇠를 당겨 브리치로부터 내려오는 오우거들을 하나씩, 빠르게 날려 버렸다.

"공동대표님과 장로님, 헤이파 님, 그리고 젝스가 북쪽 입구에 자리를 잡았습니다!"

죠니, 요르엘와 함께 오우거들을 없애던 사만다가 큰 소리로 보고하고는 자신의 블레이드하운드 제어장치를 휘둘렀다.

그녀 가까이에 자리를 잡은 듀란달의 투명한 주황색 칼날이 오우거 셋의 허리를 한꺼번에 끊어버렸다.

털이 없는 고릴라처럼 생긴 오우거들은 죽어서 날아온 동족을 부축하고는 그 몸뚱이를 둔기 삼아 휘두르며 거리를 달렸다. 오우거들의 공격성은 환상종들 가운데에서도 손꼽힐 만큼 흉악했다.

요르엘은 야구공 크기의 발열체들을 뿌려 오우거들이 자신과 죠니, 그리고 벙커 입구로 접근하는 것을 막았다.

죠니는 그 발열체의 방어 울타리 뒤쪽에 자리를 잡고 건하운드를 쏴서 오우거들에게 탄환을 날렸다.

건하운드의 폭음에 흥분한 오우거들이 맨몸으로 발열체에 돌격했다.

그들은 닿는 즉시 몸이 증발하여 사망했으나 그럼에도 불구하고 다른 수단을 사용하는 오우거는 한 마리도 없었다.

그들은 무조건 돌격했고 무의미하게 죽었다. 오우거들이 접촉하여 증발할 때마다 요르엘이 만든 발열체들의 크기도 줄어들었다.

요르엘은 그 크기를 유지하기 위해 애를 썼다. 죠니는 요르엘이 무리하지 않게끔 사격에 신중을 가했다.

'저 신이라는 녀석은 왜 그 많은 환상종 가운데 오우거를 선택했을까? 그러고 보니 브리치의 크기와 형태가 이 행성에 있는 것들과는 차이가 있는 것 같기도 하고.'

죠니는 흥미를 가진 채 오우거를 계속 사냥했다.

켐리의 건하운드가 그사이에 재장전을 완료했다.

"설마 동쪽에 포프가 간 건 아니겠죠?"

그는 재차 질문하며 오우거 사냥에 동참하려 했다.

"거긴 나이트 스토커들이 맡았어."

데스디아가 한숨 소리를 섞어 대답했다.

켐리는 그녀의 대답을 믿을 수 없었다.

"키드랑 그 딸기코 할아버지가요? 누님, 제정신이세요?"

데스디아는 자신이 보낸 게 아니라고 강력히 따지려다가 꾹 참았다.

"됐으니 갈라트에게 연락이나 해! 갈라트와 헌터들의 합류 여부를 알아야 일에 대한 견적이 나온다고! 우리가 힘자랑하러 여기 있는 줄 알아?"

"아, 알았어요!"

켐리는 얼른 사격을 멈추고 다시 단말기를 들어 갈라트에게 전화를 걸었다.

"연맹 회장님? 켐리입니다!"

—오, 악어 머리 꼬마. 발신지가 벙커 주변인 걸 보니 바쁜 것 같군.

데스디아가 켐리에게 연락을 지시한 것은 그의 인맥이 갈라트에게도 닿을 만큼 넓었기 때문이다.

켐리의 단말기 안에는 갈라트의 전화번호는 물론 얼마 전에 죽은 봉고잭의 번호까지 존재했다.

물론 봉고잭의 번호는 사람들을 거치면서 간접적으로 알게 된 것이지만, 그처럼 높낮이와 성분을 가리지 않고 폭넓게 인맥을 만드는 그 청년의 재주는 데스디아가 갖지 못한 힘이었다.

"예, 회장님! 지금 뎃디 누님이랑 함께 벙커의 입구를 지키고 있어요! 하지만 남쪽이랑 동쪽까지 완전히 막지는 못할 거 같아요! 회장님, 어떻게 안 될까요?"

—나 혼자서? 그건 무리지.

"아니, 회장님께서 헌터들을 좀 모아주시면… 그보다 이런 게 헌터들이 할 일이잖아요!"

—하하, 당연하지. 브리치들이 벙커의 출입구 위에 뜬 걸 보고 무작정 달리고 있었는데 위치를 정확히 지정해 주니 아주 좋군. 전투경찰들이 5분 정도만 버텨주면 더 좋을 텐데 말이야.

"동쪽에는 키드가, 남쪽에는 알케온 팀장이 갔습니다!"

—키드는 모르겠는데… 알케온 팀장이라고? 지금 가서 그 친구의 시체를 수습하라는 말인가?

"모르겠어요! 누님이 알케온 팀장을 그쪽으로 보내셨어요!"

—허, 그냥 운전수인 줄 알았는데… 뎃디가 보냈다니 뭔가 있나 보군. 아무튼 알았네. 조심하게, 켐리. 난 자네가 제일 걱정돼.

"예, 회장님!"

연락을 마친 켐리는 나름대로 머리를 굴려봤다.

'북쪽은 젝스랑 헤이파 여사님이 맡고 있나? 그보다 셀레스티아 아가씨랑 파울라 누님도 한가락 하는 사람들이었나? 파울라 누님은 사만다 팀장보다 몸집이 좋으니 그렇다 쳐도 셀레스티아 아가씨는 그냥 예쁘기만 한 사람인데?'

켐리의 옆에서 한창 사격을 하던 데스디아가 멍한 표정의 그를 보고 인상을 구겼다.

"정신 차려, 켐리! 갈라트가 뭐라고 했지?"

"아, 예! 회장님께서 5분 정도 기다려 달라고 말씀하셨어요!"

"5분? 몇 명이나 오는데?"

"그건 잘……."

"…흠, 갈라트가 실수할 사람은 아니지. 믿어야겠군. 좋아, 수고했어. 이제 사만다를 돕도록 해. 정확히 쏘는 것만 생각하면 너도 할 수 있어!"

"예, 누님!"

켐리는 자신의 건하운드와 함께 사만다가 싸우고 있는 방향으로 뛰었다.

한편, 북쪽 출입구를 막기 위해 뛰어 올라온 전투경찰들은 젝스가 휘두르는 두 자루의 블레이드하운드가 오우거들을 갈기갈기 찢는 모습을 보고 크게 안심했다.

젝스는 입구 밖에 세워진 차량과 신호등 위를 차례로 뛰어서 오우거들의 무리 속으로 뛰어 들어갔다. 그녀 혼자 들어간 게 아니라 그녀의 파란색 블레이드하운드도 함께 파고들었다.

젝스는 손에 쥔 블레이드하운드 제어장치로 오우거들을 노렸다.

블레이드하운드의 칼날은 제어장치의 움직임에 따라 오우거들을 베었다. 칼날에 걸리는 각종 상황, 피부가 잘리고 뼈가 끊어지는 모든 느낌이 제어장치를 통하여 젝스의 손에 전달됐다.

블레이드하운드가 뭔가 단단한 장애물에 닿아 멈추게 되면 제어장치에도 그만한 압력이 걸려 젝스의 움직임도 멈추게 된다.

불편한 점도 있지만 그만큼 정교하게 이어지지 않으면 칼날과 주인이 따로 움직이는 허망한 상황이 발생하기 때문에 어쩔 수가 없었다.

젝스는 블레이드하운드의 그러한 특성을 정확히 인지하고 있었다.

데스디아에게 받은 훈련과 사만다와의 대련을 통해 기술을 갈고닦은 그녀는 현재 가장 쓰기 불편한 무기를 놀랍도록 치명적으로 다루는 헌터로서 명성이 높았다.

젝스의 빠른 움직임에 맞춰 십여 마리의 오우거가 한꺼번에 해체됐다.

신장이 4미터가 안 되고 가죽이 특별히 단단한 것도 아닌 오우거를 콘크리트 벽도 잘라대는 블레이드하운드로 베는 것은 아주 가벼운 일이었다.

하지만 젝스가 인정받는 진짜 이유는 공격 기술 때문이 아니었다.

오우거들이 다시 떼로 몰려와서는 그녀를 잡아 찢기 위해 사력을 다했다. 그러나 젝스는 물결을 타고 계곡을 빠져나가는 낙엽처럼 감각적으로 움직여 모든 공격을 피했다.

그녀는 오우거들의 팔뚝과 어깨, 머리를 밟아 뛰어오르고는 공중제비를 돌며 두 손에 쥔 블레이드하운드 제어장치를 움직였다.

푸른색의 거대한 칼날들이 오우거들 위에서 그 복잡하고 입체적인 움직임을 재현했다.

결과는 오우거들의 떼죽음이었다.

아스팔트 위에 튄 피와 살점 사이에 착지한 젝스는 참았던 숨을 오랫동안 내쉬었다.

"무호흡으로 저렇게 움직이다니, 정말 재주꾼이구려."

젝스를 구경하던 전투경찰들은 출입구 옆에서 들린 목소리에 놀라 일제히 그쪽을 봤다. 헤이파가 단말기를 통하여 아누비스의 작동 방법을 확인하느라 분주히 움직이고 있었다.

"브라토레 부사장님?"

전투경찰 중 한 명이 넌지시 물었다. 복장마저 똑같았기에 발생한 오해였기에 헤이파는 너그럽게 웃으며 자신의 말총머리를 가리켰다.

그러나 그것뿐, 별다른 설명은 하지 않았기에 전투경찰들의 혼란은 더욱 깊어졌다.

'머리를 새로 하셨나?'

'그냥 터번을 벗고 머리를 묶으신 것뿐인데?'

'두통약을 달라는 뜻인가?'

그들의 혼란은 출입구 밖에서 터진 굉음에 모조리 잦아들었다.

움찔한 헤이파가 밖을 봤다.

오우거들을 깔아뭉개며 자리를 잡은 것은 육중한 사자의 몸에 인간의 얼굴을 가진 괴수, 일명 스핑크스였다.

머리까지의 높이가 10미터를 훌쩍 넘는 그 환상종은 젝스를 돌아보고는 톱니와 같은 이빨을 드러내며 입을 벌렸다.

"스핑크스다! 브레스 공격에 대비해!"

"젝스를 엄호하라고!"

스핑크스의 입에서 뿜어진 흰색의 불꽃이 젝스에게 닥쳐왔다.

옆에 있는 신호등 위로 뛰어오른 젝스는 한 번 더 도약했고, 그녀가 잠깐 자리 잡았던 신호등의 밑동이 불꽃의 열기에 녹아 바닥에 쏟아졌다.

간판에 착지한 젝스는 제어장치를 고쳐 잡다가 동작을 멈췄다.

'왕녀 전하?'

그녀뿐만 아니라 전투경찰들과 헤이파, 그리고 스핑크스까지도 지상으로 시선을 돌렸다.

두 주먹을 꼭 쥔 셀레스티아가 흰색의 머리카락을 바람에 맡긴 채 스핑크스를 향해 걸어가고 있었다.

"그라니트 용역의 공동대표인가 하는 아가씨 아니야?"

"제길, 누가 좀 말려! 저 여자 뭐하는 거야!"

전투경찰들이 스핑크스를 향해 집중사격을 했다. 그러나 그들의 소총탄환은 스핑크스의 가죽을 뚫기는커녕 오색으로 화려한 사자의 갈기조차 헤치지 못했다.

스핑크스는 오로지 셀레스티아에게만 집중하고 있었다. 감각에 포착된 모든 생물 중에서 그녀가 가장 위험한 존재였기 때문이다.

"쿠오오오!"

괴성을 지른 스핑크스는 입을 한껏 벌리며 불꽃을 토할 준비를 했다.

셀레스티아는 자신의 작은 주먹을 보며 입술에 힘을 줬다.

'나도 할 수 있어. 싸움은 싫지만… 사람들을 도와야 해!'

다짐하는 그녀의 머리 위로 흰색의 불꽃이 폭포처럼 쏟아졌다.

"오, 세상에!"

전투경찰들은 스핑크스의 불꽃 숨결에 녹아버리는 아스팔트를 보며 절망했다.

반면 헤이파는 어이가 없다는 얼굴로 불꽃의 한가운데를 봤다. 셀레스티아가 그 속에서 태연히 호흡을 조절하고 있었기 때문이다.

'맙소사.'

셀레스티아는 어설픈 자세로 당겼던 주먹을 스핑크스에게 뻗었다.

쏟아지던 불꽃이 뒤로 역류했다. 그 전에 스핑크스의 상체가 주변 건물의 일부와 함께 뜯겨져 하늘로 날아갔다.

주먹질의 반동이 주변 건물의 유리창을 모조리 터뜨린 것도 부족하여 북쪽 출입구 안까지 밀려 들어왔다.

전투경찰들은 허무하게 뒤로 날아갔다.

헤이파는 자세를 낮춰 충격파를 버텼다.

'사귄 친구들이 다 이상하구나, 첫째야!'

충격파는 일순간에 사라졌으나 헤이파는 당장 움직일 수가 없었다.

셀레스티아가 대충 휘두른 주먹질의 파괴력은 워치프로서 충분한 능력을 가진 헤이파의 몸을 찍어 누를 정도로 강력했다.

'내가 아무리 현역에서 오랫동안 물러나 있었다고는 해도 이건 아니지. 왕녀 전하의 힘은 정말 대단해. 생물의 영역이 아니야.'

마비에서 벗어나 일어난 헤이파는 아누비스의 제어장치를 켰다.

'젝스 아가씨만큼만 기술을 단련해도 맨몸으로도 온갖 괴물을 때려눕힐 수 있겠군. 아까 그 주먹질은 너무 어설펐지. 기회가 된다면 한번 가르쳐 볼까?'

그녀는 단말기를 벨트에 달린 특수 가방에 넣은 뒤 북쪽 출입구 밖으로 나갔다.

그사이 브리치에서는 또 다른 스핑크스와 함께 그 이상의 덩치를 가진 환상종들이 떨어지고 있었다.

높은 위치의 간판 위에서 그 중형 환상종들의 낙하를 지켜보던 젝스는 손에 쥔 제어장치를 살펴봤다. 칼날 쪽에 충전된 전원이 바닥을 보이고 있었다.

'칼날들을 해체하고 다시 만들어야겠어.'

그녀의 의도에 따라 블레이드하운드의 칼날이 사라졌다.

스핑크스와 함께 나타난 키마이라가 꼬리의 역할을 하는 뱀의 머리를 내뻗어 젝스를 공격했다.

살짝 뛰어서 뱀의 머리를 피한 젝스는 뱀의 몸뚱이를 미끄럼틀 삼아 지상으로 내려가며 칼날을 다시 구축했다.

폐허로부터 파란색의 입자가 솟아올라 젝스의 뒤를 좇았다. 에너지가 꽉 채워지고 날도 바짝 선 새로운 칼날이 그녀의 좌우에 날개처럼 자리 잡았다.

"흠!"

도중에 뛰어오른 젝스는 자신에게 눈을 돌리는 키마이라의 사자 머리와 양의 머리, 뱀의 머리를 살핀 뒤 공중제비를 돌며 칼을 움직였다.

환상종의 그 머리들이 푸른색의 칼날에 잘려 하늘로 툭툭 튀어 올랐다.

땅에 착지한 젝스는 확실한 마무리를 위해 칼날 하나를 키마이라의 몸뚱이에 박았다. 심장까지 관통당한 키마이라는 옆으로 비틀거리더니 그대로 누웠다.

칼날을 뽑아 정돈하는 젝스를 향해 대량의 살점이 튀었다.

'뭐지?'

젝스는 얼른 뒤로 뛰어 그 육편의 소나기를 피했다.

빠른 발놀림으로 안전지대까지 이동한 젝스는 셀레스티아의 주먹질 한 방에 머리부터 꼬리까지 박살 나는 환상종, 코카트리스의 모습을 보고 씩 웃었다.

'과연 왕녀 전하야. 하지만 저렇게 힘을 보이신다면 나중에 곤란해지지 않을까?'

젝스는 지금이라도 당장 드래곤의 모습이 되어 환상종들을 마구 쓸어버리고 싶었다.

그녀의 기술과 블레이드하운드의 성능은 충분했다. 그래도 드래곤일 때와 비교할 수준은 아니었다. 지금은 그냥 손톱질로만 싸우는 상태나 마찬가지였다.

그녀가 고민하는 와중에 또 한 번의 폭발음이 거리 저편에서 터졌다. 또 다른 코카트리스가 곁에 있던 스핑크스와 함께 건물에 처박히면서 핏물을 거리로 뿜었다.

이번에 그들을 처리한 것은 파울라였다.

셀레스티아와 파울라의 차이점은 전문성이었다.

셀레스티아는 주먹으로 상대의 피부를 직접 때려서 파괴하고 있었지만 파울라는 주먹으로 일으킨 충격파를 이용해 제법 떨어진 거리에 있는 적들까지 상대할 수 있었다.

힘 자체는 셀레스티아가 훨씬 위였다. 주먹질 한 번에 환상종들이 질릴 정도였다. 물론 파울라의 충격파가 약한 건 아니었다. 그녀는 상대의 맷집에 맞춰 힘을 적절히 조절하고 있었다.

인간 상태에서 그 정도의 전투 능력을 발휘하지 못하는 젝스는 질투심을 느꼈지만 그래도 자신의 할 일을 잊을 만큼 어리

석게 행동하진 않았다.

셋 사이로 또 한 명의 싸움꾼이 참가했다.

블레이드하운드, 아니, 초대형 광선검 형태의 아누비스를 든 헤이파가 한 줄기의 회오리바람처럼 움직였다.

그녀는 밀집된 건물 틈에 잔뜩 몰린 환상종들 사이를 매서운 속도로 왕복했다.

아누비스의 검붉은색 제어장치 끝에 달린 나노 크리스털 프로젝터는 일종의 플라즈마 발생장치였다.

거기서 발생한 광선검은 손으로 만져도 문제가 없는 저온 플라즈마 안에 초고온 플라즈마를 가두는 방식으로 만들어진다.

그 플라즈마 칼날이 일정 속도 이상으로 물체에 닿으면 안에 갇힌 초고온 플라즈마가 노출되고, 상대는 고열에 녹거나 증발되어 큰 부상을 입는다.

데스디아에게 지급된 파프니르와 달리 아누비스는 대렵도를 대체하기 위해 제작된 무기였다.

톰은 사만다를 통하여 스트라투스를 다루는 데스디아의 모습을 오랫동안 봐왔고, 그에 따라 대렵도를 대신할 수 있는 블레이드하운드를 제작하도록 지시했다.

그 결과가 바로 검은색의 광선 칼날을 뿜어내는 무기인 아누비스였다.

헤이파는 데스디아와 마찬가지로 알타이르의 전통 무기인 대렵도를 능숙하게 다룰 수 있었다.

검의 기술면에서는 헤이파가 데스디아 이상이었으니 헤이파와 아누비스의 궁합은 사소한 문제를 제외하고는 최고나 다름없었다.

헤이파가 환상종들 사이를 휘저으며 만든 칼날의 바람이 범위 안에 있는 모든 환상종을 잘게 나누었다. 열에 구워진 환상종의 단면은 소시지의 단면처럼 피조차 흐르지 않았다.

헤이파에 대해 아직 잘 모르는 전투경찰들은 셀레스티아가 계속 일으키는 충격파 때문에 일어나진 못했지만 '과연 브라토레 부사장'이라며 헤이파를 응원했다.

그 네 명이 점차 호흡까지 맞춰가며 북쪽 출입구의 방어를 굳히는 한편, 남쪽은 알케온 혼자서 갈라트가 이끌고 올 헌터들을 기다리며 시간을 끌고 있었다.

남쪽 출입구를 맡은 전투경찰들은 자신들이 대체 뭘 보는 건지 궁금했다.

출입구 쪽으로는 열기가 전달되지 않는 화염의 장벽이 남쪽 출입구 전체를 감싸고 있었기 때문이다.

플라즈마를 다루는 영주의 능력으로 벙커를 막아버린 알케온은 남쪽 출입구에 가까이 가지 못하고 우물쭈물하는 오우거의 무리를 지켜보고 있었다.

그는 출입구 위쪽에 마련된 건물의 난간에 기댄 채 시간을 보냈다.

'왕녀 전하와 장로님, 젝스는 힘을 허비하는군. 들어가지 못하

게만 하면 되는 게 아닌가?'

단말기를 만지작거리던 그는 멀리서 신을 두드리고 있는 치프를 돌아봤다.

'아까 봤던 중성자 탄두의 위력도 그렇고, 사장이 신을 농락하는 것도 그렇고……. 만약 이 땅에 있던 날개 달린 자들이 외부인들과 전면 전쟁을 선언했다면 잘해야 한 달을 버텼겠군.'

그는 작년에 빅시티를 공격하려 했던 자신을 떠올렸다.

'어리석음과 무식함의 극치였어. 왕녀 전하께서 외교로서 일을 풀어내려 하셨던 이유를 이제 확실히 알겠군. 외부인들은 우리를 언제든 짐승 취급하며 몰살시킬 수 있었어. 단지 명분과 계기가 없었을 뿐이야.'

알케온은 바지 주머니에 단말기를 넣었다.

'우리가 위험한 짐승이 아니라 사회성을 갖춘 고등생물로서 인정받기 위해선 어찌해야 할까? 만약 브리치 안에 갇힌 동포들이 해방되어 이 땅에 돌아온다면 그때는 어찌해야 하지?'

그는 다시 신에게 주목했다.

'저들을 완전히 없애거나 저들의 정체를 온 우주에 드러내야만 우리가 정당하게 인정받을 수 있을 거야.'

고민하던 알케온이 순간 똑바로 섰다.

브리치로부터 오우거가 아니라 주황색의 초대형 도마뱀, 샐러맨더가 무수히 떨어졌기 때문이다.

'위험하군. 저 녀석들은 내가 만든 플라즈마 방벽을 솜사탕

뜯듯 먹어치울 수 있어. 직접 행동에 나서는 수밖에 없겠군.'

알케온은 최악의 상황이 아니라면 드래곤의 모습으로 돌아가지 말라는 데스디아의 지시를 잘 기억하고 있었다.

'각오해야 할 거야.'

화염의 장벽 뒤에서 바짝 긴장하고 있던 전투경찰들은 장벽 너머로 알케온이 내려오자 깜짝 놀랐다.

"저 사람, 알케온 팀장 아냐?"

"맞아, 그라니트 용역의 알케온 팀장이야!"

"샐러맨더들이 오는데 혼자 뭐하려는 거지?"

전투경찰들이 중얼거리는 동안 알케온은 오른손을 가볍게 늘어뜨렸다. 그러자 그의 손바닥에서 푸른색의 불꽃이 치솟고는 이윽고 채찍의 모양을 갖췄다.

알케온이 팔을 휘두르자 그 불꽃의 채찍이 샐러맨더의 주황색 비늘을 때렸다.

샐러맨더는 열에너지를 흡수하는 특별한 체질인데, 알케온의 불꽃 채찍은 그들의 흡수 한계를 넘어선 초고온의 공격 무기였다.

채찍에 맞은 샐러맨더는 비늘이 깨지고 속살이 드러나면서 몸 곳곳에서 화염을 뿜으며 폭발했다.

채찍이 효과를 보자 알케온은 아예 양손에 채찍을 들고 샐러맨더들을 공격했다.

채찍은 샐러맨더의 비늘이나 피부에 닿는 즉시 막대한 열에너지를 그 환상종의 내부로 쏟아부었다. 그에 견디지 못한 샐러맨더는 폭발하거나 익어서 더 이상 싸울 수 없는 상태가 됐다.

전투경찰들은 그의 믿을 수 없는 활약에 환호했으나 셀레스티아나 파울라의 활약을 구경하는 북쪽 출입구의 동료들과 달리 손에서 총을 놓질 못했다.

알케온이 샐러맨더들의 느릿느릿한 공격을 너무 아슬아슬하게 피했기 때문이다.

"저러다가 당하는 거 아냐?"

"우리가 엄호사격이라도 해줘야 할 거 같은데?"

"우와, 밟힌다! …아, 다행이다!"

"보는 우리가 다 떨리는군!"

전투경찰들의 걱정을 들으며 1분 정도를 싸운 알케온은 숨을 가쁘게 쉬었다.

'신체 설계를 다시 해야겠군! 이렇게 지치다니!'

알케온이 헐떡거리는 사이 수많은 샐러맨더가 그를 포위했다.

'이건 정말 위기야.'

그는 주변에 자신을 보는 또 다른 눈이 없는지 확인했다.

입구 주위의 CCTV를 전부 불태워 버린 알케온은 남쪽 출입구의 안쪽까지도 불꽃을 일으켰다. 그 불꽃에 놀란 전투경찰들은 어쩔 수 없이 안쪽으로 후퇴해야만 했다.

'한 번만! 딱 한 번이면 돼!'

이윽고, 알케온은 채찍을 휘두르던 두 팔로 자신의 몸을 단단히 감쌌다.

그를 향하여 샐러맨더들의 흉악한 발톱들이 무자비하게 쏟아지는 찰나, 알케온이 있던 장소로부터 검붉은색 비늘의 드래곤 하나가 두 날개를 펼치며 나타났다.

그 드래곤의 갑작스러운 등장에 알케온을 포위했던 샐러맨더들은 어른에게 부딪힌 아이처럼 튕겨 나갔다.

체적과 체중, 모든 면에서 압도적인 우위를 갖게 된 드래곤의 영주, 알케온은 그동안 참았던 각종 설움을 해소하듯 가슴과 목을 크게 부풀리며 숨결을 내뿜을 준비를 했다.

샐러맨더들이 달려들어 이빨과 발톱으로 알케온을 뜯고 후벼 팠지만 드래곤의 강력한 외피를 뚫는 것은 불가능했다.

"쓰레기 같은 놈들!"

목 아래에 붙은 발성기관을 통해 일갈한 알케온은 잔뜩 충전한 플라즈마의 불꽃을 지상으로 토해냈다.

스핑크스의 그것과는 차원이 다른 초고열의 방사선에 샐러맨더는 물론이고 출입구 앞쪽에 자리 잡은 건물들까지 주황색으로 달궈지고는 융해되어 지면에 철퍽 쓰러졌다.

신에게 포격을 계속하던 치프는 갑자기 나타난 알케온의 드래곤 형태를 보고는 크게 당황했다.

"넌 감봉이야, 알케온."

치프는 저 상황을 곱게 무마시킬 자신이 없었다.

한편, 문제의 동쪽 출입구에서는 혈투가 벌어지고 있었다.

오른손 손바닥에서 광선검을 내뿜고 있는 키드와 키드의 스승은 물밀듯이 밀려오는 오우거들을 상대로 생사를 넘나드는 중이었다.

만약 전투경찰들이 그들을 도와 사격을 해주지 않았다면 두 나이트 스토커는 일찌감치 목숨을 잃었을 것이다.

동쪽 출입구 쪽으로 뛰어와 그 꼴을 본 UNSMC 대원, 조셉은 혀를 차며 자신의 건하운드에 전원을 올렸다.

"저 애송이에게 1달간 무료로 피자를 뜯어내야겠군."

조셉은 앞에 보이는 전투경찰들의 대열에 합류하여 키드와 키드의 스승을 지원해 주려고 했다.

그러나 그는 더 이상 걷지 못했다.

목 뒷부분에 뜨끔한 느낌을 받은 그는 앞으로 쓰러지는 자신을 주체하지 못했다.

헬멧 덕분에 얼굴을 바닥에 부딪쳐 다치는 것은 면했으나 지금은 그런 게 문제가 아니었다.

조셉은 자신이 이제 두 번 다시 일어날 수 없음을 예감하고 있었다.

'발사 소음이 없었어. 광선병기에 당한 게 분명해. 누군지 모르지만 날 쏜 놈은 굉장한 전문가야. 정확한 보고를 하지 못하도록 내 성대를 태워 버렸어.'

그는 대체 누가 자신을 노렸는지 궁금했다. 하지만 왜 노렸는지는 예상할 수 있었다.

'이제부터 원사님을 견제하려는 거겠지. 결국 네가 먼저 이

헬멧을 벗게 되겠구나, 딕슨.'

뒤쪽에 있던 누군가가 조셉을 향해 걸어왔다.

조셉은 목은 물론 몸 전체를 움직일 수 있는 상황이 아니었지만 걷는 소리만으로도 상대가 누군지 알 수 있었다.

그는 그 소리를 듣고도 믿을 수가 없었다.

'설마? 이런, 제길! 말도 안 돼!'

필사적으로 꿈틀거리던 조셉의 헬멧이 광선에 관통됐다.

조셉의 사망을 확인한 범인은 유유히 그곳을 떠났다.

나이트 스토커들을 지원하느라 정신이 없는 전투경찰들은 자신들의 뒤편에서 조셉이 죽었는지, 또 누가 그를 죽였는지 느끼지도 못했다.

그러나 조셉의 죽음은 감춰지지 않았다.

포프를 데리고 빅시티 쪽으로 차를 몰던 딕슨이 갑자기 브레이크를 밟으며 멈췄다.

"조셉? 조셉! 응답해, 조셉! 응답하란 말이야, 빌어먹을!"

통신채널 속에서 딕슨의 목소리가 외롭게 울려 퍼졌다.

딕슨이 한참을 불렀는데도 조셉이 응답하지 않자 치프는 눈을 꽉 감았다.

이윽고 들려온 것은 죠니의 목소리였다.

—원사님. A—9988… 조셉의 생명 신호가 꺼졌습니다.

죠니의 말은 통신을 듣고 있는 그라니트 용역 사원들 전체에게 충격을 줬다.

덕슨의 목소리 덕분에 조셉의 생사 여부를 예상할 수 있었던 치프는 포격에 저항하고 있는 신을 바라보며 통신기의 버튼을 눌렀다.

"모두 흥분하지 말고 자리를 지켜. 죠니, 자네의 현재 위치는?"

—전 보안국장님 곁에 있습니다. 지시하신다면 조셉의 유해를 수습하러 가겠습니다.

"…아냐. 레투가를 계속 지켜줘. 특히 딕슨, 넌 조셉을 잠시 잊고 포프의 안전에 집중해."

—알겠습니다, 원사님. 딕슨, 통신 종료.

치프는 심호흡을 했다.

'이게 무슨 일이지? 조셉이 지금 이 타이밍에 사망한 건 이해가 안 되는데? 대체 누가 죽인 거야!'

치프는 머릿속이 복잡하고 울화가 치밀었으나 최대한 냉정하게 포격을 계속했다.

장벽을 이용해 방어에 치중하고 있던 신이 회심의 미소를 지었다.

"나의 동포들이 날 저버리지 않았구나, 운캄타르의 도구여. 지구에서는 신사적이라는 말을 즐겨 쓰지?"

"그게 뭐 어쨌는데?"

"동의할지는 모르겠지만 엠페라투스는 꽤 신사적인 존재다. 판을 키울 때는 수단 방법을 가리지 않지만 일단 즐기기 시작하면 다른 자들은 건들지 않지. 하지만 난 다르다, 운캄타르의 도구여! 이제부터 네놈을 돕는 모든 자가 나와 내 동포들의 노여움을 살 것이야!"

신의 포효는 치프에게 불길함을 안겨주었다.

신의 선언, 그리고 조셉의 갑작스런 죽음은 데스디아마저도 혼란스럽게 만들었다.

"부사장님!"

사만다의 고함 소리에 움찔한 데스디아는 옆으로 살짝 몸을 틀었다.

검은색의 윤기가 흐르는 집게발이 그녀의 허리 뒤쪽을 아슬아슬하게 지나갔다.

데스디아를 노린 환상종은 일명 '헤라클레스'라는 별칭의 곤충형 생물로서, 두 발로 설 경우 발부터 머리에 달린 뿔까지의 높이가 무려 8미터에 달하는 괴물이었다.

그 생물의 이름이 헤라클레스인 이유는 지구에 살고 있는 어떤 곤충과의 외형적 유사점 때문이었다.

헤라클레스는 헌터들이 가장 싫어하는 환상종 중에 하나였다.

힘과 속도, 방어 능력이 뛰어나다는 것도 그 혐오감에 한몫했지만 결정적인 부분은 인간 수준의 지능이었다.

'운이 나쁘군.'

그 남색의 헤라클레스와 대치한 데스디아는 주변을 빠르게 확인했다. 브리치에서 내려온 헤라클레스는 다행히도 데스디아와 마주한 한 마리뿐이었다.

붕 뛰어오른 헤라클레스는 입구 쪽을 지키는 전투경찰 앞에 착지한 뒤 그를 오른팔의 집게발로 공격했다.

"으아악!"

어깨와 사타구니가 거의 붙을 정도로 몸이 뭉개진 전투경찰은 하늘을 향해 총을 몇 번 쏘고는 숨을 거뒀다.

그 전투경찰로부터 단말기를 빼앗은 헤라클레스는 집게발 사이에 위치한 얇은 손가락으로 그 기계를 섬세하게 조작한 뒤 입안에 넣었다.

그러고는 데스디아를 노려보며 녹색의 눈빛을 빛냈다.

"녀석을 잡아!"

다른 전투경찰들이 헤레클레스를 향해 집중사격을 했으나 남색의 외골격에 충돌한 탄환은 간단히 튕겨 나갈 뿐, 헤라클레스 자체에 특별한 해를 끼치진 못했다.

헤라클레스는 몸으로 사격을 받아내면서 데스디아에게 다가갔다.

"네가 그라니트의 마녀, 데스디아 브라토레인가?"

헤라클레스의 말은 그가 입에 넣고 있는 단말기가 실시간으로 번역해 주고 있었다.

"그런데?"

"나의 주인께서 널 상대하라고 지시하셨다."

데스디아는 주변에서 자신을 노려보는 온갖 환상종을 둘러봤다.

“그럼 줄부터 서시지?”

그 직후 데스디아는 파프니르를 이용한 기습 사격으로 그 헤라클레스를 잡으려 했다. 그러나 등에서 흰색의 날개를 내민 헤라클레스는 좌우로 빠르게 움직여 사격을 피했다.

탄환에 맞긴 했지만 급소는 확실히 피했고 탄에 맞은 부분은 움푹 들어갔다가 다시 본래의 모습으로 돌아왔다.

주변의 직원들이 조셉의 일을 잠깐 잊을 정도로 놀라운 광경이었다.

‘역시 기습 사격으로는 녀석의 외피를 뚫을 수가 없어.’

데스디아는 약 10개월 전에 헤라클레스를 상대한 적이 있었다.

지금 나타난 것과는 분명히 다른 개체였으나 그때 나타난 헤라클레스 역시 예상 이상의 전투 능력과 지능을 이용해 데스디아 일행을 괴롭혔다.

‘그리고 지금 나타난 놈은 그때의 그놈과 달라. 누군가가 특별한 목적을 가지고 불러낸 싸움꾼이야.’

파프니르의 포대로부터 스트라투스를 분리한 데스디아는 왼손으로 그 긴 칼을 든 채 헤라클레스를 향해 뛰었다.

헤라클레스 역시 그녀를 향해 달리며 집게발을 뒤로 당겼다. 집게발이 닿는 범위 안에 데스디아가 들어오자마자 휘두를 심산이었다.

충돌의 순간, 헤라클레스는 집게발을 좌우로 동시에 휘둘렀다.

몸을 비틀며 뛰는 것으로 집게발 사이를 아슬아슬하게 통과

한 데스디아는 그대로 몸을 돌려 스트라투스를 휘둘렀다.

스트라투스의 칼날을 머리의 뿔로 받아낸 헤라클레스는 목이 꺾일 정도의 충격을 받았다.

그러나 뿔은 잘리지 않았다.

칼날이 닿은 부분에서 조그만 비늘들이 무수히 튀면서 충격을 상쇄시키고 있었다.

데스디아의 손에 걸리는 느낌은 물에 흠뻑 젖은 이불을 칼로 때리는 것과 비슷했다.

"소용없다, 그라니트의 마녀여! 이 몸은 날붙이 따위에 절대로 베이지 않는다!"

헤라클레스가 자신만만하게 외쳤다.

'칼날에 힘을 채운 스트라투스라면 모르겠지만 지금 상태로는 저 녀석의 말 그대로겠지.'

데스디아는 스트라투스를 파프니르의 포대에 던졌다. 포대와 연결된 인공지능이 스트라투스를 받아서 단단히 거치했다.

제어장치를 등 뒤에 매단 데스디아는 아주 긴 호흡을 내쉬며 두 주먹을 가지런히 쥐었다.

'저 녀석의 외피는 적층식 비늘이야. 비늘 사이에는 아주 작은 공간들이 존재해서 충격을… 아니, 운동에너지를 효과적으로 흡수하지. 그렇다고 무시한 채 내버려 두면 다른 사람들이 다칠 테니 방법을 바꾸는 수밖에.'

데스디아는 주먹을 쥔 팔을 좌우로 펼치며 두 다리도 안정적으로 벌렸다. 맨손격투의 기본자세였다.

'화염의 정령, 바람의 정령, 땅의 정령을 하나로.'

그런 그녀에게 헤라클레스가 다시 뛰어왔다.

데스디아의 앞까지 뛰어온 헤라클레스가 갑자기 잔상을 남기며 사라졌다.

본체는 데스디아의 뒤에서 집게발을 내밀며 나타났다.

'좌우로 이동하며 앞으로 내민 공격에 힘과 체중이 실리진 않아.'

돌아서며 집게발을 걷어찬 데스디아는 오른손 주먹을 헤라클레스의 복부에 꽂았다.

주먹이 닿은 곳으로부터 무수한 양의 비늘이 쏟아지며 그 충격을 상쇄시키려 했다.

"소용없다고 하지 않았나!"

집게발로 데스디아를 후려치려 했던 헤라클레스의 움직임이 순간 굳어졌다.

지금까지와는 비교가 안 되는 양의 비늘이 분수처럼 터진 것이다.

데스디아의 주먹에 실린 바람과 땅의 정령이 헤라클레스의 적층식 비늘들을 한꺼번에 날려 버리고 있었다. 비늘을 잃어버린 복부에는 분홍색의 내피가 보일 만큼 큰 구멍이 뚫리고 말았다.

'지진과… 돌풍이라고?'

헤라클레스는 일단 거리를 두고 상황을 수습하려 했다. 그러나 그보다 먼저 그의 안면에 파프니르의 포대가 미사일처럼 꽂혔다.

그 틈을 이용해 포대로부터 스트라투스를 분리한 데스디아는 그 긴 칼끝을 헤라클레스의 복부 구멍에 꽂아 넣었다.

그것으로 끝이 아니었다. 다른 정령들과 뒤섞여 있던 화염의 정령이 칼날을 타고 헤라클레스의 몸속으로 밀려 들어갔다.

외골격 안쪽이 완전히 녹아버린 헤라클레스는 그 두꺼운 외피만을 남긴 채 땅에 우르르 쏟아졌다. 외피로부터 분홍색의 진득한 액체가 갓 끓여낸 수프처럼 하얀 김을 뿜으며 흘러나왔다.

데스디아는 또다시 몰려드는 환상종들을 스트라투스로 쳐서 베어버린 뒤 통신기를 눌렀다.

"모두 잘 들어! 치프의 지시가 있을 때까지 조셉에 대한 생각은 하지 마! 집중하고 적들을 처리해! 그래야 조셉도 안심하고 우리 곁을 떠날 수 있다고!"

—예, 부사장님!

많은 이가 그녀의 말에 응했다.

셀레스티아는 대답하지 않았으나 대신 행동으로 자신의 감정을 드러냈다.

그녀는 환상종들 사이에서 등장한 두 마리의 헤라클레스를 주먹 한 방으로 뭉개거나 연타로 떡을 만들어 핏덩어리로 바꿔버렸다.

스핑크스 세 마리가 그녀를 향해 동시에 화염을 토해도, 샐러맨더가 몸에 응축한 화염을 광선처럼 뿜어내도 소용없었다.

셀레스티아가 손을 휘두르는 것만으로 그 모든 공격이 휘어져서 땅으로, 그리고 하늘로 꺾여 의미를 잃었다.

그녀는 1년 가까이 자신들과 함께해 온 조셉이 죽어버렸다는 사실을 믿을 수가 없었다. 그 감정은 격한 분노가 되어 그녀 주변에서 들끓는 모든 환상종을 압도해 버렸다.

밝은 황색의 헤라클레스가 브리치로부터 튀어나와 그녀를 향해 떨어졌다.

"나는 신에게 선택받은 자, 크릭손! 우리 종족을 대표하는 전사 중에 한 명이다! 날개 달린 자들의 왕녀여, 그대와의 승부를 앞둔 나의 육체가 분노와 복수심, 기대감, 그리고 환희로 뜨겁게 끓고 있다!"

그 황색의 헤라클레스는 몸의 색 자체가 황색이 아니라 몸 전체에서 황색의 빛을 발하고 있었다. 그가 보유한 신체 에너지는 그만큼 막대했다. 데스디아 등이 상대한 헤라클레스들과는 그 격이 달랐다.

기세 좋게 떨어지던 그가 다시 치솟아 올랐다.

브리치에 충돌해 창공으로 튕겨 나간 그 헤라클레스는 몸 전체가 부서지면서 완전히 분해되었다.

어퍼컷 한 방에 그를 날려 버린 셀레스티아는 소매로 자신의 얼굴을 적신 눈물을 닦았다.

"뭐가 환희야! 용서 못 해, 절대로!"

그녀가 순속으로 휘두른 주먹의 충격파가 주변의 크고 작은 환상종들을 터뜨리고 뭉개 버렸다. 환상종뿐만 아니라 건물들까지 치즈처럼 구멍이 숭숭 뚫리며 엉망이 됐다.

파울라는 그녀의 상태가 심상치 않음을 감지했다.

'왕녀 전하께 전투와 관련된 것들을 가르친 것은 나지만……'

파울라는 분노로 인해 과도한 힘을 발휘하고 있는 셀레스티아를 걱정스럽게 지켜봤다.

'역시 심리적인 면에서는 미숙하셔. 지금처럼 적과 살의를 맞대며 싸워보신 적이 없으시니까.'

그녀의 걱정대로 셀레스티아의 힘은 더 이상 방어를 위한 것이 아니라 파괴를 위한 것으로 변질되고 있었다.

'엠페라투스와 싸울 때는 그의 힘이 워낙 막강해서 왕녀 전하의 약점이 두드러지지 않았지만 지금은 아니야. 큰일이 터지기 전에 전하를 진정시켜야……'

그러나 거침없이 쏟아지던 셀레스티아의 공격은 결국 환상종의 뒤편에 있던 젝스마저 덮치고 말았다.

젝스가 환상종들의 시체와 함께 건물 안에 처박히자 파울라와 헤이파의 분위기도 급변했다.

"젝스!"

파울라는 급히 젝스의 상태를 살폈다.

그녀는 무사했다. 블레이드하운드의 큰 칼날을 교차하여 방패로 삼은 덕분에 긁힌 상처만 조금 있을 뿐, 중상을 입진 않았다.

"장로님, 환상종들은 제게 맡기십시오! 왕녀 전하를 진정시키시는 겁니다!"

파울라의 곁을 지나며 소리친 헤이파는 아누비스의 검은색 칼날로 파울라와 셀레스티아 사이에 위치한 중대형 환상종들을 베어 넘겼다.

도중에 헤라클레스와 비슷한 형태의 곤충형 생물 여럿이 브리치에서 낙하하여 헤이파의 앞을 가로막았다.

형태만 비슷할 뿐, 그들은 헤라클레스들과 여러 면에서 달랐다.

두꺼운 외피의 두 팔에는 집게발 대신 구멍이 뚫려 있었는데, 그 구멍으로부터 붉은색의 열기가 1.5미터 길이로 분출되었다.

"상급 전사 크릭손은 어디 있나? 놈의 시체 냄새가 나는 걸 보니 얼간이처럼 당했나 보군!"

"전사단의 수치로다!"

서로 중얼거린 그 생물들은 녹색의 눈빛을 번뜩이며 헤이파에게 달려갔다.

"그대가 그라니트의 마녀라고 소문난 알타이르 전사인가?"

"동료들의 복수를 할 때가 왔군!"

헤이파와 맞닥뜨린 곤충형 생물들, 일명 '케이론'이라 불리는 그 존재들은 팔에서 분출되는 플라즈마 광선검을 주무기로 하는 요주의 대상이었다.

케이론은 외피의 두께와 단단함이 헤라클레스들보다 연약했지만 여럿이 뭉쳐 집단행동에 들어갈 경우 오히려 더 흉악해지고 대처가 힘들어지는 존재들이었다.

케이론과 헤라클레스들 사이에 어떠한 관계가 있는지는 아직 불분명했다.

그들은 10개월 전에 브리치를 통하여 그라니트 행성에 집단으로 나타났고, 데스디아를 비롯한 헌터들과 큰 싸움을 벌인 이후 전멸한 것처럼 보였다.

그러나 그들이 다시금 그라니트 행성에 나타나 악취를 풍기고 있었다.

'혹시 신들의 하수인인가?'

잠시 생각을 해본 헤이파는 아누비스를 두 손으로 잡은 채 숨을 깊게 들이마신 뒤 케이론들과 접촉했다.

그녀가 몸을 좌측으로 한 번, 우측으로 한 번 회전시키며 아누비스를 휘두르자 두 마리의 케이론이 머리 없는 시체로 변했다.

다른 한 마리가 두 팔의 광선검을 앞으로 내민 채 광적으로 달려들었다.

헤이파는 육상의 높이뛰기 선수처럼 배면뛰기 자세로 상대의 직선 공격을 피한 뒤 아누비스를 휘두르고는 사뿐히 착지했다.

그녀에게 도전했던 케이론은 머리부터 사타구니까지 잘리며 좌우로 나뉘어졌다.

남은 셋이 동시에 덤볐으나 헤이파는 침착하게 찌르기 두 번, 그리고 손목을 이용한 짧은 베기 한 번으로 적들의 머리를 뚫고 잘랐다.

케이론들이 쓰러지는 것과 동시에 아스팔트에서 붉은색 외피의 헤라클레스 한 마리가 집게발을 쳐들며 솟아올랐다.
“앞으로 가고 싶다면 나를 넘어서라!”
헤라클레스가 외치자 헤이파는 아누비스를 치켜들었다.
헤라클레스는 반사적으로 집게발을 들어 공격을 막으려 했다. 하지만 헤이파는 손으로 상대의 팔을 짚어 가볍게 뛰어넘었다.
“됐나?”
헤이파가 씩 웃었다.
당황한 헤라클레스는 눈으로 그녀를 쫓으며 돌아섰으나 그것은 치명적인 실수였다.
헤이파를 따라 뛰어오던 파울라가 몸통으로 헤라클레스의 등판을 들이받은 것이다.
그녀가 몸에 두른 충격파로 인해 적층식 비늘의 여부와 관계없이 수박처럼 터져 버린 헤라클레스의 시체는 다른 환상종들의 시체 사이에 골고루 뒤섞였다.
“감사하오, 여사님!”
헤이파의 협조 덕에 셀레스티아에게 접근한 파울라는 두 팔로 상대를 껴안았다.
“진정하십시오, 전하!”
“놓으세요, 장로님! 환상종들을… 브리치들을 모두 없애야 해요!”
셀레스티아가 저항하듯 힘을 방출했다. 그 막대한 양의 힘은 그냥 방사되는 것만으로도 땅바닥과 건물들을 부술 만큼 강력했다.

파울라는 두 팔과 가슴, 등뼈 등이 부러질 것 같았지만 그녀를 절대로 놓지 않았다.

"부탁드립니다! 조셉에 대한 생각은 하지 마십시오!"

"어떻게 그럴 수가 있어요! 전부… 제가 어리석어서……!"

셀레스티아가 방출하는 힘이 더욱 강력해졌다.

입구 안쪽에 숨어 있다시피 한 전투경찰들은 셀레스티아를 중심으로 그 주변의 공간까지 일그러지는 것을 목격했다. 방출된 힘은 햇빛을 굴절시킬 만큼 밀도가 높았다.

"어리광은 집어치우십시오! 전하는 친구를 잃었지만 사장은, 치프는 가족을 잃었습니다!"

"……."

"그들이 피로 얽혀 있다는 사실은 전하께서도 잘 아시지 않습니까?"

파울라의 말은 셀레스티아의 마음을 꿰뚫었다.

방출하던 힘을 진정시킨 셀레스티아는 파울라에게 기대다시피 하면서 하늘을 봤다.

치프가 쏘고 있는 전함의 포탄은 보기가 서늘할 정도로 정확하게 하늘을 가르며 신에게 적중되고 있었다.

그들의 주변에서 환상종들을 베어 넘기던 헤이파가 잠깐의 여유를 이용해 셀레스티아에게 다가왔다.

그녀는 셀레스티아의 축 처진 손을 붙잡아주었다.

"아직 끝나지 않았습니다, 왕녀 전하. 조금 있으면 헌터들이 다른 출입구에 도착할 겁니다. 더 많은 사람이 다른 이들을 위해 싸우다가 죽겠지요."

헤이파가 좀 더 세게 상대의 손을 잡았다.

"이곳은 저희에게 맡기시고 동쪽 출입구로 가십시오. 아까 그 곤충들이 여기에만 나타날 리가 없습니다. 왕녀님께서 키드와 그의 스승을, 그리고 조금 뒤에 도착할 헌터들을 도와주십시오. 이 상황을 이겨내셔야 합니다, 왕녀 전하!"

"…알겠습니다."

헤이파는 파울라의 팔을 두드려 셀레스티아를 놓아줄 것을 청했다.

파울라는 셀레스티아가 너무 걱정됐으나 그녀를 믿기로 하고 팔의 힘을 풀었다.

"자신을 믿으십시오, 전하."

"……."

셀레스티아가 대답 없이 고속으로 사라진 뒤, 파울라와 헤이파는 각자 한숨을 쉬며 등을 마주했다.

환상종들이 또다시 꾸역꾸역 밀려오고 있었다.

"장로님, 브리치들을 어떻게 처리할 방법이 없겠습니까?"

"저 브리치들은 아마 시한부적인 존재일 겁니다, 여사님."

그녀의 말에 헤이파는 하늘에 떠 있는 그 금속의 고리를 자세히 살펴봤다.

처음에는 존재하지 않았던 붉은색 균열이 브리치 전체에 퍼져 있었다.

"브리치를 이용한 생명체의 전송에는 막대한 에너지가 필요합니다. 일반적인 브리치들은 그 자체가 발전기와도 같아서 반영구적이지만 저 브리치는 신이 자신을 희생시켜 만들어냈기에 한계가 있습니다."

"흠, 하지만 꽤 오래가는군요."

헤이파가 씁쓸히 말했다.

"그래서 입자를 잔뜩 보유한 신이 두려운 것입니다. 그리고 저 신도 그냥 저렇게 얻어맞고 있지는 않을 겁니다. 만약 신 스스로가 목숨을 건다면 그때는……."

"알았으니 처리합시다, 장로님. 꽤 많이 몰려왔군요."

헤이파가 파울라의 어깨를 두드렸다. 파울라는 합류한 지 불과 며칠밖에 안 된 그 알타이르 전사가 그렇게 믿음직스러울 수가 없었다.

"그리고 그쪽, 전투경찰들!"

헤이파가 입구 안쪽에 있는 전투경찰들을 불렀다.

"네?"

"저쪽 건물 8층에 우리 회사 여자애가 처박혀 있는데, 가서 도와주면 안 되겠나?"

부탁을 한 헤이파가 몸을 이리저리 돌리면서 아누비스를 휘둘렀다. 검은색의 길쭉한 플라즈마 칼날이 오우거 셋과 라미아

하나를 빠르게 조각냈다.

"안 그러면 우리 회사 사장이 꽤 상심할 거야."

그녀의 지적에 전투경찰들은 서로를 보며 고민했다.

"캡틴 치프가……."

"아, 제길……."

"빌어먹을! 자네, 나랑 같이 가자고! 나머지는 여기서 환상종들을 처리해!"

그 자리에서 계급이 가장 높은 전투경찰이 막내 서열의 전투경찰을 데리고 입구에서 빠져나갔다.

스핑크스 한 마리가 건물의 폐허를 부수며 나타나 그들에게 접근했으나 파울라의 주먹이 만든 충격파가 스핑크스의 다리보다 더 빨랐다.

전투경찰들은 머리가 뭉개져 사망한 스핑크스를 피해 젝스가 들어가 있는 건물 안으로 진입했다.

"본모습이었다면 이놈들을 더 빨리 처리하셨겠군요, 장로님."

"따님도 그랬는데, 여사님께서 활을 쓰시는 모습은 얼마나 아름다울까요?"

위치를 바꾸며 대화를 나눈 둘의 앞뒤로 환상종들의 잘리고 깨진 시체가 바닥에 퍼졌다.

38
낙원의 정체

자만심.

치프는 신과 싸우기 직전에 엠페라투스에게서 들은 그 말을 머릿속에서 지울 수가 없었다.

그 자만심이라는 것과 조셉의 갑작스런 죽음 사이에 연관성이 있을 것 같았기 때문이다.

'엠페라투스가 뭔가 알고 나한테 그런 말을 한 건가? 설마 조셉의 죽음이 너석과 관련된 건 아니겠지? 내가 조셉을 잃고 당황하는 꼴을 즐기고 싶어서 그랬나?'

진실이 어쨌든, 치프는 조셉이 살아 있을 때와 마찬가지로 냉정하게 신을 공격했다.

전우들의 죽음은 항상 갑작스러웠다. 사례는 다양했고 전우들이 남긴 흔적도 가지각색이었으며 시신의 수습 방법도 적응을 허락지 않을 만큼 슬프고 역겨웠다.

진공청소기로 전우의 시신을 수습하다가 결국 격분하여 군벌의 간부를 사료 기계에 넣어버린 것은 그의 어두운 역사 중에 하나였다.

그런데도 그는 적응을 해냈고, 숨이 탁 막힐 만큼 분노한 지금도 오차 없이 적에게 사격을 가할 수 있었다.

'저 녀석, 왜 계속 포탄을 얻어맞고 있는 거지? 화가 날 정도로 바보 같은데?'

치프가 이상한 느낌을 받은 것과 상황이 진짜로 바뀐 것은 거의 동시였다.

신의 모습이 갑자기 사라진 것이다.

사라졌다기보다는 놀랄 만큼 축소된 것인데, 치프는 꼭 보행식 전차처럼 형태를 바꾼 신의 몸으로부터 두 개의 브리치가 맹렬히 빛나는 것을 똑똑히 목격했다.

"저건 우주연합 지상군의 '다리 달린 놈'이잖아? 등 뒤에 달린 브리치 때문에 다른 것들보다 더 크게 보이는 건가?"

치프는 그 신이 질주하는 방향을 봤다.

정확히 벙커 쪽이었다. 게다가 신의 뒤쪽에 달린 브리치들과 벙커 위에 떠 있는 브리치들이 같은 타이밍에 맞춰 점멸했다.

"자폭이라도 할 생각은 아니겠지, 설마?"

치프의 눈과 팔다리가 하얗게 빛을 냈다.

보행 전차의 모습을 한 채 거침없이 거리를 질주하던 신 앞에 한 대의 검은색 기계덩어리가 떨어졌다. 생긴 것은 건설용 장비처럼 우락부락했고 몸통 여기저기에 달린 무기들도 흉악했다. 특히 그 장비의 오른팔에 달린 전기톱은 쓸데없이 거대했다.

"데토네이터는 오랜만에 쓰는군! 지금 그 모습이 우리 거룩하신 신의 마지막 발악이길 빌지!"

그 검은색 기계덩어리 속에서 치프의 목소리가 터졌다.

여섯 개의 보행 장치, 즉 '다리'가 달린 우주연합 지상군의 보행식 전차 '버드 이터(Bird eater)'는 크기와 부피에서 치프가 타고 있는 데토네이터를 압도했다.

높이는 약 5미터, 너비는 다리를 제외한 본체가 7미터였고 길이는 역시 본체만 따졌을 때 12미터가 넘었다.

다리를 접었을 때의 모습은 그냥 쓸데없이 크고 둥글둥글한 전차였지만 다리를 폈을 때의 모습은 뭉툭한 거미처럼 생겼다.

지구에서 그 전차를 버드 이터라고 멋대로 부르는 이유도 다리를 편 전차의 모습이 그 이름의 거미들과 비슷하게 생겼기 때문이었다.

그런 대형 기계가 평균 시속 300킬로미터의 속도로 전후좌우 움직이는 광경은 어지간한 환상종들조차도 명함을 내밀지 못할 만큼 위압적이었다.

지금까지의 설명은 실제 모델에 한한 것이고, 현재 신이 모습을 바꿔 지상에 내려온 버드 이터는 실제보다 조금 더 거대했다.

문제는 크기가 아니었다. 전차의 색깔과 형태의 일부였다.

찬란한 금색의 껍질과 본체 윗부분에 달린 인간형 얼굴의 생생함, 그리고 좌우에 달린 검붉은색 브리치의 조합은 괴이하기 짝이 없었다.

전차, 버드 이터가 앞쪽으로 몸을 바짝 기울여 본체 위쪽의 얼굴을 치프에게 드러냈다.

"운캄타르의 도구여, 끝까지 날 가로막을 셈인가?"

그 황금색 얼굴이 생생하게 움직이며 말을 하자 데토네이터 안에 탄 치프는 굉장한 혐오감을 느꼈다.

"막아? 미안하지만 아저씨를 여기서 영원히 멈추게 만들 생각이거든?"

치프의 대꾸에 신의 얼굴이 일그러졌다.

"미친놈들이 시간을 초월하여 꾸준하게 나타나는군! 운캄타르와 엠페라투스, 그리고 네놈까지! 너희는 대체 무슨 이유로 우리를 죽이려 드는가?"

"뭐? 먼저 일을 저질러 놓고 무슨 소리야?"

치프는 기가 막혔다.

"좋아, 마침 잘됐군! 우리 회사에 변질자들을 보낸 이유가 뭐야? 아니, 그 전에 엠페라투스를 부활시키려고 한 이유부터 듣고 싶군! 녀석은 너희에게 있어서 최악의 적이잖아?"

"우리가 그 엠페라투스를 두려워할 거라 생각하나? 혼자서는 아무것도 못 하여 네놈과 손을 잡은 쓰레기가 아니던가? 예전이면 모를까, 지금의 그놈은 두려움의 대상이 아니다!"

신의 그 말은 치프뿐만 아니라 멀리서 그들의 이야기를 듣고 있는 엠페라투스까지 자극했다.

반달리온은 아예 날개까지 펼치며 신에게 날아들 준비를 했다.

"제가 가서 저 건방진 폐기물을 없애겠습니다!"

"기다리게."

엠페라투스가 오른쪽 날개를 펼쳐서 반달리온을 제지했다.

"왜 녀석에게 자비를 베푸시는 겁니까, 엠페라투스 님!"

"자비가 아닐세. 정말 나에게 문제가 있는 것 같거든."

"예?"

반달리온이 흠칫했다.

엠페라투스가 반달리온을 비롯한 드래곤들의 시선을 받으며 날아올랐다.

"슬슬 결판이 날 것 같으니 잠시 다녀오겠네. 자리를 지키게, 반달리온이여."

"기다리겠습니다, 엠페라투스 님."

반달리온을 비롯한 모든 드래곤이 하늘로 솟구치는 엠페라투스를 고개 숙여 배웅했다.

엠페라투스의 그 움직임을 모르는 치프는 지금 자신이 가진 의문을 마음껏 토해냈다.

"엠페라투스가 별거 아니라면 아저씨는 대체 뭐가 두려워서 변질자들을 보냈고, 또 내 앞에 자랑스럽게 정체를 드러낸 거지? 그냥 조용히 보안국 건물로 살아갔어도 서로 피를 볼 일은 없었을 텐데?"

"그건 네 힘으로 알아내라, 운캄타르의 도구여!"

버드 이터의 좌우에 달린 브리치들의 중앙부에서 강렬한 방전 현상이 일어났다.

위험을 느낀 치프는 움찔했으나 데토네이터의 왼쪽 어깨에 달린 대형 레일건과 오른쪽 다리가 툭툭 사라졌다.

뒤이어 덮쳐온 충격으로 쓰러질 뻔한 데토네이터가 전기톱으로 땅을 짚어 겨우 중심을 잡았다.

조종간을 잡은 치프는 식은땀을 흘렸다.

'방전 충격을 이용한 무기인가? 팔다리까지 떨어질 뻔했어!'

조종석 속에서 치프의 팔다리와 눈이 빛났다. 떨어져 나갔던 데토네이터의 레일건과 오른쪽 다리가 순식간에 복구되었다.

버드 이터가 데토네이터에게 돌진하면서 붉은색의 단분자 송곳들을 기관포처럼 뿌렸다.

좌우로, 그리고 뒤로 움직이며 송곳들을 피한 치프는 어깨의 레일건으로 적을 공격해 봤으나 레일건의 탄은 버드 이터의 장갑판을 뚫지 못하고 튕겨 나갔다.

반면 송곳에 스친 데토네이터의 외장은 조각칼을 맞은 나무처럼 간단히 패였다.

결국 치프는 데토네이터를 고속으로 움직여 공격을 피했고 그것으로 피해를 줄일 수 있었다. 하지만 그것은 그가 원하는 상황이 아니었다.

'이건 그냥 밀리는 상황일 뿐이야! 데토네이터를 선택한 게 실수였나? 하지만 이젠 다른 무기를 선택할 시간이 없어! 벙커까지는 이제 5분 거리야!'

치프는 결단을 해야만 했다.

'할 수 없지! 머리가 좀 아프겠군!'

치프의 오른쪽 눈이 더욱 밝게 빛났다.

뒤로 후퇴하기만 하던 데토네이터의 어깨로부터 레일건이 튕겨 나갔다. 맞아서 날아간 게 아니라 치프가 스스로 분리한 것이었다.

분리와 동시에 치프의 치프의 눈앞에 '좌측 레일건 소실'이라는 글자가 떠올랐다. 화면에 뜨는 것이 아니라 치프의 뇌에 박힌 메모리칩이 그의 망막을 직접 자극하여 새기고 있는 경고였다.

치프는 메모리칩에 설치된 데토네이터 전용 운영체제의 경고를 무시했다.

"기동제한시간을 넘겨서 머릿속이 타버릴 것 같은데 좀 봐주시지?"

데토네이터의 왼쪽 팔에 거북이 등껍질 모양의 볼품없는 은색 방패가 제조되어 강제로 달라붙자 경고문도 바뀌었다.

―인식 불능 장비의 접속을 확인. 강제 연결 해제로 이행.

"웃기지 마!"

치프가 운영체제의 경고 방식 중 하나인 두통을 억누르며 조종간을 움직였다.

신은 그런 방패 따위가 자신의 단분자 송곳을 막을 수 있을 리가 없다고 판단했다.

그도 그럴 것이, 그 송곳은 전함에 쓰이는 합금은 물론 드래곤들의 비늘이나 외골격도 간단히 꿰뚫는 무기였다.

"인간 따위가, 주제를 알아라!"

승리감에 도취돼 고함을 지른 신은 자신의 송곳들이 방패에 박히는 순간 표정을 바꿨다.

방패 표면에 붙은 껍질들은 단순한 장갑판이 아니었다. 나트륨, 마그네슘 등의 금속을 조합하여 만든 반응 장갑이었다.

그 반응 장갑들은 단분자 송곳에 찔리자마자 폭발했고, 폭발이 가진 운동에너지로 송곳들을 날려 버렸다.

터진 부분은 치프의 힘에 의해 재구축되어 다음 공격에 대비했다.

그 와중에도 치프는 상대에게 먹힐 만한 공격 수단을 생각해 내야만 했다. 신은 여전히 밀고 들어오는 중이었고 브리치의 발광은 점점 더 험악해지고 있었다.

'저 녀석, 지금은 맷집으로 버티지만 위기 상황이 닥치면 그 주황색 장벽을 사용할 거야. 그것까지 무시할 수 있는 공격 수단이 필요해!'

치프의 오른쪽 눈이 결국 완전히 소진되어 버렸다.

그 대신 데토네이터의 오른팔에 붙은 전기톱에 변화가 생겼다. 전기톱 자체가 데토네이터의 본체 이상으로 거대해졌고, 전기톱 본체 위쪽에 커다란 대포 같은 것이 생성되었다.

이윽고, 후퇴하기만 하던 데토네이터가 버드 이터 형태의 신에게 돌진했다.

신은 더욱 빠르게 송곳을 날렸고 데토네이터의 반응 장갑 방패는 팔에 무리가 갈 정도로 폭발과 재생을 반복했다.

'저 오른팔의 무기… 불길하군!'

신은 자신의 적이 준비한 공격 수단을 무시하지 않기로 했다.

결국 적과 밀착한 데토네이터는 왼팔의 방패로 직접 상대를 가격했다. 폭발로 인해 방패는 물론 왼팔 자체가 뜯겨 날아갔다.

그러나 데토네이터는 멈추지 않고 몸으로 상대를 들이받고는 오른팔의 전기톱을 전속력으로 내밀었다.

전기톱은 치프의 예상대로 주황색의 투명한 장벽에 가로막혔다. 그러고는 날을 회전시켜 장벽과의 결전에 들어갔다.

신은 치프가 날려댔던 포탄도 거뜬히 막아냈던 장벽이 전기톱에 의해 썰리는 것을 보고 경악했다.

"톱날을 단분자 끈으로 대체했다고?"

"탄소나노튜브로 흉내 정도는 낼 수 있지!"

하나 치프의 대답대로 흉내에 지나지 않았기에 전기톱은 장벽을 가까스로 관통하기만 했을 뿐, 거기서 수명이 끝나 더 이상 움직이지 못했다.

신은 버드 이터에 달린 여섯 개의 다리 중 앞쪽 한 쌍을 이용해 치프의 데토네이터를 붙들었다. 그대로 조여서 뭉개 버릴 심산이었다.

"맨손으로는 불도 못 피우던 원시 종족이 설마 여기까지 발전할 줄은 몰랐군."

버드 이터의 앞쪽으로 신의 얼굴이 이동했다.

"네놈이 그 기계 속에서 찌그러지는 모습을 똑똑히 봐주마!"

승리감에 도취된 신의 눈에 장벽에 박힌 전기톱이 보였다. 장벽은 신의 힘에 의해 여전히 유지되고 있었으며 전기톱이 움직일 가능성은 보이지 않았다.

하지만 전기톱 위쪽에 붙은 대포 형태의 물건은 아직 멀쩡했다.

대포에서 분출된 대형 말뚝이 장벽의 틈새를 뚫고 들어와 신의 얼굴에 박혔다.

"공사판에서 쓰는 장비인데, 마음에 드실까 모르겠군!"

약간 우그러든 데토네이터로부터 치프의 목소리가 터졌다.

그 말뚝, 파일드라이버는 박힌 것에 그치지 않고 연속으로 충격을 가해 신의 얼굴을 파고들었다.

파일드라이버의 말뚝 길이도 치프의 힘에 의해 더욱 길어져서 이윽고 버드 이터의 몸체 중앙까지 도달했다.

거기서 데토네이터도, 신도 동작을 멈췄다.

데토네이터의 뒤쪽을 통해 탈출한 치프는 구멍만 남은 오른쪽 눈을 바스러지기 직전의 오른손으로 덮으며 미소를 지었다.

"작별하자고. 아직 묻고 싶은 게 많지만… 뭐, 내 힘으로 알아내 볼게."

치프는 왼손을 꽉 쥐었다.

버드 이터 내부에 박힌 말뚝과 데토네이터가 같이 폭발하면서 버드 이터가, 신의 육체가 산산조각 났다.

얼굴만 남은 신이 아스팔트 바닥에 철썩 떨어졌다.

치프는 그 얼굴이 바닥을 기어 하수구로 향하는 모습을 보지 못했다. 폭발 때문에 뒤로 날아가 주차된 자동차 속에 처박혔기 때문이다.

가까스로 의식을 잃지 않은 치프는 약간의 절망감을 느꼈다.

벙커 상공에 떠 있는 브리치들이 사라지기는커녕 더 폭발적으로 환상종들을 쏟아내고 있었기 때문이다.

'제길, 안 돼!'

그는 오른손으로 목의 통신기를 누르려 했으나 그는 이미 오른팔 자체를 잃은 상태였다. 게다가 왼팔은 골절되어 움직여 주지 않았다.

'제발 좀!'

그는 자동차의 변속 레버에 몸을 던지듯이 하여 통신기의 버튼을 압박했다.

"뎃디, 미안."

치프가 할 수 있는 말은 그것뿐이었다.

그의 말은 짧았으나 데스디아가 상황을 파악하기에는 부족함이 없었다.

데스디아는 브리치로부터 우박처럼 쏟아진 헤라클레스와 케이론들을 돌아보며 한숨을 쉬었다.

"그래, 당신 뒤치다꺼리는 항상 내 몫이지."

고뇌의 한숨이 데스디아의 입에서 흘러나왔다.

그러나 지금, 그녀보다 더 고민하는 존재가 있었다.

바로 신의 일부를 발로 밟아 포식하기 직전에 놓인 엠페라투스였다.

"네가 나를… 섭취한다고 해서… 뭔가 달라질 것 같나?"

"나도 궁금하군. 그러니 먹어봐야겠지."

엠페라투스는 그대로 신의 얼굴을 입에 물고는 잘게 씹어 삼켰다.

정상적인 상황이라면 엠페라투스는 신의 섭취를 통해 육체를 수복했을 것이다.

그러나 그는 그 작은 드래곤의 모습에서 벗어나지 못했다.

"후후, 역시 그렇군."

엠페라투스는 목을 움직여 거리 저편을 돌아봤다.

그곳에는 라이트스톤이 가만히 선 채로 엠페라투스의 그 초라한 모습을 감상하고 있었다.

"나의 이 육체는… 네가 만든 복제품이로군? 아르마게일이여."

"그 거짓된 껍질에 네놈의 영혼을 집어넣는 건 쉽지 않았지. 정말 긴 시간과 희귀한 재료, 그리고 자금이 필요했어. 다행히도 난 모든 것을 준비할 수 있었지."

라이트스톤이 권총을 들어 엠페라투스를 조준했다. 그 권총은 일반적인 무기가 아니라 소형의 건하운드였다.

권총의 크기에 맞지 않는 커다란 포대가 거리 한가운데에 나타나 엠페라투스를 노렸다.

"가슴이 뛰는군, 엠페라투스여. 이 감정이 바로 네가 주절거리던 즐거움인가?"

라이트스톤이 만든 건하운드의 포대는 크기도 컸지만 포대가 생성될 때 빨아들인 금속입자의 양이 포대의 부피에 비해 막대했다. 반경 약 200미터 이내의 금속물질들을 강제로 당겨버린 탓에 건물이 무너지고 도로도 푹 꺼졌다.

광선, 혹은 입자를 분출하기 위한 무기였기에 포신 역시 존재하지 않았다.

"즐거움? 아르마게일이여, 착각하고 있구나."

엠페라투스는 입안에 남은 신의 육편을 완전히 삼키고는 상대를 향해 미소를 지었다.

"네놈이 품은 감정은 어른의 칭찬을 기다리는 아이의 그것과 같을 뿐이다."

그가 지적하자 권총 형태의 건하운드 제어장치를 든 라이트스톤의 손이 꿈틀했다.

"그럼 네가 정의하는 '즐거움'이란 대체 뭐란 말인가?"

"바로 죄책감이다."

"죄책감?"

라이트스톤의 목소리에 코웃음소리가 섞였다.

"그렇지. 자신이 죄를 지었다는 사실을 깨닫는 순간 모든 지적 생명체는 강렬한 자극을 받고 열심히 생각하게 되지. 어떻게든 그 죄를 해결하기 위해서 말이야. 지은 죄를 해결하는 방법은 여러 가지다. 덮든가, 뉘우치든가, 아니면 죄책감 자체를 즐기든가. 후후, 듣기만 해도 신나고 재미나지 않는가?"

"……."

라이트스톤은 그의 말을 이해할 수가 없었다. 이해하고픈 마음도 없었다.

엠페라투스는 날개로 자신의 몸을 감쌌다.

라이트스톤의 공격으로부터 자신을 보호하기 위한 것이 아니었다. 인간으로 치자면 그냥 옷깃을 여미는 수준의 행동이었다.

"아르마게일이여, 질문을 하지. '죄악'의 반대가 무엇인가? 선행인가? 정의인가?"

"살기 위해 시간을 끌고 있군."

"아니, 너를 돕기 위함이다. 난 네가 운캄타르를 진실로 이해하고 있는지 궁금하거든."

라이트스톤은 엠페라투스가 말한 죄악과 운캄타르 사이에 무슨 관계가 있는지 알 수가 없었다.

"그분과 나를 이간질시킬 생각인가?"

"널 돕기 위함이라고 말했을 텐데?"

엠페라투스가 다시 웃었다.

"죄악의 반대말은 존재하지 않는다, 아르마게일이여. 죄악은 세상의 절대 기준이다. 도덕과 정의는 죄악을 억제했을 때 만들어지는 것들이지. 훔치고 싶은 물건이 있는데도 인내하여 훔치지 않는 그 선함은 훔친다는 죄악이 있기에 성립되는 것이다."

"……."

"죄책감에 대하여 다시 이야기하마. 운캄타르는 죄책감을 느낄 만한 행동을 아예 하지 않았지. 나만큼이나 죄악에 대해서 잘 알고 있었거든. 그래서 그와 나는 서로를 의지할 수 있었다. 그렇기에 그와 난 '친구'지."

엠페라투스의 눈빛이 가늘어졌다.

"넌 운캄타르를 의지했을 것이다. 그러나 운캄타르가 네놈에게 의지한 적이 있었나? 네놈에게 본심을 털어놓은 적이 단 한 번이라도 있었는가? 있었다면 말해봐라! 어떤 경우였는지!"

"닥쳐라! 복제된 껍질을 쓴 폐품 따위가!"

라이트스톤이 제어장치의 방아쇠를 당겼다.

포대로부터 엠페라투스를 향해 새파란 광선이 분출됐다. 주변 건물과 아스팔트를 순식간에 녹이며 전진하던 그 광선은 라이트스톤의 계산과 달리 엠페라투스의 앞에서 꺾여 허공으로 날아갔다.

라이트스톤은 보라색의 기운을 단단히 두른 엠페라투스의

모습에 당황했다.

"네놈……?"

엠페라투스의 그 힘은 라이트스톤의 계산을 완전히 벗어난 괴력이었다.

그 보라색 드래곤이 실망감 섞인 미소를 지었다.

"하아, 역시 그래. 네놈들은 물론 내 추종자라고 자칭하는 녀석들 모두가 나와 운캄타르를 이해하지 못했어. 하지만 순박한 내 친구 운캄타르는 너희의 모든 행동을 받아들였고 네놈들에게 자제력을 가르쳤다. 난 그런 내 친구를 도와서 더욱 빛나게 해줘야 했어."

"도와? 날개 달린 자의 입에서 개소리가 나오는군! 넌 네 마음대로 했을 뿐이다!"

라이트스톤의 몸에서 푸른색의 기운이 살벌하게 올라왔다.

엠페라투스는 그의 발언을 비웃었다.

"그래, 죄악을 저질렀지. 너희들은 나를 두려워했고 결국 죄악의 선조라고 부르며 공포의 대상으로 삼았다. 반면 운캄타르는 올곧음을 추구하는 위대한 지도자로 인식됐지. 설마 그 모든 과정을 잊은 건가? 넌 내가 운캄타르로부터 등을 돌리는 과정을 목격한 존재일 텐데?"

"헛소리 마라!"

라이트스톤이 뿜어내는 푸른색의 기운이 더욱 강력해졌다. 하지만 목소리의 끝은 처절히 갈라졌다.

"헛소리라……. 나마저 운캄타르처럼 너희들을 포용했다면 아마 2세대 전부는 영원히 선과 악을 구별하지 못했을 것이다. 의미 없이 숨만 쉬면서 시간을 보냈겠지. 아니면 쾌락만을 추구했거나."

엠페라투스가 어깨와 날개를 들썩이며 한숨을 쉬었다.

"이 땅에서 번성한 3세대는 정말 어처구니가 없었지. 여긴 정말 낙원으로 설계됐더군. 땅은 단단하고, 정령은 강력하며, 세상 천지에 안전한 먹이가 널렸다. 그렇기에 3세대들은 운캄타르를 성왕 폐하라고 부르면서도 그다지 존경하지 않더군. 운캄타르는 물론이고 왕녀의 필요성조차 느끼지 못했지. 실제로 필요치 않았으니까."

엠페라투스는 오른쪽 날개를 앞으로 펼쳐서 그 끝으로 라이트스톤을 지적했다.

"아르마게일이여, 네놈이 설계한 이 낙원과 3세대의 존재 이유는 뭐냐? 멍청이들의 사육장인가?"

"낙원? 사육장? 그렇게 판단했나?"

라이트스톤은 권총을 들지 않은 왼팔을 옆으로 활짝 펼쳤다.

"과연 엠페라투스답군! 날카로워! 아주 정확해!"

"호오……."

엠페라투스가 감탄했다.

"그럼 이 땅은… 네놈이 신을 유인하기 위해 꾸민 장소로군. 이 미친 짓거리의 원인이 바로 네놈이었어. 헬터스크를 비롯한 멍청이들도 네놈의 손에 놀아난 것이야."

"신의 잔재들은 이곳에 대해 알아내자마자 이 땅에 대한 욕심과 날개 달린 자들에 대한 복수심을 모두 드러냈다! 신들의 잔재를 처리하기 위해 작성한 우리의 계획이 모두 들어맞았지!"

라이트스톤은 한 번 더 방아쇠를 당겼다.

아까보다 더 강렬한 광선이 엠페라투스에게 날아갔으나 광선은 이번에도 꺾여 나가고 말았다.

"마지막으로 네놈이 이곳에서 처리되어야 신들이 더욱 날뛰게 된단 말이다! 그런데 왜 죽지 않는 것이냐, 죄악의 선조여!"

건하운드 제어장치를 든 라이트스톤의 손이 부들부들 떨렸다.

"그 육체는 내가 혼신의 힘을 다해 만든 쓰레기다!"

라이트스톤은 '쓰레기'라는 단어를 강조했다.

"신의 섭취를 통한 완전회복능력은 철저히 제거했고 운캄타르 님의 날개 뼈를 이용한 구속 수단까지 마련했지! 그리고 이 건하운드의 광선 한 방에 네놈은 용광로에 던져진 휴지처럼 사라져야 했다! 그런데 왜 버틸 수 있는 건가?"

"흠… 그에 대한 답은 조금 뒤에 해주지. 내 진짜 육체는 어디 있나?"

"먹였지."

먹였다는 라이트스톤의 말에 엠페라투스가 의아해했다.

"먹여? 나의 그 막대한 양의 살과 뼈를? 누구에게?"

"모르는 척하지 마라!"

라이트스톤은 차에 처박힌 채 기절해 있는 치프를 가리켰다.

"넌 저 인간을 만나자마자 그 정체를 알아보지 않았나? 운캄타르 님의 도구로서 인정하지 않았느냔 말이다!"

"그랬지. 하지만 운캄타르의 일부를 먹어서 만든 줄 알았는데?"

고개를 갸웃거리던 엠페라투스가 순간 움찔했다.

"아… 후후, 이제 알겠군. 내가 섭취하여 능력을 강탈하지 않은 존재가 딱 둘이 있었지. 그중에 하나가 바로 운캄타르야. 저 놈은 나와 운캄타르 모두를 섭취시켜 만든 도구였군."

엠페라투스가 만족스럽게 웃었다.

"잘 훈련된 사이코패스라는 건 나의 오해였군. 나의 피와 살을 먹은 덕에 죄악을 꿰뚫어 보는 녀석이 된 거야. 반달리온의 환각이 통하지 않은 이유를 이제 확실히 알겠군."

엠페라투스는 치프가 있는 차를 향해 다가가 그 뚜껑을 입으로 뜯어 날리고는 그를 꺼내주었다.

"이 녀석은 자신이 지은 죄를 부정한 적이 없었지. 남에게 책임을 돌리지도 않았어. 아마도 환각을 통해 되살아난 자신의 과거를 반갑게 맞이했을 것이야. 과거의 꿈을 꿀 때의 나처럼 말이지."

엠페라투스는 입으로 물어서 들어 올린 치프를 땅에 고이 눕혀주었다.

"나에게 혈육이 생길 줄은 몰랐군. 이 녀석은 나를 죽일 자격이 충분해."

그는 날개를 펴고는 적당한 높이로 떠오르며 라이트스톤을 돌아봤다.

"하지만 넌 아니다, 아르마게일이여. 넌 네가 지은 죄를 느끼고 이해하는 능력이 결여됐지. 다른 2세대들의 초기 모습처럼 말이다. 그 때문에 네가 무슨 짓을 저질렀는지도 모를 거고 여태껏 소중한 것을 갖지도 못했을 것이다."

신이 존재했고 지나쳤던 모든 장소로부터 보라색의 입자들이 떠올라 대량의 안개로 변하고는 엠페라투스의 몸을 향해 이동했다.

그 보라색 안개에 휩싸인 엠페라투스의 육체가 분해되었다.

그것은 죽음이 아니었다. 본래의 압도적인 형태로 되돌아오기 위한 준비 과정이었다.

라이트스톤은 허탈한 몸짓으로 제어장치를 내리며 그 모습을 지켜봤다.

구속구의 역할을 맡은 운캄타르의 날개 뼈들마저 완전히 회복한 엠페라투스는 지면에 발을 단단히 디디며 무게감을 과시했다.

"아, 역시 좋군."

몸을 되찾은 엠페라투스는 오른팔로 라이트스톤의 건하운드 포대를 후려쳐 분해시켰다.

"어째서……?"

라이트스톤이 힘없이 중얼거렸다.

엠페라투스의 거대한 머리가 라이트스톤의 앞까지 다가왔다.

"네놈들 중에 나와 운캄타르를 이해한 자가 없다고 말했을 텐데? 난 네놈의 이해를, 그리고 상식을 초월한 존재다. 몇 분 전만 해도 어떻게 죽든 상관없었으나 네놈의 멍청한 작태에 휘말려 죽기는 싫어졌지."

"……."

"난 어머니 신인 하이시리스가 직접 낳아 기른 존재이며, 수많은 신을 죽이고 섭취하여 그 능력을 강탈한 신성도살자다. 생명체의 영역은 일찌감치 넘어섰지."

라이트스톤은 아무런 대꾸도 하지 못했다.

"난 신들의 살점뿐만 아니라 그들의 흔적마저도 양분으로 삼아 모든 것을 되찾고 수정할 수 있다. 하지만 내 몸에 박힌 내 친구의 일부만은 기념으로서 간직하고 싶군."

할 말은 물론 의지까지 잃어버린 라이트스톤은 고개를 푹 숙이고 말았다.

엠페라투스는 승리자로서 그 모습을 지켜봤다.

"이대로 네놈을 박살 낸 뒤에 운캄타르와 한 번 더 담판을 짓고 싶지만… 넘어가 주지. 네놈이 벌려놓은 이 커다란 놀이판이 앞으로 어떻게 흘러갈지 궁금해졌거든. 하이시리스의 존재부터 시작하여 내가 모르는 무엇인가가 또 도사리고 있는 것 같으니 말이지."

"나를 갖고 놀겠다는 건가?"

"기회를 주는 거다, 아르마게일이여. 운캄타르의 도구… 아니, 치프를 이용해서 나를 사냥해 봐라. 오늘 우리가 나눈 이야기는 그 누구에게도 발설하지 않을 테니 안심하고 몸부림치며 저항해라."

엠페라투스의 눈이 밝게 빛났다. 그 힘은 라이트스톤이 몸에 걸친 방어구와 헬멧에 균열을 만들었다.

"그러나 기대에 미치지 못할 경우 네놈은 고통과 후회의 결정체가 되어 영원히 우주를 떠돌아다녀야 할 것이다. 하이시리스가 오랫동안 그랬듯이!"

"……."

라이트스톤은 무릎을 꿇고 주저앉았다.

그에게서 시선을 뗀 엠페라투스는 땅에 누워 있는 치프의 위쪽으로 고개를 움직였다.

"일어나라, 나의 혈육이여."

엠페라투스의 보라색 안개가 치프의 결손된 육체 쪽으로 모여들었다.

"너는 너대로, 나는 나대로 신의 잔재들과 놈들이 만든 우주연합을 부수는 거다. 그리고 나와 운캄타르가 그랬듯 서로가 가진 목숨의 무게를 운명의 저울에 달아보자꾸나. 그 순간이 기대되어 미칠 것 같구나."

항상 셀레스티아가 치료해 주던 치프의 결손 부위가 이번에는 엠페라투스의 힘에 의해 빠르게 복구되었다.

전구에 불이 들어오듯 번쩍 눈을 뜬 치프는 기침을 심하게 하며 보도블록 위에서 일어났다.

그의 곁에는 엠페라투스는 물론 라이트스톤도 없었다.

하루 유동인구가 수만 명에 달했던 그 큰 길거리는 그의 기침 소리가 울릴 만큼 생명력을 잃은 상태였다.

'눈과 팔이 재생됐잖아? 다른 부상은 몰라도 셀레스티아에 의해 대치된 부분은 지금까지 무슨 수를 써도 재생이 안 됐는데?'

혼돈의 구렁텅이에 빠질 뻔했던 그는 즉각 머리를 털며 다시 일어났다.

그 비인간적인 침착함은 수많은 전우가 세상을 떠나며 그에게 안겨준 일종의 선물이자 저주였다.

그는 넝마가 된 셔츠를 찢었다. 셔츠 안에 입고 있던 흰색의 반팔 바디슈트가 색체변화기능에 의해 검은색으로 스르륵 바뀌었다.

'지금은 내 몸에 대해 생각할 때가 아니야. 신은 확실히 처리된 건가? 브리치는?'

벙커 쪽을 본 치프는 마침 벙커 위에 떠 있던 네 개의 브리치가 일제히 붕괴되는 모습을 목격했다.

잘게 분해되어 사라지는 브리치의 안쪽에서 대량의 물체들이 땅으로 떨어졌다.

그것은 브리치의 파편이 아니었다. 브리치가 단말마처럼 배출한 환상종들이었다.

치프는 목에 건 통신기를 눌러봤지만 망가져서 아무 소리도 들리지 않았다.

'이게 왜 망가졌지?'

그는 통신기를 목에서 풀고 상태를 살폈다.

'겉은 멀쩡하지만… 냄새를 봐선 축전기가 터졌군. 말이 되나? 이게 탈 정도의 전하(電荷)라면 축전기가 아니라 내 몸이 먼저 박살 나야 한다고.'

그는 망가진 통신기를 뒷주머니에 꽂은 뒤 벨트의 파우치에 넣어뒀던 단말기를 꺼내 켜봤다.

'이건 무사하군.'

그는 단말기의 뒤쪽에 붙은 작은 버튼을 떼어 손으로 눌렀다. 버튼에 끈처럼 감겨 있던 형상기억합금 고리가 풀려 귀에 걸기 위한 모양새로 바뀌었다.

그렇게 전개한 헤드셋을 귀에 끼운 치프는 단말기의 통신주파수를 맞췄다.

"치프인데, 벙커 출입구 쪽의 상황을 말해줄 수 있는 사람이 있나?"

―당신 무사해? 엠페라투스와 그 졸개들이 방금 브리치들에 공격을 퍼붓고 사라졌어.

데스디아의 목소리를 들은 치프는 약간의 안도감을 느꼈다.

"일단 무사해. 셔츠는 다 찢어졌지만."

―셔츠가? 조셉의 일만 아니었다면 난 박수를 쳤을 거야.

"…자제해 줘서 고마워. 아무튼, 엠페라투스랑 졸개들이 브리치들을 공격했다는 게 무슨 소리야?"

—브리치들은 원래 붕괴 직전이었는데 녀석들이 결정타를 넣었어. 하지만 브리치가 마지막으로 토해낸 환상종의 숫자가 엄청나. 갈라트와 헌터들, 나이트 스토커들이 맡은 동쪽과 남쪽이 걱정이야. 특히 동쪽이 위험할 거야.

—첫째야, 내 걱정은?

데스디아보다 조금 낮은 편인 헤이파의 목소리가 통신채널에 끼어들었다.

—목소리가 청명하시군요. 어머님. 아무튼 치프, 당신이 동쪽을 지원해 줘야겠어. 잘못하면 조셉의 시신조차 수습하지 못할 거야.

—동쪽은 괜찮아, 뎃디! 내가 처리하고 있어! 조셉의 시신도 확인했고!

셀레스티아의 목소리가 통신채널에 들렸다.

—셀레스티아? 정말 괜찮아?

데스디아가 걱정하여 물었다.

—괜찮으니까 치프는 남쪽으로 가줘! 연맹 회장님과 헌터들이 그쪽에서 고전하고 있어!

"좋아, 그렇게 하지. 치프, 통신 종료."

치프는 셀레스티아의 힘찬 목소리가 낯설었지만 남쪽에 대한 걱정 및 이동 수단에 대한 고민을 먼저 하기로 했다.

생각 중인 그의 눈에 들어온 것은 뚜껑이 사라진 자동차였다.

'잠깐, 저건 내가 처박혔던 차잖아? 위쪽이 물어뜯겼는데?'

치프는 그 모습과 자신의 회복 상태에서 추론해 낸 예상 답안을 믿을 수 없었다.

'설마 엠페라투스가 날 구해준 건가?'

엠페라투스와 라이트스톤 사이에 있었던 일들을 전혀 모르는 치프로서는 당황할 수밖에 없는 상황이었다.

"…뭐, 오늘을 끝으로 영원히 못 만날 사이도 아니니니 언젠가 알게 되겠지."

그는 자신이 지금 당장 해야 할 일에 집중하기로 했다.

"남의 차를 쓰긴 그러니 데토네이터로 가볼까?"

그는 메모리칩에 설치된 데토네이터 운영체제에 문제가 없기를 바라며 무장 제조 능력을 발휘했다.

주변에서 모여든 금속입자들이 고릴라, 혹은 두 발로 선 곰처럼 두꺼운 팔다리와 각종 중무장을 갖춘 데토네이터로 변했다.

중무장이라고는 해도 그냥 종류만 다른 레일건들이었고, 차별이 되는 무기는 오로지 전기톱뿐이었다.

'운영체제에는 이상이 없고… 그럼 다수를 처리하기에 딱 좋은 무기를 붙여볼까?'

메모리칩 내의 운영체제가 치프의 망막에 띄운 것은 대형 개틀링식 기관포였다.

'추천되는 건 30㎜ 개틀링 레일건이군. 나쁘지 않지.'

금속입자가 다시 모여들면서 데토네이터의 왼팔에 개틀링 기관포가 마련됐다. 기관포 총신부터 급탄기와 드럼통처럼 생긴 탄창까지 합한 길이가 2미터를 훌쩍 넘는 무식한 위용에 치프는 고개를 갸웃했다.

'총신은 좀 짧게 하자고.'

총신이 극단적으로 짧아지면서 급탄기와 탄창이 두드러져 그 꼴이 우습게 됐지만 교전 거리 200미터 이내의 초근접전을 위한 무기여서 큰 문제는 없었다.

초근접전의 경우 과도하게 큰 탄창이 공격받을 위험도 있으나 발사 방식이 화약이 아니라 전자기력이기 때문에 탄창이 터져도 탄만 쏟아질 뿐, 데토네이터가 유폭할 위험은 없었다.

'또 없을까? 아, 이런. 쇼핑할 때가 아니야. 일단 가면서 생각하자고.'

데토네이터의 등 쪽에 열린 탑승구를 통해 안으로 들어간 치프는 조종간을 잡고 페달에 발을 놓았다.

'메모리칩 과열과 뇌에 걸리는 부담 문제로 기동제한시간이 2분이지만… 아까 신과 싸울 때는 큰 문제가 없었어. 지금은 오히려 상쾌할 정도야. 셀레스티아가 준 재생 능력이 부담을 줄여주는 것 같군.'

탑승구를 닫고 장갑판을 덮어 치프를 보호한 데토네이터는 스키를 타려는 사람처럼 팔다리를 굽혔다.

출발 직전, 치프는 도저히 우습게 볼 수 없는 문제를 발견했다.

"아, 제길! 메모리칩 안에 빅시티 지도를 안 넣어뒀어!"

그는 좁은 조종석 내에서 필사적으로 주머니를 뒤적거려 단말기를 꺼냈다.

"급하니 차량용 내비게이션이라도 다운받고… 아니, 왜 통화권 이탈이야! 통신 회사 녀석들, 기지국의 전원을 내려 버렸나?"

속이 확 뒤집힌 치프는 손으로 귀에 낀 헤드셋을 눌렀다.

"어이, 롸켓! 통신 들리면 대답해!"

—무슨 일이오, 사장? 난 지금 라이노 건쉽으로 지상을 지원하느라 바쁘단 말이오! 내가 여기서 한눈이라도 팔았다간 연맹 회장과 헌터들은 피떡이 될 거요!

"아……."

치프는 눈앞이 아뜩했다.

고민하는 그에게 데토네이터의 운영체제가 대형 생물체의 접근 경고를 보냈다.

"뭐지?"

—뭐긴, 나일세. 친구.

통신채널에 루할트의 목소리가 들렸다.

치프는 데토네이터를 움직여 상공을 봤으나 루할트의 모습은 보이지 않았다.

—지금은 광학식 위장 능력을 사용하고 있어서 내 모습이 눈에 보이진 않을 것이네. 한참 동안 지상의 상황을 볼 수가 없어서 내려왔더니 고생하고 있군.

"지상을 볼 수 없었다고?"

—자네가 신을 상대로 데토네이터를 꺼낸 뒤부터 모든 감각

에 방해를 받았네. 안개 속에 들어가 있는 것처럼 앞이 보이지 않았지. 아무튼 무사해서 다행이군, 친구여.

"음… 아무튼 날 벙커 쪽으로 데려다줄 수 있겠어? 벙커의 남쪽 출입구에서 난리가 났다고 하더라고."

—즉시 데려다주지. 하지만 같이 싸울 수는 없을 것 같군.

"이해하니까 빨리 가자고."

치프는 빅시티의 사람들 대다수가 모든 드래곤을 엠페라투스의 부하쯤으로 치부할 것이라 여기고 있었다.

그의 예상대로, 현재 갈라트를 비롯한 헌터들은 아까 엠페라투스와 함께 하늘을 휘젓고 지나간 드래곤들에게 적개심을 품고 있었다.

그들이 행한 브리치의 파괴 역시 자신들을 돕기 위한 행동이라기보다는 환상종들을 더 풀기 위한 발악으로 판단했다.

그 때문에 남쪽 출입구에서 그들과 함께 싸우고 있는 알케온마저도 헌터들과 전투경찰들이 죽어가는 위급한 상황에도 불구하고 드래곤의 모습을 갖추지 못하고 있었다.

데토네이터를 손에 쥔 루할트는 투명해진 상태를 유지한 채 벙커를 향해 날아갔다.

—벙커 주변의 환상종들을 모두 처리하는 것으로 오늘 일이 끝날 것 같지는 않군. 아마도 큰 전환점이 될 것이네.

"여러 가지로 그렇겠지. 신들도 그렇고, 포프도 그렇고."

—포프가?

"자신이 왜 이 행성에 오게 됐는지를 알아버렸잖아. 막연한 감정이 아니라 원한을 품게 됐다고. 진심으로 말이지."

—조셉 얘기는 하지 않는군. 난 아직도 그 친구의 죽음을 받아들일 수 없는데 말일세.

"나야 뭐… 말 안 해도 알잖아?"

—그래, 아저씨지. 군인이기도 하고. 하지만 가슴으로는 이해가 안 된다네.

"어째서?"

—모르겠군. 그것이 날개 달린 자와 인간의 차이일지도. 아무튼 다 왔네. 행운을 빌지.

"다 끝나면 모여서 맥주나 한잔하자고."

—내 몫까지 싸워주게, 친구여.

루할트의 손에서 벗어난 데토네이터는 건하운드의 포대들과 마찬가지로 중력조절장치를 이용해 낙하 속도를 줄였다.

치프는 낙하하면서 롸켓이 조종 중인 라이노 건쉽을 지나쳤다. 꼭 성난 복어처럼 생긴 그 뚱뚱한 전투용 비행체는 자신이 갖고 있는 화력을 지상에 투사하지 못하고 있었다.

환상종들과 헌터들이 난잡하게 뒤엉킨 것도 이유였지만, 무엇보다 곰벌레처럼 생긴 초대형 환상종이 등에 솟아난 돌기로부터 이상한 입자를 뿜어내어 라이노 건쉽의 공격을 차단하고 있었다.

'저 덩치가 문제로군.'

출입구 바로 앞에서는 화염이 치솟고 있었다.

알케온이 입구 안으로 들어오려는 환상종, 정확히는 헤라클레스들과 케이론들을 플라즈마 폭풍으로 구워 버리고 있었다. 헌터들과 전투경찰들은 알케온이 불을 일으키는 초능력으로 자신들을 돕고 있다고 생각할 뿐, 그의 정체가 사실 영주급 드래곤이라는 것을 꿈에도 모르고 있었다.

'그럼 입구부터 정리해 볼까?'

치프가 데토데이터의 낙하 속도를 올렸다.

기계덩어리가 급강하하여 헤라클레스 하나를 찍어 눌렀다.

전기톱에 찍힌 헤라클레스는 낙하 시에 걸린 충격까지 받고도 살아 있었지만 전기톱의 체인이 기동되면서 둘로 나뉘어 즉사했다.

헤라클레스 하나를 처리한 치프는 데토네이터의 왼팔에 설치한 기관포를 시작으로 어깨에 달린 대형 레일건과 몸 곳곳에 설치된 입자포들을 일제히, 그리고 정교하게 기동시켰다.

다트로 풍선을 터뜨리듯 데토네이터의 무기들이 오로지 환상종들만을 정확히 때려 없애자 헌터들과 전투경찰들의 분위기가 바뀌었다.

'저게 뭐지?'

가쁜 숨을 내쉬며 환상종들과 맞서 싸우던 연맹 회장, 갈라트는 갑자기 자신들 뒤쪽에 나타난 그 묵직한 기계덩어리를 낯선 얼굴로 바라봤다.

죽은 환상종들의 빈자리를 채우듯 헤라클레스들과 케이론들이 밀물처럼 몰려왔다.

치프는 그에 맞서 데토네이터를 거세게 몰았다.

“여기만 정리하면 오늘 일 끝난다던데, 맞습니까?”

환상종들을 향해 돌진하는 데토네이터로부터 치프의 목소리가 나오자 그의 목소리를 기억하는 모든 헌터가 환호성을 질렀다.

환상종들도 치프의 존재를 의식하고 있는지 다른 헌터들은 아예 쳐다보지도 않고 치프를 향해 달려들었다.

치프는 전기톱과 기관포로 그들을 처리했으나 헤라클레스는 그의 예상보다 단단했고 케이론의 숫자는 엄청났다.

그가 전진조차 못할 정도로 둘러싸인 순간 알케온의 플라즈마 불꽃이 하늘에서 떨어졌다.

불꽃에 녹아버린 환상종들의 잔해를 뚫고 나온 치프는 비로소 전진하기 시작한 곰벌레 형태의 환상종을 향해 모든 무장을 조준했다.

거기까진 순조로웠다. 하늘에서 지상을 지켜보고 있는 루할트는 치프가 별 무리 없이 그 환상종을 처리할 거라 생각했다.

하지만 그것은 끔찍한 오해였다.

대형 환상종을 호위하듯 위치하고 있던 헤라클레스와 케이론들이 일제히 움직였다.

치프의 입장에선 길을 터주는 듯한 모양새였기에 그는 아낌없이 방아쇠를 당기려 했다.

‘근데 왜 불길하지?’

치프는 데토네이터의 조종간과 페달에 본능적으로 힘을 넣었다.

대형 환상종의 아래쪽에 달린 여덟 개의 뭉툭한 다리 사이로 붉은색의 스파크가 튀었다. 그 지점을 기점으로, 새빨간 전자파 폭풍이 원을 그리며 퍼져 나갔다.

그 폭풍은 기세가 대단했으나 생명체들에게는 아무 영향도 끼치지 못했다.

하지만 전자기기들은 그렇지 않았다. 통신기, 단말기는 물론 헌터들이 사용하는 건하운드 포대들까지 일제히 분해되어 금속 입자로 돌아갔다.

데토네이터를 점프시켜 그 전자파 폭풍을 피한 치프는 무장이 해제된 헌터들의 모습에 경악했다.

'빌어먹을!'

치프는 목표로 삼았던 대형 환상종에게서 등을 돌릴 수밖에 없었다.

헤라클레스와 케이론들은 집게발과 팔의 광선검을 동원하여 눈앞의 헌터들을 도륙했다.

무장을 해제당한 헌터들이 선택할 수 있는 최선의 행동은 도망치거나 피하는 것뿐이었다.

헤라클레스나 케이론들과 육탄전을 벌일 수 있을 만큼 몸이 좋은 헌터들은 당장 당하는 것을 면했으나 다른 환상종들에게 협공당하여 더욱 처참히 죽고 말았다.

갈라트처럼 화약식 무기, 즉 총을 비상용으로 갖고 있던 헌터들은 사격을 하여 헤라클레스와 케이론들을 견제했으나 권총이나 소총 등으로 그들의 두꺼운 외피를 뚫는 것은 무리였다.

"전부 후퇴해!"

치프가 고함을 지르며 데토네이터 조종간의 방아쇠를 당겼다.

데토네이터의 왼팔에 달린 개틀링 기관포가 헌터들과 뒤섞인 환상종들에게 쏟아졌다.

조준은 치프가 하지 않았다. 데토네이터의 운영체제에 들어있는 대테러 전투 전용의 정밀사격 프로그램이 비인간적인 정확도로 환상종들을 노렸다.

외피가 조금 특별한 헤라클레스의 경우에는 맞아도 비늘만 떨어질 뿐, 아주 큰 충격을 받진 않았지만 그냥 평범한 키틴질 외피를 가진 케이론들은 한 방에 머리가 터지고 몸이 분리되며 즉사했다.

정밀사격 프로그램은 적과 아군, 혹은 인질들이 뒤섞여 있을 때를 위한 것인데, 방금 쏟아진 총알의 폭우 속에서도 단 두 명의 헌터만이 파편에 긁히는 수준의 상처를 입었을 뿐, 직접 탄에 맞은 사람은 아무도 없었다.

치프는 데토네이터를 착지시키며 대형 환상종 쪽으로 금속제 방벽을 만들었다.

마침 대형 환상종이 한 번 더 뿜어낸 전자파 폭풍이 치프의 방벽에 가로막혔다.

그러나 데토네이터는 피해를 줄이는 것에 만족해야 했다. 금속 방벽은 입자들을 강제로 연결시켜 주는 에너지가 흩어져 모래성처럼 붕괴되었다.

외장에 큰 타격을 입은 데토네이터를 긴급히 수리한 치프는 헌터들이 후퇴할 수 있도록 사격을 계속했다. 헤라클레스들이 맷집을 앞세워 달려들자 데토네이터 자체를 회전시키며 전기톱으로 그들을 분쇄했다.

그 와중에 전자파 폭풍이 또 닥쳐왔다.

치프는 이번에도 방벽을 만들어 피해를 줄였지만 데토네이터는 아까보다 더 큰 피해를 입었고 치프의 무장 제조 능력도 그 처리 속도가 느려졌다.

그 일대의 모든 금속이 전자파 폭풍에 오염되어 추출과 결합에 방해를 받고 있었기 때문이다.

'이런 제길! 아까 그 신보다 저 곰벌레 녀석이 더 귀찮아!'

만약 치프가 데토네이터 대신 순양함이나 전함을 동원했다면 그 대형 환상종쯤은 간단히 넝마로 만들었을 것이다.

하지만 치프는 엠페라투스가 자신에게 어떠한 짓을 저질렀는지 모르는 상황에서 함부로 큰 능력을 발휘할 수가 없었다.

'데토네이터로는 이제 무리야! 전기톱의 체인조차 복구할 수가 없어! 집게발 달린 놈들을 처리하는 것도 이제 두 번 정도가 끝이라고! 뭔가 방법이 없나?'

도망치는 헌터들 대신 치프의 처리를 목표로 삼은 헤라클레스와 케이론은 놀라울 만큼 필사적으로 치프를 노렸다.

환상종의 군대와 붉은색의 전자기 폭풍이 동시에 몰려오자 치프는 방벽을 만들면서 자신에게 행운이 있기를 기도했다.

전자기 폭풍과 플라즈마 폭풍이 치프의 앞쪽에서 충돌했다. 그 사이에 낀 헤라클레스와 케이론들은 플라즈마 폭풍에 의해 외피가 소각당하여 바닥에 쏟아졌다.

'플라즈마 폭풍? 알케온인가?'

아슬아슬하게 그를 구한 알케온이 왼손을 자신의 귀에 댔다. 손을 통신기 대신 이용하기 위해서였다.

—후퇴하게, 사장이여! 왕녀 전하와 부사장이 올 때까지 내가 이 자리를……!

이 자리를 맡겠다며 알케온이 선언하려는 찰나였다.

"그래, 드래곤! 알케온, 넌 천재야! 감봉은 없었던 일로 해줄게!"

치프가 신이 나서 소리쳤다.

—감봉? 무슨 소린가?

"됐으니 나중에 얘기하자고!"

치프의 데토네이터가 똑바로 서서는 백금색의 빛을 온몸에서 발휘했다.

—뭘 하려는 건가? 적들의 수가 아직 많네! 자네가 미친 짓에 익숙하다는 것은 알지만 작작 하란 말일세!

알케온이 걱정하여 통신에 대고 외쳤으나 치프의 귀엔 들리지도 않았다.

"날 좀 도와줘야겠어, 루할트!"

—저 환상종을 나보고 잡으라는 것인가? 그거야 어렵지 않지만 내가 자네를 돕는 모습이 공개됐다가는 자네나 나나 난처해질 것일세.

"됐으니 그럴싸하게 등장해 봐!"

—등장이라니?

통신을 멈춘 치프는 데토네이터의 외부 스피커를 작동시켰다.

"내가 전함만 만들 줄 안다고 생각했나? 천만에! 끝내주는 걸 보여주지!"

데토네이터가 빛에 휩싸인 채 하늘로 뛰어올랐다. 갈라트를 비롯한 헌터들과 전투경찰들은 눈을 크게 뜬 채 그 모습에 주목했다.

"대지에 서라! 데토네이터, 드래곤 스타일!"

그것은 실제 나이 마흔이 넘은 아저씨의 외침이었다.

모습을 숨긴 채로 지상에 내려온 루할트가 치프의 데토네이터를 머리 위에 얹고는 위장을 해제했다.

검은색의 몸을 가진 드래곤 영주, 루할트가 두 날개를 활짝 펼치며 포효했다. 루할트와 데토네이터 모두 검은색이기에 '드래곤 스타일'이라는 이름이 딱히 이상하진 않았다.

아니, 갈라트를 비롯한 이들은 오히려 전율했다. 태양을 가리고 공기를 짓누르는 루할트의 자태는 웅장함 그 자체였다.

그에 감동을 느낀 나머지 눈물을 흘리는 자도 있었다.

"회장님, 저거 혹시 영주급 드래곤으로 유명했던 루할트 아닙니까?"

중년의 헌터 한 명이 날카롭게 지적하자 모든 이가 움찔했다.

"그러고 보니……?"

사실 루할트는 드래곤로크 이전에 벌어진 몇몇 사건을 통해 헌터들 사이에서 악명이 높았던 존재였다.

치프가 그라니트 행성에 돌아왔을 때 마주쳤던 도적들이 루할트를 '모래폭풍의 루할트'라고 부르며 두려워한 것도 그 시절의 사건들 때문이었다.

알케온은 물론 루할트도 깜짝 놀랐으나 해결책이 없는 것은 아니었다.

'어쩔 수 없군! 이 땅과 나의 친구를 위한 일이로다!'

이 땅에서 태어난 3세대 드래곤과 파울라를 비롯한 2세대 이상의 드래곤들 사이에는 '외골격'이라는 차이점이 존재했다.

외골격은 기본적으로 갑옷의 역할을 하는데, 사실 대부분의 영주급 드래곤들도 외골격을 사용할 수 있었다.

그러나 외골격은 3세대에게 있어서 선천적인 신체기관이 아니었기에 격식을 차려야 할 경우를 제외하고는 대부분의 영주가 외골격의 생성을 생략하고 있었다.

루할트의 비늘들이 버섯처럼 자라나서는 서로 단단히 맞물리면서 검은색의 갑주처럼 변했다.

머리에 얹어진 데토네이터도 외골격 사이에 깔끔히 수납되어 상체만 드러나게 됐다.

외골격으로 완전히 몸을 감싼 루할트는 일부러 몸 곳곳에서 기계음까지 내며 의심을 피하기 위해 노력했다.

그 형태는 루할트의 정체를 지적했던 중년 헌터의 표정을 대번에 바꿨다.

“이 무지한 자의 의심을 용서하시오, 그라니트 용역의 치프여!”

진심으로 사죄하는 그의 목소리에 치프와 루할트 모두 안도의 한숨을 소리 없이 내쉬었다.

—날카로운 자로군. 방심하면 안 되겠어.

치프의 단말기에서 루할트의 목소리가 나왔다.

“여어, 한눈에 알아보는 사람이 있을 만큼 용맹을 떨치고 다니셨나 보군. 나만 귀찮게 한 게 아닌가 봐?”

—철없던 시절의 흔적일세, 친구여.

“불과 작년 일이거든요?”

—아무튼 이제 부담 없이 저 환상종을 날려 버릴 수 있겠군. 날개 달린 자들의 힘을 유감없이 보여주지!

루할트를 의식하던 환상종이 저항하듯 전자기 폭풍을 내뿜었다.

—가소롭도다!

루할트가 날갯짓을 하자 검은색의 모래폭풍이 일어나 전자기 폭풍을 반대로 튕겨 버렸다.

활짝 펴진 루할트의 날개 박막이 사라지고 그 자리를 검은색의 모래폭풍이 채웠다.

—잔챙이들부터 모조리 쓸어주마!

날개의 뼈대 사이에서 전류를 휘감은 채 몰아치는 모래폭풍의 박력은 지상에 있는 구경꾼들을 흥분케 했다.

—영주의 힘을 만끽하라!

루할트가 공중으로 떠오르며 발산한 모래폭풍을 향해 헤라클레스와 케이론들 전부가 빨려 들어갔다. 폭풍에 휘말린 그 환상종들은 전류에 구워지고 폭풍에 찢겨 남김없이 사라졌다.

'이 친구, 좀 신난 게 아닌데?'

조종간에서 아예 손을 놓은 치프는 미안한 표정으로 웃었다.

'1년 만에 자기 몸을 되찾은 기분일 테니 얼마나 좋겠어? 아까 알케온이 본모습을 잠깐 갖춘 것만 봐도 그렇고… 다들 스트레스가 이만저만이 아닐 거야.'

인간의 모습으로 움직이기는 기능이 있을 뿐, 그들의 본모습은 어디까지나 날개 달린 자였다.

치프는 봉고재 사건에서 마주쳤던 드래곤을 떠올렸다.

'그 친구도 본래의 모습을 유지한 채 자유롭게 날아다닐 수 있었다면 그렇게 되지 않았을 거야. 드래곤들에게 있어서 인간의 모습으로 빅시티의 뒷골목을 돌아다니는 것은… 인간의 입장에서 생쥐의 모습으로 좁은 하수도를 기어 다니는 꼴이나 마찬가지겠지.'

치프는 하루라도 빨리 이 땅을 그들에게 돌려줘야겠다고 마음먹었다.

한편, 땅에 다시 내려온 루할트는 날개의 박막을 다시 펼치며 대형 환상종을 향해 돌진했다.

그 환상종은 전자기 폭풍을 다시 사용했으나 기계가 아니라 생체인 루할트에게는 아무런 의미도 없었다.

루할트는 빙판에서 스케이트를 타듯 부드럽고 빠르게 몸을 돌리며 꼬리를 휘둘렀다.

—이 땅 어디에도 너희들이 발붙일 곳은 없다!

꼬리에 맞아 몸이 움푹 들어간 환상종은 작게 뚫린 입으로부터 흰색의 거미줄 같은 내장을 뿜으며 고통스러워했다.

뒤이어 루할트는 길게 내민 손톱을 이용해 환상종의 몸뚱이를 연속으로 후려쳤다.

—설령 이방인들이 우리의 존엄성을 이해해 주는 날이 온다고 해도, 신의 졸개로서 이 땅을 침략한 너희들에게는 모래 한 톨 크기의 땅도 허락되지 않을 것이다!

치프는 단말기 안에서만 들리는 루할트의 목소리로부터 지난 시간 동안 쌓인 분노와 구슬픔을 함께 느꼈다.

환상종의 겉을 난자하여 빈사 상태로 만든 루할트는 마지막 일격을 위해 날아오른 후 입을 한껏 벌렸다.

푸른색의 빛이 그의 입에 맺히고는 열방사선으로 바뀌어 환상종의 몸체에 폭포수처럼 쏟아졌다.

환상종뿐만 아니라 주변 건물들까지 열방사선에 큰 손상을 입었다.

그럼에도 불구하고 헌터들과 전투경찰들은 루할트가 보여주고 있는 폭력과 파괴가 자신들의 편임을 알기에 두 팔을 치켜들고 흔들며 환호했다.

알케온은 그들의 모습에서 불쾌감을 느꼈다.

'우리는… 탈것 따위로 위장해야만 이들의 환호를 들을 수 있단 말인가?'

그러나 그가 아쉬워할 틈은 없었다.

열방사선으로 인해 군고구마처럼 변한 환상종의 몸뚱이로부터 막강한 에너지가 감지됐기 때문이다.

이번에는 사람들을 휘청거리게 할 만큼 강력한 전자파 폭풍이 사방으로, 그것도 아주 빠른 간격으로 발산되었다.

'설마, 날개 달린 자의 숨결을 먹이로 삼았나?'

그렇게 생각하는 자는 알케온만이 아니었다. 치프와 루할트의 생각도 그와 똑같았다.

—아무래도 내가 실수한 것 같은데?

"참으로 긴 하루로군."

치프가 데토네이터의 조종간을 다시 잡았다.

—자네, 뭐 하려는 건가?

단말기에서 들려 나온 루할트의 목소리는 살짝 긴장되어 있었다.

루할트가 단말기를 통해 질문한 이유는 데토네이터로부터

자신의 피부로 내려온 강한 에너지 때문이었다.

건하운드 제어기가 금속입자를 추출할 때 발생하는 힘과 비슷했는데, 이상하게도 루할트의 중추신경을 자극한 것이다.

하지만 치프는 모르는 일이었다. 지금 그의 눈에는 환상종의 몸속에서 솟아오르는 푸른색 빛만이 들어 있을 뿐이었다.

"괜히 겁먹지 말고 가만히 있어! 내가 거점 방어용 레일건을 자네 위에 설치할 거야! 그거 한 방이면 저 녀석도 사라지겠지!"

치프의 말에 루할트는 지구에서 사용하는 거점 방어용 레일건을 떠올려 봤다.

루할트는 자기 손으로 군수회사를 운영하는 만큼 우주연합에 속한 각 행성에서 공개적으로 사용하는 무기의 대부분을 알고 있었다.

—무슨 소리를 하는 건가? 저 환상종만 사라지는 게 아니라 벙커 위쪽이 전부 날아갈 것이네! 전함용 주포로도 충분해!

"위력을 조절하면 된다고!"

지상에서 솟아오른 엄청난 양의 금속입자가 루할트의 어깨에 모였다.

—받아들일 수 없네! 나 혼자서도 저 환상종을 없앨 수 있으니 생각을 바꾸게, 친구여!

"자네야말로 진정해! 저 녀석, 지금 무지하게 위험한 상태라고! 녀석의 몸 안에서 계측되는 에너지의 양이 엄청나! 핵분열 연쇄반응 비슷한 것까지 일어나고 있어! 녀석의 몸 안에서 발산

되는 빛이 체렌코프 현상이 아니길 빌라고!"

—그럼 계획을 말하게!

"모래폭풍으로 저 녀석을 띄워! 아니면 하늘을 날 때처럼 반중력을 일으키라고!"

—차라리 손으로 들고 날아오르는 게 빠르다네!

"그럼 그렇게 해! 당장!"

소란을 피우는 둘의 옆으로 초승달 모양의 검은색의 칼바람이 지나갔다.

그 칼바람은 환상종의 몸뚱이를 정확히 반으로 갈랐고, 그 직후 전자파 폭풍과 에너지 증가도 멈췄다.

루할트가 고개를 돌려 칼바람이 날아온 방향을 봤다. 덕분에 치프도 칼바람의 발생 지점을 볼 수 있었다.

한 건물의 옥상에 스트라투스를 거머쥔 데스디아가 서 있었다.

브리치를 파괴할 때 사용하는 기술로 환상종을 완전히 침묵시킨 그녀는 짜증이 바짝 올라온 표정을 지었다.

"멍청이들 같으니."

중얼거린 그녀가 통신기에 손을 댔다.

—혹시 내가 핵폭발에 준할 뻔한 상황을 정리해 준 거라면 둘 다 알아서들 해. 빗자루와 쓰레받기만으로 이 폐허를 정리해야 할 거야.

그 경고를 들은 치프는 '네 말이 맞다'라고 솔직히 대답할 수가 없었다.

"아니, 뎃디. 그게 아니라……."

―그보다… 저건 뭐지? 저게 환상종의 정체인가?

루할트가 다시 고개를 돌렸다.

좌우로 갈라져 드러난 환상종의 내부를 본 치프는 루할트와 함께 경직되었다.

그들뿐만 아니라 지상에서 구경하던 헌터들까지도 할 말을 잃었다.

환상종은 면도칼에 잘린 만두처럼 속을 드러냈다. 그리고 그 속에는 둘로 잘린 드래곤의 뼈대가 뜨끈한 김을 뿜고 있었다.

헌터들은 긴가민가하는 표정이었으나 알케온과 루할트는 그 뼈대가 동족의 것임을 한눈에 알아봤다.

―환상종 안에… 동포가? 그래서 나의 숨결에 반응한 것인가? 난 동포를 죽인 것인가?

루할트의 공허한 목소리가 통신채널 안에 울렸다.

"…혼란스러운 건 이해하지만 지금은 뭐가 어떻게 된 건지 알아내는 게 죽은 자들을 위한 일이야."

치프가 설득하듯 말했다.

―그래, 자네 말이 맞아. 지금은 모두를 위해 움직여야 해.

루할트는 스스로를 응원하는 것과 동시에 치프의 말을 인정했다.

―저 시신을 확보하고 싶은데, 괜찮겠나?

"물론이지."

그의 요청을 받아들인 치프는 데스디아에게 의견을 물을까 하다가 그만두었다. 그녀의 심경이 복잡할 것 같았기 때문이다.

실제로 데스디아는 드래곤의 골격을 씁쓰름하게 바라보고 있었다.

'오늘의 사건이 이대로 끝난다면 끝이 지저분한 전투로 기억되겠군. 오랫동안 개운치 않겠어.'

그녀는 포프를 돌봐주고 온갖 지저분한 일을 도맡아 해줬던 그 UNSMC 대원의 모습을 떠올렸다.

씁쓸함은 얼마 못 가 우울함으로 바뀌었다.

치프는 데토네이터의 외부 스피커를 점검한 후 지상에 있는 헌터들 쪽을 봤다.

"연맹 회장님을 비롯한 헌터들은 제 말이 들리십니까? 저 환상종의 시체를 지금 회사로 가져가고 싶은데, 뒷일을 부탁드려도 될까요?"

단말기가 망가져 통신을 할 수 없는 상황인 갈라트는 어떻게 대답할까 망설이다가 그냥 두 팔을 들어 동그라미를 그리는 것으로 답을 대신했다.

"감사합니다. 조만간 직접 찾아뵙고 인사드릴게요."

치프의 말이 끝나자 루할트는 모래폭풍으로 환상종의 시체를 감싼 후 함께 떠올라 회사 쪽으로 날아갔다.

외골격으로 몸을 감싼 루할트가 사라지는 모습은 지상에 있던 이들 대부분이 구경할 수 있었다.

상황을 잘 모르는 자들은 어리둥절한 표정을 지었으나 셀레스티아와 파울라는 모래폭풍 사이로 살짝 보인 드래곤의 뼈를 보고 불길함을 느꼈다.

'슬픔이 끝날 것 같지 않아.'

셀레스티아는 왼손으로 눈가를 훔쳤다.

그녀의 뒤쪽에서 꼼짝도 못 하던 전투경찰들과 키드는 슬픔에 잠긴 그녀의 모습에 당황했다.

셀레스티아의 앞쪽에는 환상종의 시신 수백과 그 혈액이 시커멓게 섞인 채 악취를 풍기고 있었다.

그녀가 동쪽 출입구로 자리를 옮기자마자 한순간에 박살 내버린 것들인데, 키드는 엄청난 파괴력을 발휘하여 시체의 산을 만든 그녀가 왜 시작부터 끝까지 우울해하는지를 이해할 수가 없었다.

이해를 하려 해도 그의 마음이 움직여 주지 않았다. 그의 뇌리에 남은 셀레스티아의 힘은 그만큼 압도적이었다.

그의 스승이 허리를 두드리며 곁으로 다가왔다.

"아무래도 왕녀 전하는 싸움에 익숙지 않은 것 같구나."

"스승님, 전 왕녀가 어떻게 환상종들을 처부쉈는지 기억조차 나지 않습니다."

"마침 좋은 비교 대상이 있구나."

스승이 출입구 안쪽을 가리켰다.

그곳에서는 죽어 쓰러진 조셉의 사진을 단말기의 카메라에 담고 있는 죠니의 모습이 있었다.

시체가 신기하여 그러고 있는 것이 결코 아니었다. 현장 보존과 단서 채집을 위한 전문적인 행동이었다.

"내 입장에선 전우의 시신을 저렇게 기계적으로 바라볼 수 있는 자들이 더 불편하구나."

그의 말을 들은 죠니가 하던 일을 멈추고 키드와 그의 스승을 봤다.

죠니는 키드가 아무리 어이없는 짓을 해도 웃으며 이해를 해줬던 쾌남아였다. 그러나 기계적이라는 말을 들어버린 지금은 그렇지 않았다.

그의 표정과 눈에서 흐르는 쩌릿한 살기가 키드를 움츠러들게 만들었다.

"어이, 키드. 그리고 할배. 한 번만 더 그딴 식으로 지껄이면 마취 없이 코뼈가 뽑혀도 숨을 쉴 수 있다는 사실을 알게 될 거야."

그의 경고에 키드의 스승이 당황했다.

"이, 이보게. 난 자네들을 조롱할 뜻으로 말한 게 아니라……."

"그냥 닥치는 게 좋아."

"……."

"원사님께 그랬다간 기회조차 없을 테니 조심해. 그분은 부사장님처럼 너그럽지가 않거든."

단단히 경고를 한 죠니는 다시 조셉의 모습을 단말기에 담았다.

"조셉은 너희를 지원해 주려고 하다가 죽었다고. 이 자리에서 말이야."

분함을 억누르며 말한 죠니는 주머니에서 3차원 조사용 드론을 꺼내 공중에 띄웠다. 그는 단말기로 드론을 조작해 주변을 스캔하며 상황 파악에 주력했다.

나이트 스토커들은 다른 사람들이 도착하여 죠니와 셀레스티아를 위로해 줄 때까지 아무 말도 하지 못했다.

그날의 전투는 신과 인간의 대결이 아니라 엠페라투스와 치프의 대결 도중 나타난 초대형 환상종의 난동으로 기록되었다.

보안국 본부 건물의 실종에 대한 이야기, 예를 들어 보안국 본부 자체가 그 '환상종'이었다는 이야기는 알게 모르게 많이 나왔으나 뚜렷하게 찍힌 증거는 없었기에 크게 이슈화되진 못했다.

헌터들 사이에서는 환상종보다 조셉에 대한 이야기가 더 많이 돌았다.

그라니트 용역에 악감정을 가진 자들은 데스디아의 사냥개들 가운데 하나가 죽었다며 통쾌해했고, 반대로 호의적인 자들은 넉살 좋게 일을 처리해 주던 젊은이를 잃었다면서 안타까워했다.

빅시티에는 다시 평화가 찾아올 것 같았다. 그러나 그 평화는 불과 일주일을 가지 못했다.

39
직접적인 도전

전투가 끝나고 나흘이 지난 뒤, 치프는 포프로부터 제법 강력한 요청을 받게 되었다.

"제 동생들도 이곳에서 지내게 해주세요."

특유의 긍정적인 모습을 완전히 잃은 그 오파로아 행성 출신의 소녀는 생기 없는 눈으로 치프를 바라보며 말했다.

사장석에 앉은 치프는 자신의 옆에 앉아 있는 죠니와 딕슨을 봤다.

그들과 셋이서 조셉에 대한 이야기를 나누려던 차에 포프의 급작스런 방문과 요청을 받아버린 치프는 무척이나 난감해했다.

'부모에 대한 일도 그렇고, 조셉에 대한 일도 그렇고… 감당하

기 힘들어하는 것 같은데.'

치프는 그녀를 어떻게 달래줘야 할지 감이 잡히지 않았다. 해주고 싶은 말은 너무 많았으나 그 이야기들이 그녀에게 통할지 장담할 수가 없었던 것이다.

여전히 헬멧으로 얼굴을 감추고 있던 딕슨이 자리에서 일어났다.

"원사님, 포프와 이야기 좀 하고 오겠습니다."

"음… 괜찮겠어, 포프?"

치프가 묻자 포프의 콧등에 주름이 졌다.

"경험담으로 저를 설득하려 하지 마세요."

어찌 보면 무례한 반응이었으나 치프와 죠니, 딕슨에게는 자신의 슬픔을 받아달라는 애원으로 들렸다.

"설득할 생각은 없어, 포프. 마지막으로 조셉을 만나게 해주려는 거야."

딕슨이 제법 강하게 나왔다.

"…예, 딕슨 아저씨."

포프가 자리에서 일어났다. 딕슨은 그녀를 데리고 사장실을 나갔다.

사장실에 둘만 남은 치프와 죠니는 한참 동안 다른 방향을 봤다.

"결국 딕슨이 헬멧을 벗게 되는군요, 원사님."

"그러게."

치프가 한숨을 쉬었다.

"문제아들이 다 떠나 버렸어. 이제 한 명만 남게 됐지."

"포프가 딕슨의 얘기를 이해해 주면 좋겠군요."

"포프는 강한 아이니까 괜찮을 거야."

"그건 그냥 원사님 개인의 소망입니다."

"내가 겁이 좀 많잖아?"

"그건 지나친 겸손이고요."

죠니가 쓴웃음을 지었다. 치프도 똑같이 쓴웃음을 지었다가 유리벽 밖을 보며 한숨을 쉬었다.

딕슨이 포프를 데리고 간 곳은 그 건물의 1층, 즉 회사의 로비였다.

로비 한가운데에는 관이 하나 있었고, 그 관은 UNSMC의 깃발로 단단히 덮여 있었다.

"동생들이 걱정되니?"

"…그런 남자와 함께 살게 할 순 없어요."

그런 남자란 바로 포프의 아버지였다.

"나도 아버지를 엄청나게 미워했지. 형제들은… 너무 많아서 짜증 날 정도였어."

딕슨은 깃발을 걷은 후 관을 열었다.

잘 눕혀진 조셉의 맨얼굴이 포프의 눈에 들어왔다. 광선총에 뚫리고 탄 부분은 말끔하게 채워져 있었다.

조셉은 검은색에 가까운 갈색 머리를 아주 짧게 깎은, 제법 굵직한 목소리와 달리 얼굴선이 얇은 백인 청년이었다.

헬멧 안에 감춰진 얼굴이 그렇게 말끔하고 순박할 줄은 몰랐던 포프는 지난 1년의 추억이 떠올라 눈물을 한 움큼 쏟았다.

"죠니 상사님처럼 굵직하게 생길 줄 알았어?"

딕슨이 헬멧을 벗으며 말했다.

"그게 아니라……."

눈물을 훔치며 딕슨 쪽으로 돌아선 포프는 물기를 잔뜩 먹은 눈을 휘둥그레 떴다.

그는, 딕슨은 관 속에 누워 있는 조셉과 똑같은 얼굴을 갖고 있었다. 차이점이라고는 산 자와 죽은 자의 피부색뿐이었다.

"조셉과 나는 복제인간이야. A프로젝트에 제공된 100명의 복제인간 가운데 둘이었지."

"어……."

포프는 당황하여 말도 제대로 하지 못했다.

딕슨은 조셉의 머리를 만져주며 담담한 표정을 지었다.

"처음에는 아버지라는 사람이 우리를 100명이나 복제한 이유를 몰랐어. 우리에게 특별한 능력이라도 있을 줄 알았지. 유전자 조작이라도 된 줄 알았는데 나중에 알고 보니… 단지 보상금을 100배 더 받기 위한 수단일 뿐이었어."

"……."

"비슷한 처지의 사람끼리 얘기 좀 할까?"

딕슨은 조셉의 관에 기대어 앉았다.

포프는 딕슨의 곁에 앉으려다가 말고 관에 누운 조셉의 짙은 갈색 머리카락을 쓰다듬었다.

'엄마의 시신은 보지 못했는데…….'

또다시 울 뻔했던 포프는 스스로를 진정시키며 딕슨의 옆에 앉았다.

회사 본관의 로비는 항상 썰렁했다.

실내 온도 자체가 낮았다. 이용하는 인원에 비해서 건물 규모가 크고 감시 장비를 제외한 대부분의 기계를 꺼둬서 그런 것인데, 데스디아는 잠기운을 떨구기에 딱 좋은 공기라며 그 상태를 유지시켰다.

그 낮은 온도 때문에 감기만 수차례 걸린 포프는 로비에 오랫동안 있어본 적이 없었다. 그러나 지금은 오히려 몸과 마음이 안정되는 느낌이 들어 언제까지나 이렇게 있고 싶었다.

"복제인간에게도 아버지가 존재할 수 있나요?"

생각 없이 질문을 던진 포프는 손으로 자신의 입을 막았다. 큰 실례라는 것을 뒤늦게 깨달은 것이다.

하지만 딕슨은 그냥 웃었다.

"지구에는 복제인간이 정말 많아. 복제인간과 관련된 각종 법률은 약 80년 전에 완비돼서, 복제인간의 유전자 조작 상한선도 존재할뿐더러 인권을 무시하고 거래를 하거나 노예로 부렸다가는 집행유예나 보석 따윈 허용되지 않는 엄벌에 처해지지. 그것도 국제적인 법으로 말이야."

"……"

"뭐, 정리하자면 지구에서는 더 이상 복제인간이 신기한 존재가 아니라는 거야. 법적으로, 그리고 생물학적으로 아버지가 존재하는 것 역시 큰일은 아니지. 물론 어머니나 형제도 마찬가지고."

"그, 그렇군요."

딕슨은 오른쪽 무릎을 세우고는 그 위에 오른팔을 걸쳤다.

"A프로젝트에 제공된 내 형제들은 아버지고 뭐고 전혀 모른 채 군대에서 성장했어. 처음에는 형제들이 북적거려서 나름 재밌었는데, 5세를 넘어갈 무렵부터 각종 유전자 질환으로 인해 형제들이 사망하기 시작했지. 결국… 열두 번째 생일을 함께 보낸 건 나와 조셉, 그리고 다른 두 명의 형제뿐이었어."

"아……"

포프는 자신에게 이 이야기를 계속 들을 자격이 있는지 궁금했다.

딕슨은 그녀의 표정에서 그 의문을 읽어냈다.

"괜찮아. 나와 조셉이 어린 시절에 저지르고 경험했던 일들은 너에게 큰 도움이 될 거야."

"예, 아저씨."

포프는 여전히 자신의 자격에 대해서 고민했으나 딕슨은 상관하지 않았다.

"우리에게 특이한 능력이 생긴 것은 열세 살 무렵이었어. 조셉은 내가 보는 걸 인식하게 됐고 나 역시 조셉이 뭘 보는지 알 수 있게 됐지. 다른 형제들도 그랬고. 그래서 네 명의 형제가 한 장소에 있으면 마치 특수한 카메라를 사용하는 것처럼 주변 환경 전체를 파악할 수 있었지."

"예?"

"어른들에게 그 얘기를 했더니, 그다음 날 아침에 다른 두 명이 사라졌어. 그때는 번호로만 서로를 불러서 이름은 몰라. 나와 조셉도 그랬는데, 원사님이 그날 저녁에 우리에게 이름을 주셨어. 그때부터 난 딕슨, 조셉은 조셉이 됐지."

"사장님께서요?"

"응. 당시 원사님께서는 A프로젝트의 마지막 세대를 총괄하셨거든. 그날이 우리와 원사님의 첫 대면이었어. 군대에서 자라온 우리에게는 정말 슈퍼스타와의 만남이나 마찬가지였지."

"사장님께서는 그렇게 유명하신 분이셨나요?"

포프는 그라니트 용역에 입사한 이후 치프에 대한 것을 인터넷으로 검색해 본 적이 있었다.

UNSMC와 A-1730, 혹은 UNSMC와 치프로 동시에 검색했을 때는 당연하다는 듯이 아무것도 나오지 않았다.

다만 UNSMC로만 검색했을 때 나온 수많은 동영상 가운데에는 치프의 모습이 뚜렷하게 찍힌 것들이 존재했다.

물론 전부 헬멧을 착용한 채로 찍힌 영상이었지만 포프는 그의 '느슨한' 움직임을 한 번에 알아차렸다.

그녀는 그것이 자신의 재능이라는 것을 전혀 몰랐지만, 어쨌거나 전부 검열이 끝난 영상이거나 UNSMC에서 공식적으로 배포한 홍보 영상이었기에 포프가 개인적으로 얻어낸 특이사항은 아무것도 없었다.

"각국 군대와 정치인들, 그리고 범죄자들 사이에서만 유명하셨어. 지금은 숟가락이라는 웃기는 별명으로 불리시지만 내가 어렸을 때는 좀 달랐지."

"그런가요?"

"응. 컬러 타이머(Color Timer)였어. 아시아권에선 색조정인(色調整人)이라고 불렀지."

포프에겐 익숙지 않은 명칭이었다.

"뭔가 특이한 별명이네요. 색을 조정하는 사람이라니……."

"세상의 색을 조율하는 자란 뜻이야."

딕슨의 표정이 진지해졌다.

"예?"

"위에서 빨간색이라 하면 빨간색으로, 파란색이라 하면 파란색으로. 원사님께서는 인간들의 '색'들을 조정하셨지."

포프는 고개를 갸웃했다.

딕슨은 오른손 검지와 중지로 자신의 눈을 찌르듯 가리켰다.

"원사님의 눈에는 인간의 형태가 색으로 느껴진대. 엠파시라고 하는데… 대충 이런 거야. 너는 노란색, 나는 파란색. 물론 평소에는 일반인처럼 보고 느끼시지만, 집중하시면 색으로 보는 게 가능하다고 하시더라고."

"신기하네요. 그런데 인간들의 색을 조정한다는 게 무슨 뜻인가요?"

"간단해. 상부의 지시와 어긋나는 색을 지우는 거야."

그의 말에 포프가 고개를 갸웃했다.

"얘기를 너무 어렵게 했나? 색을 띤 존재가 인간이라고 했잖아? 그럼 지워야 할 건 뻔하지."

"……."

가족들, 그리고 조셉의 일 때문에 며칠 동안 어두웠던 포프의 표정이 그제야 평소처럼 멍해졌다.

"사장님께서 사람을 죽이셨단 말씀이신가요?"

그녀가 소리를 크게 질렀다.

치프의 귀에는 들리지 않았지만 회사 내의 러닝트랙을 혼자 달리고 있던 젝스에게는 똑똑히 들렸다.

그녀는 뛰던 것을 멈추고 트레이닝 복의 후드를 걷었다. 땀에 젖은 검은색 쇼트 컷 머리가 드러나 바람에 흔들렸다.

그녀는 치프가 있는 사장실을 봤다.

'살인은… 사장에게 있어서 가장 익숙한 일일 텐데? 호흡 다음으로, 식사 이상으로 말이야. 포프는 몰랐나?'

젝스는 드래곤들이, 이 땅의 날개 달린 자들이 왜 치프를 과도하게 증오했는지 잘 알고 있었다.

만약 젝스가 루할트에게 치프에 대한 이야기를 미리 듣지 못했다면 그녀 역시 치프와 처음 만난 순간 난동을 부렸을 것이다.

그에게는 그만큼 불쾌한 기운이 흐르고 있었다. 루할트가 치프와 마주했을 때 반사적으로 그를 죽이려 했던 것도 그 기운이 원인이었다.

'처음에는 대체 얼마나 많은 인간을 죽여야 그러한 기운을 품을 수 있는 건지 궁금했지만 지금은 아니야. 그와 생사고락을 함께했다고 자부하는 UNSMC 대원 그 어느 누구도 사장 같진 않았어. 죠니 팀장조차 그냥 잘 훈련된 인간이라는 느낌이었지.'

젝스는 다시 머리에 후드를 쓰고 트랙 위를 뛰었다.

'포프가 저렇게 놀라는 건 이해가 안 되는군. 혹시 우리 종족만 그렇게 느끼는 건가?'

젝스가 의문 속에 러닝을 계속하는 한편, 포프의 큰 목소리에 제법 놀란 딕슨은 웃으며 한숨을 쉬었다.

"지금 질문하기엔 너무 늦은 문제 아닐까?"

"예? 아, 그게 아니라 기계적으로 움직이셨느냐는 뜻이었어요."

"아, 하하. 그건 아니야. 원사님은 주로 범죄자, 특히 테러 조직과 관련된 일을 하셨어. 그래서 범죄자들보다는 정치인들이 그분을 경계했지. 하지만 우리는 그분을 정말 존경했어. 나와 조셉뿐만 아니라 UNSMC 대원들 모두가 말이야."

딕슨은 뒤통수를 관에 지그시 댔다.

"그런데 조셉과 난 점점 이상해졌어. 사춘기에 들어서면서 서로의 얼굴이 똑같을뿐더러 시각을 포함한 각종 감각이 공유된다는 것을 받아들일 수가 없었지. 그저 좋게만 생각했던 아버지도 증오의 대상이 됐지."

그는 왼손을 들어 손등으로 관을 두드렸다.

"결국 조셉이랑 난 큰 사고를 쳤어. 무기와 차량을 훔쳐서 부대를 탈출한 거야. 부대 밖에서 기물을 파괴하고 민간인들도 다치게 했지. 너무 화려하게 저질러서, 우리의 탈출 상황은 북아메리카 대륙 전체에 생중계됐어. 그때가 열여섯 살 때였지."

"…예?"

포프가 당황했다.

딕슨은 그걸 떠올리는 것조차 부끄러웠는지 오른손으로 자신의 얼굴을 가렸다.

"우리가 몰고 나온 차량이 부서졌을 때도 우린 두렵지 않았어. 나와 조셉이 등을 마주하면 앞뒤를 전부 파악할 수 있었거든. 시야에 사각이 없고 경찰의 작전 흐름도 꿰고 있어서 위기에 몰린 적이 한 번도 없었지. 우리에게 사격을 하려다가 쓰러진 경찰만 200명이 넘을 거야."

"쓰러뜨렸다는 말씀은……."

"물론 급소는 피했지. 하지만 큰 부상을 당한 사람은 있었을 거야. 우리라고 백발백중은 아니었거든. 나중에 우릴 잡겠다고 찾아오신 원사님의 분위기가 정말 장난 아니었던 걸 봐선… 사망자가 있었을지도?"

딕슨은 얼굴을 가린 손을 유지했다.

"결국 우리는 원사님 손에 잡혔어. 둘이서 원사님께 덤볐는데, 정신 차렸을 때는 UNSMC 본부의 감방 안이었지."

포프는 그때 별 탈 없이 일이 마무리됐기에 조셉과 딕슨이 이 행성에 올 수 있었을 거라 생각했다.

하지만 무사한 것은 몸뿐, 딕슨의 마음에는 아직도 커다란 구멍이 나 있었다.

"철창 밖에는 권총을 든 원사님과 어딘지 모르게 낯이 익은 남자가 있었어. 바로 우리의 아버지였지. 첫 만남이 그럴 줄은 꿈에도 몰랐어."

"……."

"아버지께선 언젠가 자신을 이해할 날이 올 거라고 하셨어. 놀랍게도 그게 끝이었지."

"이해가 안 되는데요?"

"그래, 너무 급박하게 돌아가서 우리 모두 당황했지. 하지만 아버지께선 서류에 사인을 하신 뒤 도망치듯 거길 나가셨고, 원사님은 우리가 입을 열 때까지 가만히 기다리셨지. 결국 내가 여쭤봤어. 정말 이해할 날이 오겠냐고 말이야."

때마침 본관 밖으로부터 웅장한 소리가 들려왔다. UNSMC 소속의 구축함 한 대가 회사 밖에서 고도를 낮추고 있었다.

딕슨은 자리에서 일어났다.

"원사님께선 아버지께서 화가 나서 저러시는 거라고 말씀하셨어. 왜 화가 나셨느냐고 여쭈니까, 아버지께서는 그날 아침까지 복제된 아이의 숫자가 60명인 줄 아셨다는 거야. 어머니께서 아버지 모르게 40명을 더 복제해서는 그 머릿수에 해당하는 보상금을 빼돌리신 거지. 하, 빌어먹을."

"……."

그는 관의 뚜껑을 덮은 후 그 위에 UNSMC의 깃발을 깨끗이 둘렀다.

"어른들 일은 정말 모르는 거야, 포프. 마음의 준비 없이 억지로 열었다가는 그 지저분함에 절망할 수도 있어. 나랑 조셉은 그날 당장 원사님께 스테이크를 사달라고 졸라서 속을 풀었지만 말이야."

딕슨은 멀리 돌려서 얘기했고, 덕분에 포프는 자신의 아버지뿐만 아니라 어머니에게도 어떠한 사정이 있었을 거라는 생각을 가질 수 있었다.

그것이 죽어 마땅한 사정이었는지, 아니면 딕슨의 경우처럼 단순하면서 황당한 사정이었는지는 아직 알 수 없었다.

중요한 것은 딕슨이 말한 '마음의 준비'였다.

딕슨은 본관 입구 쪽으로 돌아섰다.

정복을 깨끗이 입은 UNSMC 대원 백여 명이 구축함에서 내려 본관을 향해 걸어왔다. 그 대원들 가운데에는 포프가 지구에서 만났던 '찰스'도 있었다.

딕슨은 그들에게 경례를 했다.

UNSMC 대원들은 그 자리에 멈추고는 경례로 답했다.

찰스가 잠깐 뒤로 빠지더니 누군가를 데리고 대열의 앞으로 나왔다. 포프와 비슷하게 생긴 오파로아 소녀 두 명이 어리둥절한 표정을 지은 채 회사를 구경하고 있었다.

그녀들을 본 포프가 벌떡 일어났다.

"포린, 포티!"

포프가 달려 나가 그녀들을 껴안았다. UNSMC 대원들과 함께 온 소녀들은 오랜만에 만난 언니의 모습을 보고 나서야 안심하여 울상이 됐다.

죠니와 함께 1층 복도에서 걸어 나온 치프가 딕슨의 어깨에 손을 얹었다.

"얘기 잘했어?"

"저는 하고 싶은 말을 다 했는데, 포프가 어떻게 받아들일지는 모르겠습니다."

"그건 포프 몫이니 신경 쓰지 마. 그보다 포프랑 포프 동생들을 네가 맡도록 해."

"맡으라는 말씀은……?"

"포프의 아버지가 시신으로 발견됐어. 사용된 무기는 조셉을 살해한 것과 동일한 성질의 광선총이야. 저 애들은 우물 속에 숨어 있었다더라고."

"……."

치프는 데스디아가 사준 선글라스를 낀 후 조셉의 관에 손을 얹었다.

"누가 우리한테 싸움을 거는 것 같아."

"이번엔 우리가 적들의 목표물이란 말씀이십니까?"

딕슨이 묻자 치프는 슬쩍 끄덕였다.

"아직 예상일 뿐이야. 충동적으로 터진 일 같기도 하고 말이지. 조셉은 그렇다 쳐도 포프의 아버지는 이번 일과 전혀 관계가 없거든."

본관 밖에서는 찰스가 포프와 그 가족들을 진정시키고 위로해 주느라 진땀을 흘리고 있었다. 치프와 그의 부하들은 그 광경을 묵묵히 지켜봤다.

한편, 얼굴에 흉터가 많은 중년의 UNSMC 대원 한 명이 건물로 들어와 치프에게 다가왔다. 얼굴 전체에 검은색 수염을 덥수룩이 기르긴 했지만 그의 피부와 눈빛, 얼굴형 등은 20대 후반의 것이었다.

"원사님, 그리고 죠니 상사님."

"오, 안드레이. 어서 와."

검은색 머리를 대충 짧게 자른 안드레이의 모습은 정말 뒤쪽 세계의 사람처럼 거칠었으나 치프와 죠니를 보는 눈빛만은 선량하기 그지없었다.

"고생했겠군, 딕슨."

"아닙니다, 안드레이 중사님."

딕슨과 악수를 하던 그는 감정을 주체할 수 없었는지 두 팔로 그를 안아주었다.

"자네들이 아니라 내가 여기에 왔어야 했어."

"중사님은 유부남에 애가 둘이나 있으니 저희가 오는 게 맞죠. 진정하세요, 중사님."

"하아, 미안했네."

딕슨의 등을 두드리며 물러난 안드레이는 포프 가족을 돌보고 있는 젝슨과 눈빛을 주고받은 뒤 치프 앞에 자신의 단말기를 들었다.

"조사하라고 말씀하신 부분은 다 조사했습니다."

그의 단말기로부터 입체영상이 올라왔다. 그 영상은 포프의 집을 분해가 가능한 미니어처처럼 구현했는데, UNSMC들이 처음 포프의 집에서 촬영했을 때의 모습 그대로였다.

"포프의 아버지는 의자에 앉은 채로 사망했습니다. 조셉을 죽인 것과 동일한 회사 제품의 광선총에 맞은 것 같더군요."

치프는 집을 세세히 살폈다.

"제작사만 동일한 것 같은데? 광선총 자체는 다르고."

"그렇습니다."

"조셉에게 사용된 광선총과 포프의 아버지에게 사용된 광선총의 차이점은?"

입체영상 한쪽에 손바닥보다 작은 광선총 하나가 떠올랐다.

"포프의 아버지에게 사용된 것은 오파로아 행성에서 구입한 것으로 보입니다."

"판단 근거는?"

"광선에 의해 머리가 뚫린 흔적이 다릅니다. 포프의 아버지는 피부와 두개골, 뇌 조직이 조금 거칠게 산화했습니다. 광선총에 사용된 렌즈가 저질이고 출력도 불안정하다는 뜻이지요."

광선총 사진의 옆으로 포프의 아버지와 조셉의 시신의 단면도가 떠올랐다.

"반면 조셉의 몸에 남은 광선의 흔적은 너무 깔끔했습니다. 권총에 내장된 렌즈와 광선 편향 장치, 광선 사출 장치 및 광선 출력 장치 등의 부품을 더 좋은 것으로 갈아 끼우지 않으면 불가능합니다. 각 부품 간의 조정 역시 기가 막히게 잘됐다더군요."

치프는 추정된 권총의 성능표를 살폈다. 하지만 눈만 거기에 뒀을 뿐, 머리는 달리 움직였다.

"그보다 이 시신 상태는… 자살이잖아?"

"예, 원사님."

치프와 안드레이가 시선을 마주했다.

"상황 전체가 포프 부친의 자살을 의심케 하고 있지만 자살에 사용한 그 광선총을 발견할 수 없었습니다. 그래서 현재는 가능성의 일부로 남겨놨습니다."

안드레이의 대답을 들은 치프는 포프의 동생들에게 눈을 돌렸다.

"저 애들이 부친을 쏘거나 무기를 숨겼을 확률은? 혹시 부친에게 학대당한 흔적은 있었나?"

"학대의 흔적은 없었습니다. 영양 상태도 나쁘지 않았습니다. 그리고 원사님께서도 아시다시피 광선총… 그러니까 광선 권총이나 소총을 사람이 사용할 경우 발사와 동시에 신체가 방사성 물질에 노출됩니다. 발사된 후에도 1시간 정도는 공기 중에 방사성 물질이 존재하게 됩니다. 그러나 저 아이들에겐 피폭 흔적이 없었습니다."

"그래, 아니면 다행이지. 뭐, 좋아. 우선적으로 알아봐야 할 것은 조셉을 쏜 총이겠지. 이 정도 수준의 무기 개조가 가능한 사람이 이 행성에 있나?"

"신원과 위치를 확보해 놨습니다."

"흠, 있다 이거지?"

"그렇습니다, 원사님."

"좋아, 고마워. 그럼 조셉이 떠날 시간이군."

치프는 일을 맡긴다는 뜻으로 안드레이의 어깨를 두드렸다.

안드레이와 함께 건물 안으로 들어온 UNSMC 대원 여덟 명이 조셉의 관을 아주 천천히 들어 올린 후 로비 밖으로 옮겼다.

치프는 그들을 따라가면서 안드레이에게 질문을 계속했다.

"입체 스캔에는 집 안에 애들 모습이 없군. 안드레이, 자네가 처음 나에게 보낸 보고서대로 우물에서 발견됐나?"

"그렇습니다, 원사님."

"그럼 병원에는 들렀고?"

"물론입니다. 외과 수술 및 재구축 치료에 의해 두 아이 모두 건강해졌습니다."

"외과 수술?"

안드레이는 담뱃갑처럼 생긴 물건을 안주머니에서 꺼내 치프에게 건넸다.

"두 꼬마의 후두부에 숨겨져 있던 물체입니다. 세 자매가 한 자리에 모이면 반응하도록 되어 있는 구조입니다."

"세 자매라면… 포프의 머릿속에도 이런 게 있다는 뜻인가?"

"아주 쉽게 숨길 수 있는 구조입니다. 천천히 열어보십시오."

치프는 동생들과의 재회에 정신이 없는 포프를 살피면서 안드레이가 준 케이스를 열었다.

안에는 알약 비슷한 크기의 크리스털 케이스에 따로 보관된 머리카락 형태의 물체가 들어 있었다.

"이 정도라면 폭발해도 잘해야 애들 머리만 날아갈 것 같은데?"

"폭발보다는 핵분열 연쇄반응에 의한 오염을 노린 물건입니다. 제대로 반응할 경우 반경 500미터 내의 모든 물체가 20시버트 이상의 방사능 피폭을 당할 겁니다."

안드레이의 설명에 치프와 죠니가 서로를 봤다.

"20시버트? 이건 아무래도 원한에 의한 범죄 같은데? 범행 방식이 청부나 단순 테러하고는 달라."

"아무튼 포프 베르자르의 뇌 속에도 똑같은 물체가 있습니다. 서둘러서 제거해 주십시오, 원사님."

"그러지. 나도 조셉을 보낸 뒤에 빅시티로 가봐야 하니 마침 잘됐군. 그럼 먼저 나가 있어. 나랑 죠니는 옷 갈아입고 나갈게."

"예, 원사님."

치프는 포프의 아버지와 조셉의 단면도, 그리고 포프의 집 구조를 한 번 더 살핀 후 쬬니와 함께 사장실로 다시 올라갔다.

*　　　*　　　*

조셉의 관이 지나는 길에는 오로지 해군용 드레스 블루 정복(正服)을 입은 UNSMC들만이 서 있었다.

포프와 젝스, 사만다, 요르엘, 알케온은 조금 떨어진 곳에 나란히 서서 운구를 지켜봤다.

관이 구축함 아래에 위치하자 치프가 관 위에 덮인 깃발을 잘 접고는 유족인 딕슨에게 건네주었다. 서로 경례를 한 둘은 절도 넘치는 자세로 물러난 후 조셉이 든 관이 구축함의 견인 광선에 잡히는 것을 지켜봤다.

관이 사람 가슴 높이까지 들리자 치프가 손을 흔들었다. UNSMC 대원 전원이 5열로 맞춰 섰다. 흙먼지조차 일어나지 않을 만큼 깔끔한 이동이었다.

치프는 조셉의 관과 대원들 사이에 섰다.

고급 하사관(CPO)을 위한 흰색 정모를 깔끔히 쓴 그의 모습에서는 포프 일행이 여태껏 보지 못한 위엄이 흘러넘쳤다.

그가 자신의 졸업식에 정복을 입고 올 때마다 너무 부끄러워 화를 냈던 사만다의 눈에도 지금의 치프는 다르게 보였다.

이윽고 치프가 말했다.

"제군들도 알다시피 A—9988, 조셉 하사가 우리의 곁을 떠나면서 중사로 추서됐다. 이런 식으로 전우가 승진하는 모습은 정말 보기 싫은데 말이지. 아무튼 자네들에게 허락된 행성 체류시간이 얼마 안 남은 관계로 짧게 이야기하지."

정모의 챙 밑에서 치프의 눈이 살기와 의지로 번뜩였다.

"조셉을 죽인 범인은 내가 직접 잡겠다. 관련자는 모두 죽이고 주동자를 잡아서 지구로 보내 버릴 테니 제군들은 나를 대신하여 조셉을 지구로 데려가 장례식을 진행하도록 해라."

"예, 원사님!"

UNSMC 대원들이 일제히 답했다.

치프는 관을 향해 뒤로 돌아 차려 자세를 잡았다. 행동 하나하가 칼날처럼 날카로웠다.

"일동, 경례."

치프가 먼저 거수경례를 하고 다른 UNSMC 대원들은 시간차를 두고 손을 들어 경례했다.

행사의 간략화 때문에 구령을 하는 지휘자가 없었지만 그들은 아무런 해프닝 없이 동작을 맞췄다.

"조셉. 아버지는 이해했니?"

"……."

"…네가 듣지 못했던 이야기는 딕슨에게 해줄 테니 나중에 만나면 물어봐. 그럼 푹 쉬어, 조셉. 너와 함께해서 영광이었다."

치프가 경례를 거뒀다. 대원들 역시 팔을 내리고 차려 자세를 한 뒤 열중쉬어 자세를 잡았다.

조셉을 실은 관이 구축함 안으로 들어갔다.

"모두 쉬어. 운구 행사 종료."

지시를 내려 행사를 마친 치프는 사관들과 먼저 인사를 나누고 병사들과도 악수와 포옹을 하며 슬픔을 나누었다.

젝스는 단말기의 카메라로 치프의 정복 차림을 촬영했다.

사만다가 그녀를 흘끔 봤다.

"아저씨 사진은 왜?"

"부사장님께서 저 모습을 보시면 좋아하시지 않을까? 평소보다 멋있잖아?"

"음……."

젝스의 말에 사만다는 웃지도, 화를 내지도 못했다.

"사만다는 저 옷차림이 싫어?"

"응. 좋은 일에 정복을 입으신 일이 없으시거든. 오늘도 그렇고 말이야."

"그럼 이 사진들은 지워야 하나?"

"아냐, 부사장님께서는 군 정복의 의미를 아실 테니 괜찮을 거야."

"아무튼 기분 좋은 사진은 아닌 게 확실하네."

젝스가 한숨을 쉬었다.

묵묵하게 행사를 지켜보던 알케온이 옆에 선 여자애들 쪽으로 고개를 돌렸다.

"부사장은 헌터들의 합동영결식에 참여한다고 했지?"

"예. 공동대표님과 장로님이 동행하셨죠. 하지만 아직까지 연락을 안 주시네요. 별일 없으셔야 할 텐데 말입니다."

사만다가 걱정했다.

"흠."

알케온은 오늘만은 조용히 지나가길 바라며 하늘을 봤다.

때마침 꽤 높은 고도에서 날개를 펄럭이고 있는 드래곤 하나가 그의 눈에 잡혔다.

'완전히 낯설진 않군. 회색의 2세대라면 반달리온이 아닌가?'

알케온의 시선을 느낀 그 회색의 드래곤, 반달리온은 속도를 높여 그곳에서 사라졌다.

반달리온은 펼친 날개를 단단히 고정시킨 채 그라니트의 하늘을 활공했다.

'포프 베르자르의 아비가 죽었다고? 동생들에게는 특이한 장치까지 심어진 채? 대체 누가 그런 것이지? 우리 추종자들은 아닐 거야. 포프 베르자르의 역할은 엠페라투스 님의 부활 이후로 끝났으니까.'

반달리온은 요 며칠간 포프의 어머니인 스위트 베르자르에 관한 꿈을 계속 꾸고 있었다.

꿈만 꿨다 하면 스위트 베르자르가 나타나 몸을 숨기고 자신은 그녀를 찾아내기 위해 애를 썼다.

그 숨바꼭질은 꿈이 깰 때까지 계속되었다.

'내가 왜 그러한 꿈을 꾸는 것이란 말인가? 스위트 베르자르의 모습이 지나칠 만큼 뚜렷하게 떠오르고 있어. 어째서? 내 눈앞에서 자결한 주제에 대체 무슨 말을 하고 싶은 것이냐, 스위트 베르자르여!'

속도를 더욱 높이는 그의 옆을 은색의 빛 덩어리가 추격했다.

그 빛이 자신을 가로막으려 하자 반달리온은 얼른 속도를 줄이고 몸을 돌려 충돌을 방지했다.

그의 앞에는 은색에 가까운 비늘과 외골격으로 몸을 감싼 드래곤이 날개를 움직이고 있었다.

"…실버로드. 언제 이 행성에 왔나?"

"한 달 정도 됐다네."

"한 달? 그럼 왜 이제야 내 앞에 나타났나? 엠페라투스 님께서는 몸을 수복하셨고 난 그분의 지시를 기다리고 있다네. 하지만 자네의 행동은 그 모든 걸 무시하는 것 같군."

반달리온은 자신과 같은 엠페라투스의 추종자 중 하나인 실버로드를 노려봤다.

일반적인 드래곤들보다 몸이 가녀린 그 드래곤, 실버로드는 면도날 같은 자신의 날개를 펼쳐 고도를 안정시켰다.

"신의 잔재들로부터 새로운 지시가 내려왔다네, 나의 친구여."

"그들이 언제부터 우리에게 지시를 내릴 위치가 됐는가?"

"아, 그렇지. 협조였지."

실버로드가 샐쭉 웃었다.

“…협조의 내용은?”

“운캄타르의 도구와 정령술사, 그리고 왕녀의 주변에 있는 존재들을 정리하는 것일세.”

“주변 정리? 설마 UNSMC 소속의 지구인과 포프 베르자르의 부친을 죽인 것이 자네인가?”

“음, 그게 문제일세. 누군가가 그 지구인 병사와 오파로아인을 우주연합 군부보다 먼저 죽였어. 선수를 빼앗겼다 이거지.”

“……”

“아무래도 우주연합 행정부에서 살인 청부업자를 고용한 것 같아.”

“포프 베르자르가 위험하단 말이군!”

“응?”

실버로드는 이 타이밍에 포프의 이야기를 꺼낸 반달리온의 모습을 뚫어지게 쳐다봤다.

“반달리온이여, 그 포프라는 애송이에게 빚이라도 있나?”

실버로드의 말을 들은 반달리온은 가만히 생각하다가 상대를 똑바로 봤다.

“포프 베르자르와 그 어미인 스위트 베르자르는 나를 완성시켜 준 존재라네.”

“완성? 영문 모를 말을 하는군.”

실버로드가 웃자 반달리온이 그의 앞을 가로막듯 위치를 잡았다. 그 회색의 드래곤은 상대방을 놀라게 할 만큼 진지한 표정이었다.

"실버로드여, 자네는 엠페라투스 님의 추종자로서 죄책감을 느낀 일이 있는가?"

반달리온은 얼마 전 통신채널 안에서 생각 없이 포프의 가족들에 대한 이야기를 늘어놓은 일이 있었다. 그의 모든 이야기를 들어버린 포프는 격분했고, 결국 그 자리에서 그를 죽여 버리겠다고 선언했다.

그때 반달리온은 지금껏 느껴본 일이 없는 감정과 마주했다.

아마도 그것은 엠페라투스가 항상 대하던 것들 가운데 하나이리라.

그는 자신이 더 이상 엠페라투스를 억지로 흉내 내지 않아도 된다는 사실에 흥분했다. 그 분위기에 취해 포프에게 자신을 죽이러 오라고 당당히 얘기했지만 그날 이후 반달리온은 고통에 시달렸다.

잠들어 꿈을 꿀 때마다 포프의 어머니인 스위트 베르자르가 나와서 그를 압박한 것이다.

"죄책감? 자네 혹시 운캄타르의 잔재들과 접촉해서 머리가 어떻게 된 거 아닌가?"

실버로드가 물었다.

"아닐세. 엠페라투스 님께서는 죄책감을 느꼈다고 고백한 나를 칭찬해 주셨네."

"흠……."

실버로드는 자신의 동료를 묵묵히 살폈다.

"아무튼 군부에서는 운캄타르의 도구를 비롯한 관계자 전원을 처리할 생각인 것 같더군. 조만간 자기네 특수부대를 파견해서 큰 게임을 할 생각인가 봐."

"게임?"

"엠페라투스 님께서 더욱 만끽하실 만한 일이 아닐까? 환상종 따위보단 재밌을 거야. 놈들의 명단을 보게."

실버로드는 머릿속에 들어 있는 명단을 반달리온에게 보냈다.

그 명단을 열어본 반달리온은 헛웃음을 터뜨렸다.

"과연, 우주에서 가장 쓰레기 같은 놈들이군. 오파로아 행성인도 끼어 있어. 하지만 실버로드여, 난 엠페라투스 님의 이름으로 이 일을 거절하겠네."

"자네가 뭔데 엠페라투스 님을 거론하며 거절하겠다는 건가?"

"그럴 수밖에. 이제야 치프라는 녀석의 위험성을 느끼고 허둥지둥 행동해 봐야 신들이 이득을 볼 것은 없지 않나?"

"모르는 소리를 하는군. 지금이 딱 최고라네, 반달리온이여. 신들의 잔재가 원하는 것이 정녕 무엇인지 아직도 모른단 말인가?"

"관심 없네."

"…그렇군. 아무래도 계획을 바꿔야 할 것 같네. 우선 자네의 상태에 대해서 신들의 잔재에게 보고하지."

"……."

반달리온은 아까부터 실버로드가 신들의 아래에서 일을 하는 존재처럼 얘기하는 것이 마음에 걸렸다.

"좋을 대로 하게, 실버로드여. 그보다 다른 추종자들은 어찌 됐나? 모두 무사한가?"

"다들 심심해하고 있다네. 그 외엔… 특별한 일은 없네."

"그렇군."

두 드래곤이 각자 다른 생각을 가진 채 얘기하는 사이 회사 부지 내에 있는 포프는 UNSMC 대원 찰스에게서 큼지막한 물건을 건네받았다.

서핑보드처럼 생긴 그 물건은 화려한 모습을 자랑했다. 검은색 바탕에 노란색과 녹색의 무늬가 파도처럼 휘감겨 있었고 도장 상태도 미려했다.

"이건 엄마가 쓰셨던 스카이보드예요!"

포프의 말에 찰스는 미안하다는 표정을 지었다.

"집에서 특별히 발견한 물건이 이것밖에 없었어. 아버지의 유품은 대량의 책과 약간의 재산 정도였지. 네 동생들이랑 이모라는 사람이 이것만큼은 꼭 너한테 전해줘야 한다면서 난리였어."

찰스는 손으로 스카이보드를 두드렸다.

'이모'라는 말에 포프는 의아했으나 일단 어머니가 썼던 물건이 확실하기에 의심 없이 손을 내밀었다.

"어때? 쓸 줄 알아?"

"아주 어렸을 때 한 번 탄 적이 있어요. 그땐 크게 다쳤지만요."

포프는 찰스의 도움을 받아 바닥에 눕힌 스카이보드 위에 섰다.

"이렇게 해서… 아, 제어장치가 있을 텐데?"

"이건가?"

찰스는 아주 두꺼운 팔찌를 포프에게 내밀었다.

"그거예요!"

포프는 당장 팔찌를 왼손에 찼다.

그 팔찌의 가장 큰 부분에는 스카이보드의 각종 상태와 속도, 고도 등을 표시해 주는 소형 모니터가 들어 있었다.

"이걸 이렇게 해서……."

포프가 그 팔찌를 이리저리 조작하자 그녀가 신은 신발이 보드에 밀착되었다.

그녀를 태운 스카이보드가 찰스의 가슴 높이로 두둥실 떠올랐다.

포프의 동생들, 포린과 포티가 그 모습을 보고 환호하며 박수를 쳤다.

다른 대원들과 얘기 중이던 치프가 그쪽을 봤다.

"어이, 포프. 나중에 작동시키면 안 될까?"

"아, 죄송해요!"

포프는 팔찌, 아니, 스카이보드 제어장치를 끄기 위해 버튼을 눌렀다.

"어, 어어어어?"

포프가 비명을 질렀다.

그녀를 태운 스카이보드는 하늘을 향해 360도 회전한 후 포프를 끌고 회사의 러닝트랙을 따라 달렸다.

포프는 땅에 접촉하는 것을 막기 위해 스카이보드에 찰싹 매달렸다. 그럼에도 불구하고 어깨와 등이 긁히는 것을 피하지는 못했다.

"죠니, 안드레이! 내가 꼬마를 맡을게! 무슨 일이 벌어져도 대원들의 귀환을 늦추지 마!"

치프가 외치며 달려가자 모두가 당황했다.

"말이 되는 소리를 하십시오, 원사님!"

치프의 달리기 속도는 스카이보드의 속도의 10분의 1에도 못 미쳤다. 그러나 그는 운동장을 뛰면서 권총을 뽑아 들었다.

'이건 얘기로만 들은 건데, 먹힐지 모르겠군!'

달리던 치프가 어느 순간 멈추고는 권총을 두 손으로 쥐었다.

'제발!'

스카이보드의 이동 경로에 권총 세 발을 쏜 치프는 스카이보드의 방향이 바뀌는 것을 보고 활짝 웃었다.

그러나 거기까지.

방향을 튼 스카이보드는 치프를 향하여 굶주린 상어처럼 돌진했다.

포프는 치프에게 피하라 말하고 싶었지만 그녀에겐 그럴 만한 여유가 전혀 없었다.

"위험합니다, 원사님! 피하십시오!"

죠니가 고래고래 소리를 쳤으나 치프는 두 팔을 벌리고 자세를 낮춘 채 스카이보드가 자신에게 다가오기를 기다렸다.

보드의 앞쪽 손잡이를 붙잡으며 매달린 치프는 보드를 잡은 팔이 빠지거나 어깨가 부서지는 것 같았지만 개의치 않고 다른 팔로 포프를 감싸 안았다.

둘을 태워서인지 스카이보드의 속도가 눈에 띄게 줄었다. 하지만 보드는 회사 본관보다 더 높은 고도까지 올라가 슬금슬금 배회했다.

"전자전 전문가들은 대체 뭐하는 거야! 이거 하나 못 다뤄?"

치프가 다그치는 그 순간에도 단말기를 든 UNSMC 대원들의 손은 바삐 움직였다. 그들뿐만 아니라 구축함 내에서도 스카이보드를 해킹하기 위해 온갖 노력을 다하고 있었다.

하지만 본관과 창고 사이의 작은 골목에 서 있는 안경의 여성, '진 플레커'는 안경을 매만지며 자신의 단말기를 엄지로 문질렀다.

"미안, 치프. 당신이 휘말렸을 줄은 몰랐는데… 아무튼 잘됐네. 당신을 껄끄러워하는 사람이 너무 많아졌어. 물론 난 당신이 처음부터 마음에 안 들었지만 말이야."

그녀가 엄지로 단말기를 조작하자 스카이보드가 하늘로 솟구쳤다.

알케온과 젝스가 스카이보드를 따라잡으려 했으나 보드는 누가 만들었는지 궁금할 정도의 속도로 날아가 그들의 시야에서 사라졌다.

"으아아! 사장님!"

"그래, 다시는 너랑 하늘을 나는 물건 따윈 타지 않을 테니 꽉 잡아!"

포프는 스카이보드의 손잡이와 치프의 벨트를 두 손으로 각각 거머쥐었다.

고속으로 하늘을 날던 스카이보드는 마침 대화 중인 반달리온과 실버로드의 옆을 스치고 지나갔다.

둘은 움찔하여 스카이보드와 그에 매달린 사람들을 봤지만 추격을 시도하진 않았다.

스카이보드가 빅시티 쪽으로 사라지는 것을 본 반달리온은 실버로드에게 손을 내밀었다.

"이야기는 나중에 둥지에서 듣겠네. 자네가 엠페라투스 님께 직접 말씀드려도 되겠군."

"여보게, 반달리온!"

몸을 한 바퀴 돌리며 날개를 활짝 편 반달리온은 스카이보드가 날아간 쪽으로 빠르게 비행했다.

한숨을 쉬는 실버로드의 머리에 단말기의 통화 신호가 잡혔다.

"나다. 무슨 일인가?"

—포프 베르자르를 지시하신 곳으로 보냈습니다. 치프라는 자가 엉겨 붙긴 했지만 그 장소에서 오래 살아남지는 못하겠지요.

"목소리에서 기쁨이 느껴지는군, 진 플레커."

—지금은 '타리시아'라고 불러주십시오. 하아, 이제야 베르자

르 집안에 대한 복수를 할 수 있겠군요. 그럼 저는 다음 단계를 준비하겠습니다.

"그러게. 미스 타리시아."

통화가 끝나자 실버로드가 날개를 펄럭이며 그라니트의 대지를 훑어봤다.

"세상은 변했다네, 반달리온. 더 이상 엠페라투스 님의 시대가 아니란 말일세."

중얼거린 실버로드가 반달리온의 반대 방향으로 날아갔다.

*　　　*　　　*

치프와 포프를 달고 날던 스카이보드는 날아가던 기세에 맞지 않게 아주 안전히 지상으로 내려갔다.

스카이보드가 내려간 곳은 빅시티에서도 외진 곳으로 손꼽히는 고철 처리장이었다.

본래는 이곳의 모든 작업을 로봇이 수행했었으나 엠페라투스와 치프가 맞대결을 벌인 후폭풍으로 인해 직업을 잃은 자들이 로봇을 대신하여 그곳으로 모여들었다.

고철과 함께해서인지, 아니면 모여든 사람들 가운데 이상한 자들이 끼어 있어서인지 고철 처리장의 치안은 날이 갈수록 나빠졌다.

살인과 같은 강력범죄는 흔하게, 그리고 흔적 없이 이뤄졌고 실종은 빈번했다. 값싼 이식용 장기를 얻기 위해 이곳을 찾는 사람들도 있었다.

그 불법의 체계는 1년 만에 피라미드처럼 완성되었다. 만약 레투가가 이곳에 신경을 쓸 여력이 됐다면 고철 처리장은 곧바로 청소됐을 것이다.

보안국 본부 건물이 사라진 지금, 고철 처리장은 거의 축제 분위기였다. 그리고 치프와 포프가 스카이보드와 함께 떨어진 곳은 그 축제의 한가운데였다.

스카이보드가 고철 처리장의 주민들 쪽으로 천천히 하강하자 치프의 기분은 매우 묘했다.

'기계 고장으로 넘겨 버릴 일이 아닌 것 같은데?'

먼저 착지하여 스카이보드와 포프를 받아 안은 치프는 거의 혼이 나가다시피 한 포프의 등을 어루만져 주었다.

"괜찮아? 아픈 곳은 없고?"

"등이랑 팔이 좀……."

포프는 아까 스카이보드가 폭주할 때 땅에 긁힌 흔적을 보여주었다.

"아무래도 이웃들의 도움을 받아야 할 것 같네."

모자와 정복 재킷을 벗은 치프는 넥타이까지 포함하여 포프에게 건네주었다.

셔츠의 손목 단추와 가슴 쪽 단추도 풀어서 몸을 편하게 했다.

아까부터 그들을 노려보던 고철 처리장의 사내들이 우르르 몰려왔다.

그들은 온갖 도구로 무장했고 그중에는 소 뒷다리만큼 큰 스패너를 쥔 자도 있었다.

공통점은 바로 지저분함인데, 기계를 분해할 때 나오는 윤활유 등으로 더럽혀진 그들의 몸은 얼룩과 악취로 뒤범벅되어 있었다.

치프는 두 손을 어깨 높이로 들었다.

"혹시 원하는 거 있어요? 먼저 말해볼 사람?"

그들 중에 한 명이 대답 대신 스패너를 휘둘렀다.

포프는 눈을 질끈 감았다. 얼마 못 가 스패너의 쇠가 뼈를 부러뜨리는 소리가 터졌다.

눈을 슬며시 뜬 포프는 부러진 스패너 손잡이에 턱을 찔린 사내가 비명조차 못 지르고 기어 다니는 모습을 목격했다.

턱을 뚫은 스패너의 날카로운 절단면은 입천장까지 찢고 코 옆으로 비어져 나와 있었다.

치프는 손잡이가 부러진 스패너를 옆으로 던졌다.

"자, 우리 대화를 하자고. 일단 나에게 통화가 가능한 단말기를 줘. 그러면 너희 모두가 약간의 간식과 함께 아무 탈 없이 행복한 시간을 보낼 수 있을 거야."

"음음음음음음!"

스패너 손잡이에 턱과 얼굴을 관통당한 자가 비음을 터뜨렸다.

"물론 이 친구도 낫게 해줄 거고."

그러나 그 장소에 모여든 사내들은 자신이 맡은 '의뢰'를 포기할 생각이 없었다.

"으어어어!"

모든 이가 손에 든 도구를 휘두르며 치프에게 달려들었다.

40
그 소녀의 존재 이유

치프와 포프가 뜬금없는 일에 휘말린 그 시각, 데스디아와 헤이파, 사만다, 셀레스티아는 벙커 앞을 지키다가 사망한 헌터들의 합동 영결식에 참여하고 있었다.

영결식 행사장은 벙커 앞이었는데, 행사장뿐만 아니라 주변 거리 전체가 빅시티의 시민들로 꽉 차 있었다.

행사장 내의 데스디아는 전투복을, 그녀와 동행한 헤이파는 검은색 전통복을 입고 있었다.

데스디아 역시 전통복을 입으려 했지만 그라니트에 가져온 전통복의 색이 영결식과는 전혀 어울리지 않는 분홍색이었기에 어쩔 수 없이 평소에 입고 다니는 회색 전투복을 입어야만 했다.

사만다와 파울라, 롸켓은 검은색 정장을, 셀레스티아와 요르엘은 검은색 드레스를 입었는데, 그 자리에 모인 모든 사람의 시선이 한 번 이상은 셀레스티아에게로 향했다.

그라니트 용역에 공동대표가 있다는 사실은 다들 알고 있었지만 셀레스티아를 실제로 본 사람은 몇 명 없었다. 하지만 며칠 전의 사건 덕분에 셀레스티아의 존재는 세상에 뚜렷이 드러나게 되었다.

'저 가녀린 팔뚝의 소유자가…….'

'환상종 다수를 맨손으로 때려잡았다고?'

'저놈의 회사에는 괴물들만 사는 건가?'

그들 사이에서 화제가 된 인물은 셀레스티아만이 아니었다.

맨손으로 불꽃, 아니, 플라즈마 폭풍을 일으켜 엄청난 숫자의 환상종을 녹여 버린 알케온 역시 유명해졌다. 하지만 본인이 영결식에 참여하지 않았기에 셀레스티아보다는 조명을 덜 받았다.

신의 등장과 패퇴 사건 이후 그라니트의 헌터들도 변화를 겪었다.

헌터들의 범죄와 분열을 방치한 자라며 비난을 듣던 갈라트는 직접 헌터들을 이끌고 벙커의 입구를 지켜낸 일 덕분에 헌터들과 빅시티 시민들의 지지를 얻게 됐다.

갈라트 본인은 명예롭게 회장직을 내려놓을 수 있게 되었다며 좋아했으나 다른 이들의 반대에 부딪혀 연임을 고민하게 되었다.

반면 그의 사퇴를 노렸던 반대파들, 즉 사냥 말고 불법적인 일도 병행하여 부를 축적하고 있던 세력들은 빅시티에서 가장 먼저 도망을 친 겁쟁이로서 비난을 받고 있었다.

존경의 박수를 받으며 영결식장의 단상에 오른 갈라트는 죽은 자들의 용기를 칭송하고 넋을 기렸다. 그 뒤를 이어 오른 보안국장, 레투가는 보다 엄숙하게 영결식 절차를 진행했다.

그러나 치프의 이야기는 공식적으로 거론되지 않았다.

그 부분은 많은 사람이 의아해했지만 치프의 부탁이었기에 데스디아를 비롯한 그라니트 용역 쪽에서는 아무 말도 하지 않았다.

"그래도 감사의 인사 정도는 받았어도 괜찮았을 텐데 말이오."

롸켓의 말에 데스디아는 고개를 저었다.

"그는 영웅이 되고 싶어서 일을 하는 사람이 아니야. 그에게 있어서 명예나 찬양은 오히려 귀찮은 일이지."

"그런 성격이라는 건 알고 있소만……."

"그냥 놔두자고. 치프는 조용한 곳에 혼자 있는 모습이 어울려."

"그렇소? 부사장이 곁에 있으면 좀 더 나을 것 같소만."

롸켓이 지적하자 데스디아가 피식 웃었다.

"그냥 그림이 그렇다는 뜻이야."

그녀의 말에 롸켓도 웃었다.

다시 조용해지려는 가운데, 셀레스티아가 하늘을 봤다.

"뎃디, 조셉은 좋은 곳으로 갔을까?"

데스디아와 헤이파가 셀레스티아를 돌아봤다.

"오늘 UNSMC에서 조셉을 데려간다고 했어. 아마 지금쯤 동료들과 함께 고향으로 돌아갔겠지."

"배웅해 주고 싶었는데……."

그녀는 조셉의 죽음을 아직도 받아들이지 못하고 있었다.

그녀뿐만이 아니었다. 루할트, 알케온, 젝스 등등, 모두가 명예고 뭐고 존재하지 않는 친구의 허무한 죽음에 대단히 당황하고 있었다.

굳이 따지자면 이 땅의 드래곤들이 브리치로 빨려 들어갔을 때만큼의 충격이었다.

옛 고향에서 엠페라투스의 대살육을 목격한 파울라만이 의연하게 대처하고 있었다.

"배웅해서는 안 돼."

데스디아가 강한 어조로 말했다.

"안 되다니?"

"조셉은 억울하게 살해당했어. 단서조차 남기지 못했지. 비록 조셉의 육체는 이곳을 떠나지만 영혼은 이 땅에, 그리고 우리의 곁에 남아 있을 거야. 배웅하는 걸로 끝낼 수는 없어."

"……."

"범인을 밝혀내서 조셉의 영혼을 편히 쉬게 해줘야 해, 셀레스티아. 그것이 친구로서 우리가 할 일이야."

"알았어, 뎃디. 열심히 할게."

데스디아의 말에 공감하여 기운을 얻은 셀레스티아는 굳게 다짐했다.

행사장 주변을 둘러보던 데스디아의 눈에 키드와 그의 스승이 들어왔다.

풀이 죽은 키드와 달리 스승은 뻔뻔하게 보일 만큼 편한 자세로 의자에 앉아 있었다.

'저 쓰레기들은 낯짝도 두껍군.'

데스디아는 그들을 볼 때마다 조셉이 떠올라서 머리에 열이 올라왔다.

조셉의 일도 일이지만 신에 대한 이야기를 듣기 위해 초대까지 한 그 '스승'은 키드와 함께 환상종 몇 마리를 잡은 것 외엔 딱히 한 일이 없었다.

그의 도움을 받아 신을 잡으려 했던 치프의 계획은 깔끔하게 실패했지만 혼자 힘으로 신을 때려잡은 덕분에 이제는 동료들뿐만 아니라 아직 제대로 정체를 드러내지 않은 우주연합 내의 '조직'들까지도 그를 우습게 볼 수 없게 되었다.

키드의 스승은 데스디아가 자신을 노려보거나 말거나 편하게 음료를 마시며 시간을 보냈다.

데스디아는 그의 큼지막한 딸기코가 벌름거리는 모습을 용납할 수 없었다.

'참으로 무례한 쓰레기로군. 저번에 바지를 벗겨서 쫓아내지 말고 살가죽을 벗겨서 내버렸어야 했어.'

그런데 그 딸기코 쓰레기가 갑자기 손가락으로 위쪽을 가리켰다.

반사적으로 그쪽을 본 데스디아는 높은 고도에서 빅시티의 하늘을 가로지르는 드래곤 하나를 볼 수 있었다.

'회색의 드래곤? 반달리온인가?'

데스디아는 자신도 감지하지 못했던 반달리온의 움직임을 키드의 스승이 어찌 감지했는지 궁금했다.

하지만 그녀의 단말기는 그걸 따질 틈을 주지 않았다.

데스디아는 진동하는 단말기의 화면에 죠니의 이름이 뜬 것을 보고 인상을 구겼다.

"죠니? 무슨 일이지?"

—부사장님, 큰일입니다! 포프의 스카이보드가 빅시티 방향으로 날아갔습니다!

"스카이보드? 장난감인가?"

데스디아에게는 낯선 이름이었다.

—올라타고 하늘을 나는 물건이라는데… 아무튼 그 망할 물건이 갑자기 미쳐서 포프와 원사님을 끌고 날아갔습니다! 방향은 빅시티의 북서쪽입니다!

사건의 내용을 들은 데스디아는 즉시 주변을 둘러봤다.

'반달리온이 날아간 방향도 북서쪽이었어.'

그녀는 옆에 있는 롸켓의 어깨를 두드렸다.

"말을 들어보니 치프와 포프의 위치 신호를 잡지 못한 것 같군. 맞나?"

—예, 부사장님. 원사님도, 포프도 단말기를 갖고 있지 않습니다. 게다가 원사님의 몸에 심어진 군용 GPS는 태양계에 한정된 물건이라 이 행성에서는 작동하지 않습니다.

"그럼 내가 가지. 상황이 바뀔 때마다 확실히 보고하도록. 단, 다른 UNSMC 대원들은 절대로 움직이지 말라고 해. 허락된 체류 시간 내에 이곳을 떠나지 않으면 일이 커져."

—알겠습니다, 부사장님. 행운을 빌지요.

단말기를 거둔 데스디아는 한 번 깊게 호흡했다.

상황을 대강 눈치챈 롸켓이 고개를 까딱 움직였다.

"우리가 끌고 온 장갑차로는 늦을 것 같으니 차를 빌립시다, 부사장. 저쪽 골목을 돌면 렌터카 업체가 있다오."

"그러지. 하지만 목적지를 알 수 없는데, 괜찮겠나?"

"방향이 대충 어디요?"

"빅시티의 북서쪽이라더군."

롸켓은 자신의 짧은 뒷머리를 긁었다.

"빅시티가 좀 큰 도시가 아니라서……."

"내가 알아, 뎃디!"

셀레스티아가 큰 목소리로 말했다. 아직 레투가의 이야기가 끝나지 않은 상황이어서 주변 사람들이 모두 그들을 봤지만 셀레스티아는 개의치 않았다.

"치프는 지금 이곳에 있어!"

그녀는 자신의 단말기 화면을 손가락으로 찍었다. 단말기엔 빅시티의 지도가 떠 있었는데, 셀레스티아의 손가락은 고철 처리장을 확실히 가리키고 있었다.

"고철 처리장? 참 험한 곳으로 갔군. 셀레스티아, 대체 어떻게 알아낸 거야?"

"치프의 몸은 내 일부나 다름없어."

"그렇군."

데스디아는 그 '일부'라는 말이 치프의 몸에 이식된 셀레스티아의 육체를 말하는 것으로 이해했다. 적어도 그때까지는 그랬다.

데스디아는 롸켓을 재촉했다.

"근데 롸켓, 빠른 차를 몰아본 경험이 있나?"

"차들이 아무리 빨라봤자 비행기보다 빠르겠소?"

롸켓이 여유를 부렸다.

데스디아는 운전 방식이 다르지 않느냐며 지적하려다가 말았다. 롸켓이라는 남자가 기분에 따라 컨디션이 달라진다는 사실을 잘 알기 때문이었다.

요르엘은 그들이 렌터카 업체를 향해 뛰는 모습을 지켜봤다.

'신들이 움직이고 있어. 변질자처럼 급조된 자들이 아니라 오랫동안 관리된 진짜 부하들이 활동하고 있는 거야.'

그 분홍색 단발의 소녀는 다시 레투가 쪽을 돌아봤다.

'보안국장, 당신은 누구 편이지?'

*　　　　*　　　　*

포프는 전율하고 있었다.

지구에서 구출될 때도 느꼈지만 치프의 전투 능력은 확실히 상식을 초월하고 있었다.

예전에 키드가 치프에게 일방적으로 얻어맞고 실려 왔을 때는 키드가 빈약해서 그런 거라고 생각했다.

'아닐지도 몰라.'

데스디아는 키드의 실력이 괜찮은 편이라고 누누이 강조해 왔다. 사만다 역시 키드를 싫어했을 뿐, 실력까지 무시하진 않았다.

그런 키드를 압도적으로, 그것도 꽤 봐줘서 두들긴 치프의 실력은 사실상 미지수였다.

'종족의 차이까지 의미가 없어!'

포프는 한 사람의 남자가 수십 명이 넘는 온갖 종족의 사내를 반병신으로 만드는 모습에 입을 다물지 못했다.

짐승의 머리를 한, 체중만 치프의 두 배가 넘는 근육질의 행성인이 늑골 아래와 목에 주먹을 한 방씩 맞자 눈을 뒤집고 다리가 풀리며 쓰러졌다.

곤충 형태의 행성인도 손날에 외골격 사이, 정확히는 겨드랑이가 뚫리면서 체액을 쏟고 주저앉았다.

팔다리 관절과 코뼈, 쇄골, 턱, 심장 바로 위쪽에 한 방씩만 맞아도 누구랄 것 없이 쓰러졌다. 사타구니를 맞아 거품을 무는 자도 있었다.

너무 흥분한 채 달려들다가 제풀에 넘어진 자가 가장 불행했다. 그는 그대로 뒷덜미를 밟히면서 팔다리를 기괴하게 떨어댔다.

덩치들 가운데 마지막 한 명은 본보기로서 철저하게 뭉개졌다.

양쪽 쇄골이 먼저 부러진 그는 팔이 꺾여 등 뒤로 돌아갔다. 손가락끼리 엮어 부러뜨리는 것으로 쉽게 풀지 못하게 하게끔 만들기도 했다. 뿐만 아니라 허리와 오금도 부서져 발뒤꿈치가 어깨에 닿는 지경이 됐다.

그 과정에서 뼈가 박살 나는 소리는 덤이었고, 그 끔찍함은 어떻게든 치프를 습격하려 했던 자들을 철저하게 압도했다.

"후우."

치프는 셔츠의 소매로 턱에 고인 땀을 닦았다. 포프는 찰과상 하나 없는 그의 모습이 꼭 거짓말 같았다.

실제로, 1년 전의 치프였다면 체력 문제로 2분 이상 버티지 못하고 몰매를 맞았을 것이다. 그러나 지금은 셀레스티아가 부여해 준 신체 재생 능력 덕분에 체력 문제가 없어 호흡조차도 흐트러짐이 없었다.

'기술로만 따지자면 부사장님 수준이야! 완력의 차이일 뿐이라고!'

내심 기뻐한 포프는 자신들이 무사히 돌아갈 수 있을 거라 확신했다.

주변이 조용해지자 치프는 무기를 내린 채 뒷걸음질하는 자들을 둘러봤다.

"다시 말하겠는데, 통화가 가능한 단말기를 가진 사람이 있으면 제발 좀 빌려줘. 여기 쓰러진 놈들을 위해서라도 말이야. 얘들 이렇게 방치되면 평생 병신으로 지내야 할걸?"

그때, 툭 하는 소리가 치프의 옆에서 터졌다.

치프가 본보기로 팔다리를 구겨놓은 남자의 머리통이 사라져 있었다.

'저격? 우주연합의 작열탄두잖아?'

그 직후 치프는 자신의 귀가 미묘하게 울렁거리는 느낌을 받았다.

'노이즈 캔슬러!'

치프는 즉각 포프를 붙잡아 자신의 뒤쪽으로 옮겼다.

그사이 주변에서 우물쭈물하던 자들의 머리에 총구멍이 뚫렸다. 치프와 포프 외에 모두 죽었을 무렵, 근처에서 터진 노이즈 캔슬러 수류탄의 효과가 사라졌다.

광학식 위장을 걷으며 나타난 것은 붉은색의 중장갑 전투복을 입은 군인들이었다. 치프는 그들이 우주연합 정규군에서 사용하는 무기들을 들고 있는 것을 놓치지 않았다.

"이거 잘됐군. 거지들한테 단말기 타령하는 것도 부담스러웠는데 말이지."

붉은색 전투복의 군인들이 일제히 사격을 준비하자 치프의 오른쪽 눈이 상감색으로 빛났다.

이윽고 탄환들이 쏟아졌다. 멀리 떨어진 건물에 배치된 저격수들도 치프의 머리와 가슴을 향해 방아쇠를 당겼다.

그러나 탄환들은 치프가 아닌 다른 것에 충돌하여 바닥에 떨어졌다.

치프와 포프는 자신들 앞에 나타난 검은색 가죽 코트의 남자를 믿을 수 없다는 표정으로 바라봤다.

등에서 회색의 날개를 펼쳐 탄환들을 막아낸 그 사내, 반달리온은 복잡 미묘한 표정으로 포프를 응시했다.

반달리온은 혼란스러웠다. 그는 자신이 왜 포프와 눈을 마주하는 것조차 힘들어하는지 알 수가 없었다.

그는 여태껏 수많은 존재를 하찮게 취급해 왔다. 여태껏 엠페라투스의 흉내를 낸답시고 죽인 행성인의 숫자만 억 단위를 훌쩍 넘기고 있었다.

날개 달린 자로서, 그리고 엠페라투스의 추종자로서 마음에 품고 있는 그의 자부심은 광기나 다름없었다.

그러나 지금, 반달리온의 마음은 포프의 미세한 표정 변화에 당황할 만큼 무뎌져 있었다. 포프에게서 풍기는 미세한 비누 냄새마저 그의 감정을 흔들었다.

반달리온을 지켜보던 치프는 즉시 주변을 살폈다.

대부분의 병사는 흔들림 없이 사격 자세를 유지했으나 지휘관으로 보이는 자들은 눈에 띄게 분주했다. 한 명은 아예 다른 곳을 쳐다보고 있을 정도로 혼란에 빠져 있었다.

'이 관심병 환자 때문에 저쪽 계획이 틀어진 것 같군. 이해해. 나도 뭐가 어떻게 돌아가는 건지 전혀 모르겠거든.'

치프는 이대로 가만히 있어야 할지, 아니면 어떤 행동을 해야 할지 고민했다. 그렇지만 딱히 떠오르는 것은 없었다.

반달리온의 등장은 스카이보드의 폭주만큼이나 예상을 벗어난 일이었다.

문제는 포프였다.

그 소녀는 반달리온에 대한 원한으로 인해 시야가 바짝 좁혀진 상태였다. 지금 그녀의 눈에 보이는 것은 반달리온의 얼굴뿐이었다.

치프가 몸으로 그녀의 시야를 가렸다.

"혹시 얘한테 용건이라도 있나?"

치프와 정면으로 마주 선 반달리온은 얼굴을 일그러뜨렸다. 인간과 비슷했던 피부에 육각형의 비늘이 두드러질 정도였다.

"궁금한 건 이쪽이다! 대체 왜 저 계집이 내 눈에 밟히는 것이냐? 대답해라, 운캄타르의 도구여!"

"뭐?"

치프는 당황했다.

"언제든지 덤비라면서 동네가 떠나가도록 소리친 주제에 무슨 헛소리야? 혹시 포프한테 이상한 감정이라도 품은 건 아니겠지?"

그러자 반달리온이 두 손을 뻗어 치프의 멱살을 잡았다.

"저 계집의 어미가 매일 밤 내 꿈에 나오고 있다! 뚜렷하게! 그러고는 잠에서 깨어날 때까지 그 지겨운 숨바꼭질이 끝나질 않는단 말이다! 네놈은 이유를 알고 있나? 알고 있다면 대답해라!"

반달리온은 자신의 파뿌리 같은 하얀색 단발을 거칠게 흔들며 소리쳤다.

그러나 치프의 표정은 영 아니었다.

"꿈에 여자가 계속 나온다고? 그럼 그냥 욕구불만 아닌가?"

"……."

멍한 얼굴로 치프를 바라보던 반달리온이 이윽고 격분했다.

"제대로 답해라, 운캄타르의 도구여! 내가 방금 네놈과 포프베르자르의 목숨을 구한 것을 잊었나?"

"물론 그건 고맙지만… 하아."

치프가 한숨을 쉬고는 표정을 바꿨다. 장난기가 싹 사라진 그의 눈빛에 반달리온이 움찔했다.

"애새끼도 아니고, 장난해?"

"뭣……?"

"이딴 분위기에서 뭐 어쩌라는 거지? 나한테 총질을 하려는 놈들이 네 뒤에 쫙 깔려 있다고. 근데 네 꿈에 대한 해몽을 해 달라고? 제정신이야? 혹시 약이라도 빨았어?"

"하등동물 주제에!"

반달리온이 치프의 이마를 들이받고 밀어붙였다.

치프는 씩 웃는 것으로 답했다.

"덕분에 시간 잘 끌었어. 흠, 역시 뎃디는 날 너무 잘 알아."

"뎃디?"

반달리온은 치프가 말한 뎃디의 뜻이 뭔지 곰곰이 생각하다가 깜짝 놀라 뒤를 돌아봤다.

"데스디아 브라토레!"

그가 외쳤다.

치프와 포프, 그리고 반달리온의 머리 위로 공중부양식의 스포츠카 한 대가 지나갔다.

스포츠카의 엔진이 하늘에 남긴 연두색의 흔적으로부터 데스디아가 내려왔다.

그녀가 낙하하면서 붉은색 중장갑 전투복 착용자 중 한 명의 머리를 밟았다. 충격에 터지는 방탄 헬멧 사이로 빨갛고 하얀 내용물들이 새어 나왔다.

공중에서 한 번 더 몸을 돌려 안전하게 착지한 데스디아는 두 손에 정령의 기운을 불어넣으며 지휘관 쪽으로 돌진했다.

"상대는 맨손이다!"

치프를 공격할 때도 침묵했던 지휘관이 고함을 질렀다.

입고 있는 전투복과 손에 든 장비가 우주연합 정규군의 것일 뿐, 실제 소속이 어디인지 완전 불명인 그 부대 전체가 데스디아를 노렸다.

병사들은 자신들의 상대가 알타이르 행성의 워치프라는 사실에 긴장했지만 그녀가 맨손이라는 사실을 지휘관이 강조해 준 덕분에 냉정해질 수 있었다.

그러나 그녀의 맨손에 동료 중 한 명이 망치에 맞은 딱정벌레처럼 박살 나자 그들의 멘탈도 망가지고 말았다.

그들은 소총에 붙은 자동추적장치에 모든 것을 맡긴 채 정신을 놓고 방아쇠를 당겼다.

자동추적장치는 한 번 카메라로 지정시킨 목표물을 향해 탄의 탄도까지 제어하여 명중시키는 특수 부착물이었다.

100%의 명중률을 자랑하는 물건은 아니지만 일반적인 행성인의 움직임으로는 그 장치의 추적을 피할 수가 없었다. 야생동물들조차도 장애물이 많은 험지가 아닌 이상 추적을 피하지 못할 정도였다.

그러나 데스디아는 그 장치의 대처법을 잘 알고 있었다.

바람의 정령이 그녀의 망토에 깃들어 망토를 부풀렸다. 그에 따라 카메라에 잡히는 데스디아의 윤곽이 큰 폭으로 바뀌었다.

그냥 눈으로 봐서는 데스디아의 망토가 해초나 열대어처럼 이리저리 펄럭거리는 것뿐이었으나 사물의 윤곽을 추적의 기준으로 삼는 자동추적장치의 입장에선 살아 움직이는 혼돈이나 다름없었다.

시시각각 바뀌는 윤곽으로 인해 자동추적장치들은 데스디아를 제대로 잡지 못했다.

그렇지 않아도 조셉의 문제 때문에 화가 잔뜩 난 데스디아는 공격 범위 안에 들어온 병사들을 사정없이 두드렸다.

치프는 데스디아의 주먹질 한 방에 전투복의 이음새가 모조리 터지고, 그로 인해 전투복 안에 들어 있는 사람이 포도의 알맹이 마냥 밖으로 튕겨져 나가는 광경을 보고 입을 다물지 못했다.

'철갑탄을 휘두르나? 힘이 1년 전보다 더 세진 것 같은데? 그보다 저렇게 후려치고도 손뼈가 무사하단 말이야?'

치프는 시간이 갈수록 상식을 벗어나고 있는 그녀의 모습에서 약간 불안감을 느꼈다.

데스디아의 전법은 일격이탈이었다. 상대가 한 번에 쓰러지지 않으면 그냥 다음을 기약하고 즉각 이동하여 다른 상대를 노렸다.

총을 상대로는 단 한순간의 무딘 움직임이 죽음으로 직결될 수 있었기 때문이다.

제아무리 몸을 단련하고 기술을 갈고 닦은 사람이라 해도 일반적인 방식으로 총을 피하는 것은 불가능하며, 몸에 제대로 맞으면 그동안의 노력이 허사가 되고 만다.

데스디아는 그렇게 죽은 동포들을 수없이 봐왔고, 그 때문에 대응 기술의 단련을 거르지 않았다.

그녀를 돕는 정령은 바람의 정령만이 아니었다. 물의 정령도 그녀를 적극적으로 돕고 있었다.

주변에 존재하는 수분이 안개처럼 뭉쳐서 그녀의 분신을 만들었다.

한두 개가 아니라 수십여 개가 넘는 안개의 분신이 고철 처리장을 가득 채워 병사들을 압도해 버렸다.

중장갑 전투복의 파편들이 하늘로 픽픽 날아갔다. 부서지는 것은 전투복만이 아니었다. 그 안에 있는 병사들도 내장이 곤죽으로 변할 정도의 충격으로 인해 즉사하고 있었다.

화염방사기를 동원한 자도 있었으나 데스디아가 던진 너트에 분사구가 막히면서 무용지물이 되었다.

결국 정체불명의 병사들은 지휘관 한 명을 남기고 모조리 사망했다.

주먹으로 지휘관의 소총을 내려쳐 땅에 떨군 데스디아는 숨을 길게 내쉬었다. 그녀는 롸켓이 운전하는 차에서 뛰어내릴 때부터 지금까지 무호흡으로 움직이고 있었다.

"그라니트의… 마녀!"

총을 놓친 지휘관은 주먹에 전기충격용 너클을 씌워 데스디아를 공격하려 했다. 하지만 어느새 그의 뒤로 돌아 들어간 데스디아가 맨손으로 전투복의 배터리 팩을 뜯어버렸다.

배터리 팩을 고철 더미에 던지는 것으로 일을 끝낸 데스디아가 석고상처럼 고정된 지휘관을 살핀 뒤 치프 쪽을 봤다.

"대화와 설득은 당신 전문이었지?"

"10분 내로 알타이르 민요를 부르게 만들어줄 수도 있어."

치프가 자신 있게 웃었다.

전투복의 동력이 끊겨 꼼짝도 못하게 된 지휘관은 최후의 수단을 선택하기로 했다.

치아 속에 숨긴 독극물을 씹어 자결하는 것인데, 턱을 움직이기도 전에 데스디아의 주먹이 그의 뒤통수에 꽂혔다.

"흠. 뭔가 잊었다 했어."

그가 기절하여 쓰러지자 치프는 헬멧을 벗긴 뒤 자신의 넥타이를 이용해 재갈을 물렸다.

데스디아는 셔츠를 정리하고 정복 재킷을 입는 치프의 모습에 눈살을 찌푸렸다.

"다른 헝겊을 가져올 테니 넥타이를 매봐."

"이미 침에 젖어서 못 쓸 텐데?"

"쯧."

혀를 찬 데스디아는 그에게 다가가 옷에 묻은 흙먼지를 손으로 털어주었다.

"아, 저격수가 두 명 이상 있었을 텐데?"

치프가 묻자 그의 옷 이곳저곳을 살피던 데스디아가 고개를 흔들었다.

"아냐. 정확히 다섯 명이 있었어."

"그래? 그 녀석들도 맨손으로 처리한 거야?"

"콰켓이 차로 들이받거나 깔아뭉갰어. 난 위치만 알려줬을 뿐이야."

"대단하네, 콰켓 아저씨."

"운전하는 실력만큼은 정말 나무랄 데가 없지. 그보다……."

데스디아가 반달리온을 눈으로 가리켰다.

"저 녀석은 왜 저기에 있는 거지? 딱히 살의도 느껴지지 않고… 뭔가 어정쩡해 보이는데?"

치프는 '역시나 감이 좋은 여자다'라고 생각하며 어깨를 으쓱했다.

"나랑 포프가 벌집이 될 뻔한 걸 막아줬어. 이 녀석들하고는 관계가 없는 것 같지만… 어쨌거나 문제는 저 스카이보드야."

치프는 포프의 손에 잡혀있는 스카이보드를 가리켰다.

"이걸 붙잡고 여기로 이동하니까 우리를 노리는 게 분명한 놈이 모여들었어. 그다음에 저 군인 아저씨들이 나타나서는 그놈들과 우리를 완전히 제거하려고 했지."

"계획된 일이라는 건가?"

데스디아가 묻자 치프는 고개를 끄덕였다.

"스카이보드가 이 장소에 추락했으면 의심을 덜했겠지만 아주 천천히 내려와 줬지. 누군가가 조작한 게 분명해."

"좋아, 그럼 확실히 하지."

데스디아가 반달리온을 노려봤다.

"거기 너, 여기에서 사건이 일어날 걸 알고 있었나?"

"난 포프 베르자르를 추적해서 이곳에 왔다. 사건 따윈 모른다. 하등동물들을 떼로 동원할 만큼 타락하지도 않았지."

"폭탄으로 병원을 날려 버리려고 했던 미치광이가 참 상쾌하게 지껄이는군. 죽어봐야 말을 똑바로 하려나?"

데스디아는 언제든지 그에게 주먹질을 할 태세였다.

반면 치프는 반달리온의 모든 태도가 영 마음에 걸렸다.

'사만다가 새집에 오자마자 꽃병을 깼을 때 저렇게 엉거주춤한 모습이었지.'

그는 밑져야 본전이라 생각하고 말을 던져보기로 했다.

"아까 꿈 얘기를 했지? 포프의 어머니… 스위트 베르자르 씨와의 추억이 꽤 강렬했나 보군."

"음……."

반달리온은 부정하지 않았다.

어머니의 이름을 들은 포프는 스카이보드의 손잡이를 꽉 쥐며 분노했지만 치프를 믿기로 하고 자신을 다스렸다.

치프는 자신의 코끝을 만졌다.

"스위트 베르자르 씨에 대한 얘기를 해주겠어? 어떻게 돌아가셨는지는 저번에 네가 얘기했으니 건너뛰고, 그분이 혼자 몸으로 날개 달린 자의 추적을 어떻게 피해 다녔는지 너무 궁금하군."

"……."

"하등동물에게 존경심을 가진 건 그때가 처음이라고 네가 얘기했잖아? 난 내 주변의 날개 달린 자들에게서도 존경이란 말을 들은 적이 없어. 무려 엠페라투스를 떡으로 만들었을 때도 말이야."

반달리온은 치프를 흘끔 봤다.

'저자에게는 남에게서 이야기를 이끌어내는 재주가 있군. 오로지 탐구심만으로 상대를 바라보고 있어.'

그는 뒤이어 포프를 봤다. 스위트 베르자르의 유전자를 이어받은 그 소녀의 모습이 반달리온의 마음을 자극했다.

"후우."

한숨을 쉰 반달리온은 고철더미 위에 털썩 앉았다.

"스위트 베르자르. 헌터들 사이에서는 고스트 스위트라는 별명으로 더 유명하지."

"유령 스위트 아닌가?"

치프는 진 플레커에게 들은 별명을 말했다.

반달리온은 캐러멜을 입에 물고는 고개를 흔들었다.

"유령 스위트? 팬텀 스위트겠지. 그건 그녀가 다른 일을 할 때 썼던 별명이야. 누구에게 들었는지 몰라도 팬텀 스위트라는 별명을 말한 자는 아마 암살자일 거야."

해군 정보부를 통해 진 플레커의 암살자 경력을 입수한 적이 있는 치프는 아무 말도 하지 않았다.

"스위트 베르자르를 만날 때마다 느낀 건데, 그녀는 자신의 딸들을 진심으로 사랑했어. 사랑은 불가능을 가능케 하는 원동력이라는 말을 어딘가에서 읽고 비웃었는데, 그게 진짜일 줄은 몰랐지."

반달리온은 조용한 어조로 자신의 이야기를 풀었다.

"헬터스크가 엠페라투스 님의 추종자라는 것은 알고 있겠지?"

반달리온은 대놓고 헬터스크의 정체를 밝혔다.

"음, 뭐, 그렇지."

치프는 대강 대답했다.

치프와 데스디아는 알타이르 행성에서 메이건이 깨어났을 때

헬터스크의 이름을 들었다.

그들은 헬터스크의 정체가 우주연합의 군인이 아니라 엠페라투스의 추종자, 즉 드래곤일지도 모른다는 예상을 하긴 했는데, 반달리온이 그 사실을 증명해 버리자 기운이 좀 빠졌다.

치프가 별거 아니라는 표정으로 가볍게 답한 이유는 속마음을 드러내서 반달리온을 자극할 필요가 없었기 때문이다.

치프처럼 뻔뻔하지 못한 데스디아는 어떻게든 표정을 숨기기 위해 다른 방향을 보면서 머리에 쓴 터번을 천천히 풀었다.

반달리온의 이야기가 계속됐다.

"헬터스크는 엠페라투스 님의 부활을 위하여 정말 오랜 시간 동안 '자유의 어둠'을 찾아 헤맸지. 그 친구는 멍청하지만 그만큼 집념이 대단하거든."

"집념 하나로 포프의 어머니를 찾아냈단 말이야? 이 넓은 우주에서?"

치프가 묻자 반달리온은 입안의 캐러멜을 거칠게 씹었다.

"그건 네가 알아봐라."

"흐흠."

치프는 반달리온의 태도와 표정에서 한 가지 사실을 알 수 있었다.

'저번에 봤을 때 느낀 거지만 저 녀석은 종족과 자기 자신에 대한 자존심이 정말 강하군.'

그는 생각을 하며 옷깃을 만지작거렸다.

'저 녀석이 헬터스크를 갑자기 거론한 이유는 아마 헬터스크를 심리적 탈출구로 삼기 위해서일 거야. 그 강한 자존심을 지키기 위해서 말이지.'

데스디아는 치프의 행동을 보고 그가 반달리온의 말 한마디를 기점으로 하여 추리에 빠져 있음을 직감했다.

'그에 따라 추론해 보자면… 스위트 베르자르 씨가 자유의 어둠이라는 사실을 파악한 건 엠페라투스의 추종자들이 아닐 가능성이 커. 정보 제공자가 따로 있나?'

그는 옷깃에서 손을 떼었다.

'그렇게 생각하는 게 옳겠지. 그럼 정보 제공자는 누굴까?'

바지 주머니에 손을 넣은 치프가 스트레칭을 하듯 고개를 좌우로 움직였다.

"아무튼, 포프의 어머니를 표적으로 삼고 찾아다닌 게 너란 말이지?"

"그렇지. 처음에는 아주 쉽게 생각했어. 그냥 작고 힘없는 오파로아 행성의 암컷이라고만 생각했지. 하지만 실수였어."

"실수라면?"

데스디아가 물었다.

"오파로아 행성인들은 은신에 대한 잠재 능력이 있더군. 스위트 베르자르는 그 잠재 능력을 확실히 일깨운 자였을 뿐만 아니라 저주스러울 만큼 영리하고 경험이 풍부한 자였지."

반달리온은 고개를 저으며 캐러멜을 더 씹었다.

"포프의 엄마가 유명한 헌터였다던데?"

"헌터로서도 유명했지만 진짜 정체는 헌터 따위가 아니었지."

치프의 질문에 대답한 반달리온이 포프를 돌아봤다.

"그녀는 암살단의 수령이었어. 오파로아 행성에서 '민중의 자매단'이라는 이름의 암살단 조직을 이끌며 수많은 암살자를 훈련시킨 마스터 어쌔신이었지."

"그럴 리가 없어요!"

포프가 고함을 질렀다. 하지만 반달리온은 웃을 뿐이었다.

"자식에게 자랑할 만한 경력은 아니지. 물론 헌터로서의 경력도 거짓은 아니야."

"……."

"내가 네 엄마를 처음 만난 곳은 우주연합의 수도였어. 그녀는 나와 마주치자마자 도망쳤고 난 자신 있게 추적했지. 하지만 난 1분도 안 되어 스위트 베르자르의 기척을 놓쳐 버렸어."

반달리온이 어깨를 으쓱했다.

"그런 일은 처음이라 당황했지. 3시간 정도를 헤맨 나는 스위트 베르자르가 출국 수속을 밟았다는 정보를 입수했어. 밀항이 아니라 대놓고 여객선을 탄 것이지. 그건 나에 대한 도전이었다."

반달리온의 얼굴에 미소가 돌았다.

"이후 나는 내 명예를 걸고 그녀를 추격했고 그녀는 번번이 내 감각에서 사라졌지. 그녀 덕분에 온갖 행성의 절경을 볼 수 있었어. 그녀가 늘 경치 좋은 곳에서 기척을 드러냈다가 사라졌거든.

그런 걸 보여준다고 해서 내가 마음을 바꿀 리는 없는데 말이야."

애기를 듣던 데스디아가 시가를 입에 물고 불을 붙였다.

추억하는 반달리온의 분위기는 그만큼 평화로웠다.

"얼마 지나서 그녀가 나에게 손으로 직접 쓴 편지를 남겼지. 내용이 황당했어. 4개월에 한 번 정도는 집에 들러 쉬고 싶다는 부탁이었지. 난 응했어. 나에게도 정신적인 휴식이 필요했거든. 헬터스크는 그런 부탁을 받아주는 병신이 어딨냐며 날 탓했지만… 후후."

반달리온의 그 얘기에 포프의 눈동자가 흔들렸다.

'계절에 한 번씩만 집에 오신 이유가……!'

그 소녀는 손으로 입을 틀어막고 울음을 참았다.

치프는 고개를 갸웃거렸다.

"잠깐 질문 좀 해도 될까?"

"뭐지?"

"듣자하니 스위트 베르자르 씨의 신변에 대한 모든 것을 알고 있었던 것 같은데, 왜 가족을 인질로 잡지 않은 거야?"

"생각을 해보지 않은 건 아니야. 하지만 그런 식으로 그녀와 대결하고 싶진 않았지. 만약 인질을 잡았다면 나는 물론 그녀 역시도 추해졌을 거야."

"……."

"나와 그녀의 승부가 끝난 장소는 어느 변두리 행성의 사막이었어. 익명의 제보자가 나에게 그녀의 약점을 알려줬지. 베르자르 가문은 특이한 향의 비누를 쓴다고 말이야. 뒤통수 맞기 싫으면 그 냄새를 기억하라고 하더군."

특별한 이유로 인해 어머니와 똑같은 비누를 쓰고 있는 포프가 흠칫했다. 반달리온이 병원에서 비누 냄새에 대한 이야기를 한 이유를 깨달았기 때문이다.

"난 그 냄새를 추적한 끝에 사막 한가운데에서 그녀를 잡았지."

반달리온의 표정이 점차 흐려졌다.

"승자는 없었어. 그냥 승부만 끝났을 뿐이었지. 그녀는 부상을 입은 상태였거든. 누군가가 광선총으로 왼쪽 다리의 아킬레스건을 끊었더군."

"광선총이라고?"

치프가 묻자 반달리온은 뭐가 문제는 표정으로 그를 봤다.

"손상 상태가 그랬거든."

반달리온이 한숨을 쉬었다.

"그녀는 내 앞에서 폭탄을 들었어. 우리들 뜻대로 세상을 주무르게 할 수는 없다고 하더군. 난 엠페라투스 님을 깨우고 싶을 뿐이라고 했지만… 결국 그녀는 폭탄의 안전핀을 뽑았지. 난 말리려 했어. 네가 죽으면 네 딸들이 자유의 어둠을 이을 거라고 소리쳤지."

거기까지 이야기한 반달리온은 두 손으로 자신의 머리카락을 움켜쥐었다.

"그녀는 자유의 어둠이라는 요소가 그렇게 초월적인 방식으로 전승된다는 사실을 전혀 몰랐던 거야. 후회와 걱정으로 찌든 표정이 그녀의 마지막 모습이었지."

"……."

"난 이후 헬터스크에게 일을 맡겼어. 그 상황이, 스위트 베르자르의 마지막 표정이, 그리고 그녀에게서 읽어낸 마지막 생각들이 내 머릿속에서 떠나지 않았거든. 스위트 베르자르에 대한 일에는 더 이상 관여하고 싶지 않았어."

데스디아는 괴로움에 빠진 반달리온을 바라보다가 치프 쪽으로 눈길을 돌렸다.

치프는 감정이 밑바닥에 가라앉은 듯한 표정이었다.

스위트 베르자르의 정보를 넘긴 자와 그녀를 사막 한가운데에서 부상 입힌 자에 대한 고민이 그의 마음을 가득 채우고 있었다.

"헬터스크가 나중에 나에게 얘기하더군. 스위트 베르자르의 남편에게 돈을 줘서 첫째 딸을 이 땅으로 보냈다고 말이야. 왜 돈을 줬냐고 물었더니 자식을 팔아치우는 자가 무슨 표정을 짓는지 궁금해서 그랬다고 했어."

"참 쓸데없이 자세히도 말씀하시는군."

치프가 화를 참지 못하고 지적했다.

"그래, 네 말이 맞아. 난 내가 왜 이러는지 모르겠어."

반달리온이 다시 한숨을 쉬었다.

"스위트 베르자르의 마지막 생각은 너무 평범했어. 전부 자식에 대한 것들뿐이었지. 첫째, 둘째, 셋째의 출산과 보육의 기억, 자신을 이해해 주지 않는 첫째의 눈빛에 대한 두려움, 애들이 대체 뭘 좋아하는지를 인생 그 마지막 순간까지도 알지 못했다는 것에 대한 후회 등등."

한탄하듯 말한 반달리온은 고개를 가로저었다.

"그때 스위트 베르자르의 의식을 읽지 말았어야 했어. 그녀는 자유의 어둠을 가진 마스터 어쌔신이 아니라 평범한 애들 엄마인 채로 죽어버린 거야. 그걸 몰랐다면 내 꼴이 이렇지도 않았겠지."

"……."

"그때 나에게 관심병이라고 했던가?"

그가 치프에게 물었다.

"그땐 그렇게 보였지."

치프의 대답을 들은 반달리온은 씁쓸히 웃었다.

"내가 스위트 베르자르의 꿈으로 괴로워하니 엠페라투스 님께서 말씀하시더군. 내가 앓고 있는 건 관심병이 아니라 죄책감이라고 말이야."

치프는 데스디아를 흘끔 봤다.

그녀는 포프가 어머니의 유품인 스카이보드를 붙든 채 덜덜 떠는 모습을 묵묵히 바라보다가 이윽고 말했다.

"그래서, 어쩌겠다는 거지? 포프에게 죗값을 치르고 싶다는 건가?"

"죗값? 단순히 해결할 문제는 아니지."

반달리온이 고철 더미 위에서 일어나서는 포프 쪽으로 돌아섰다.

"난 네 어미와 승패를 가르지 못했다, 포프 베르자르. 나와 그녀의 못다 한 사투를 네가 대신해 줘야겠다."

"엄마 대신 당신을 만족시키라는 건가요?"

포프가 반달리온에 맞서 일어났다.

"그렇지. 이번엔 그 누구도 이 승부를 방해하지 못할 것이다."

반달리온은 고철을 들어 꽉 움켜쥐었다. 단순한 완력만이 아니라 드래곤들이 아니면 모르는 온갖 현상이 반달리온의 손아귀에 집중되고 있었다.

그렇게 압축된 고철은 검은색의 팔찌로 변했다.

"이걸 갖고 있으면 내가 널 지켜줄 수 있어."

"……."

"승부의 그날까지 강해져라, 포프 베르자르. 나를, 그리고 내 의식 속에 흘러들어 온 네 어미를 실망시키지 마라."

"그러죠."

포프는 반달리온의 팔찌를 받아 들었다.

"제가 이 땅에서 지낼 이유를 줘서 고마워요."

"네가 나에게 죽으면 네 시신은 저들이 거둬 가겠군."

반달리온이 눈짓으로 치프와 데스디아를 가리켰다.

"당신의 시신은요?"

포프가 담대하게 묻자 반달리온은 속이 후련해진 듯 상쾌하게 웃었다.

"내 스승처럼 산산이 사라지겠지. 승자가 신경 쓸 문제는 아니야."

반달리온은 가죽 코트의 주머니에 손을 꽂으며 돌아섰다.

"강해져라, 포프 베르자르."

그는 고철 처리장의 출입구를 향해 가벼운 발걸음으로 걸어갔다.

"죄책감이라……."

반달리온이 강조했던 말을 중얼거린 치프는 고개를 좌우로 흔들었다.

"롸켓에게 이곳으로 내려와도 된다고 전해줘, 뎃디. 포로를 싣고 회사로 가자고."

"그러지."

데스디아가 단말기를 꺼내 들었다.

"그리고 포프."

"예, 사장님."

포프는 반달리온이 준 팔찌를 왼쪽 손목에 차며 치프를 바라봤다.

'벌써 귀여움이 사라졌네.'

사만다의 경우를 떠올린 치프는 내심 아쉬워했다.

"앞으로 무슨 일이 생길지 모르니 너무 무리하지는 마."

"제 일은 제가 책임질 수 있어요!"

"아, 그러시겠지."

치프는 망가진 스카이보드를 들어 포프에게 던져주었다.

스카이보드의 무게를 버티지 못한 포프는 뒤로 쓰러질 뻔했으나 데스디아가 미리 잡아주어 큰일을 당하진 않았다.

"반달리온이 아까 뭐라고 말하면서 폼을 잡았더라? 강해져라, 포프 베르자르였나? 그 친구가 보는 눈은 있군. 네가 얼마나 빈약하게 보였으면 그딴 말을 지껄였겠어?"

치프의 지적에 포프는 금방 풀이 죽었다.

"가서 동생들부터 안심시켜 줘. 그게 순서야."

"알았어요, 사장님."

포프의 대답을 들은 치프는 그녀의 더벅머리를 쓰다듬어 준 뒤 고철 처리장으로 내려오는 롸켓의 스포츠카를 돌아봤다.

'잡아서 족쳐야 하는 놈이 한둘이 아니군. 성격 나오겠네, 이거.'

치프는 당장 내일이 걱정됐다.

41
인스턴트

빅시티에서 헌터들의 영결식이 끝난 다음 날.

아침 일찍 스승과 함께 그라니트 용역에 방문한 키드는 단말기를 들어 시간을 확인했다.

'오전 6시 12분. 식사 시간에 와버렸군.'

그는 스승을 돌아봤다.

"이곳 사람들의 볼일이 끝날 때까지 여기서 기다리는 것이 좋겠습니다, 스승님."

딸기코 스승은 대단히 긴장된 얼굴로 주변을 둘러보고 있었다.

"스승님?"

"음, 내 마음에 새겨진 상처가 아직 치유되지 않은 것 같구나."

그는 데스디아에게 얻어맞고 바지가 벗겨진 채 쫓겨난 사건을 말하고 있었다.

"부사장은 무례하지요."

"넌 그분께 제대로 얻어맞은 적이 한 번도 없지? 그래서 말을 쉽게 할 수 있는 거란다."

스승이 데스디아를 '그분'이라 부르자 키드는 속이 상했다.

하지만 스승의 복수랍시고 데스디아에게 대놓고 도전하거나 시비를 걸 생각 따윈 하지 않았다.

그는 그녀를 화나게 한 자들이 어떻게 박살 나는지를 수없이 목격한 인물 중에 한 명이었다.

"회사의 공기가 서늘하구나."

"그라니트 행성은 일교차가 큽니다."

"흠… 아, 그 워치프에 대한 얘기가 나와서 말인데……."

"예. 말씀하십시오, 스승님."

"그분의 헌터 랭크가 궁금하구나. 난 단말기도 구식이고 헌터 면허도 없어서 우주연합 헌터관리국에 접속을 못 하거든."

"지금 확인해 보겠습니다."

키드는 단말기로 관리국에 접속한 후 데스디아 브라토레를 검색했다.

그러나 결과는 나오지 않았다. 아예 명단에도 없었다.

당황한 키드는 한참 고민하다가 이내 쓴웃음을 지었다.

'뎃디라고 검색하지 않은 게 다행이군.'

그는 '데스디아리아 헤이파 알타이르 브라토레'라는 그녀의 본명을 정확히 기입한 후 다시 검색했다.

결과를 본 키드는 움찔했다.

"6만 3,334위? 이럴 리가?"

"너무 높은 것이냐?"

"아, 아닙니다. 스승님. 제 랭크가 680위입니다. 그런데 부사장의 순위가 저보다 낮다니……."

그는 그라니트 용역의 다른 이들도 검색해 봤다.

사만다는 21,687위, 젝스는 7,650위, 포프는 42,581위였다.

그들과 함께 수없이 많은 환상종을 쓰러뜨린 키드로서는 믿어지지 않는 순위였다.

"포프 베르자르 외엔 전부 비현실적인 랭크입니다."

"랭크라뇨?"

키드가 포프의 목소리를 듣고 움찔했다.

더벅머리에 연한 구릿빛 피부를 가진 그 소녀는 모래색의 두툼한 운동복을 입고 있었다.

그녀의 뒤편에는 수송용 로봇이 있었고, 그 로봇의 굵직한 기계손에는 스카이보드가 들려 있었다.

"아, 포프 베르자르. 헌터관리국에서 실시간으로 기록하는 랭크에 대한 얘기였어."

그는 포프가 여자아이라는 사실을 알게 된 이후 부드러운 말투로 그녀를 대했다.

"흠, 무슨 일로 오셨어요? 오늘은 쉬는 날이라 부사장님 외에는 다들 늦게 나오실 텐데요."

"스승님께서 치프 사장과 말씀을 나누고 싶다고 하셨거든."

"약속은 하고 오셨나요?"

"…아니."

"그럼 사장님께서 일어나실 때까지 기숙사 식당에서 기다리세요. 괜히 부사장님께 시비 걸리지 마시고요."

포프는 한숨을 푹 쉬며 그들의 앞을 지나갔다.

"아, 잠깐."

아까부터 포프 외에도 스카이보드에 시선을 두고 있던 키드가 그녀를 불렀다.

"왜요?"

포프가 퉁명스럽게 반응했다. 그녀는 아직까지도 키드를 혐오하고 있었다.

"그 스카이보드 말인데, 한번 볼 수 있을까?"

"…어쩌려고요?"

"가게에서 파는 물건이 아닌 것 같거든. 특별히 제작된 게 분명해."

"스카이보드에 대해서 좀 아세요?"

"응. 만들고 타보는 게 취미였어. 손을 놓은 지는 꽤 오래됐지만."

"흠……."

포프는 못미덥다는 표정으로 키드를 쳐다봤다. 그녀의 성별을 착각하기도 했고 부친에 대한 얘기를 함부로 한 것도 있었기에 키드는 아무 말도 할 수 없었다.

"그럼 봐주세요. 하지만 망가뜨리지는 마세요."

"그럴게."

키드는 로봇이 들고 있는 스카이보드를 살폈다. 물건을 보는 그의 표정과 눈빛이 초롱초롱한 것에 포프는 제법 놀랐다.

'저런 면도 있었네?'

키드는 능숙한 손놀림으로 보드의 엔진 덮개를 벗기고 부품들을 살폈다. 각 부품의 상태를 확인하고 제작 소재 등을 중얼거리는 모습이 정말 전문가처럼 보였다.

잠시 후, 키드가 안타깝다는 듯 한숨을 쉬었다.

"오랫동안 가동하지 않아서 내장 기관이 전부 엉망이야. 윤활제는 텅텅 비었고 중력 조절식 안전장치도 재조정이 필요해. 추진제도 다 떨어졌어. 게다가 원격조정장치의 센서가 이 보드의 성능과는 전혀 맞지 않는 저질이라고. 센서의 제작 브랜드도 없어."

"센서가요?"

포프가 의아해했다.

"허, 꼬마. 재미있는 말을 하는군."

마침 근처를 지나던 롸켓이 보드 쪽으로 걸어왔다. 쪽을 지어 뒤로 넘긴 그의 검은색 머리카락이 살랑살랑 흔들렸다.

"원래 내가 살펴보려고 했는데 나보다 먼저 엔진 덮개를 벗기다니… 이거 원, 애인이 다른 남자와 자는 모습을 목격한 기분이군."
"아저씨, 애인 있었어요?"
포프가 놀라자 롸켓이 피식 웃었다.
"그냥 아저씨들의 저질 농담이야."
보드에 바짝 다가선 롸켓은 키드가 얘기했던 센서 부위를 살폈다.
그는 단말기의 카메라와 화면을 돋보기 대신 사용하여 센서를 세밀하게 관찰했다. 그러고는 손으로 그 센서를 가볍게 분리해 냈다.
"저질 센서라. 틀린 말은 아니군. 하지만 이건 군용이야. 게다가 단순한 센서가 아니라 무인정찰기에 쓰이는 통제 모듈이지."
"예?"
"이 스카이보드는 회사에서 출발해서 빅시티의 고철 처리장까지 날아갔어."
롸켓은 분리했던 센서를 다시 설치한 후 팔찌 모양의 스카이보드 제어장치를 들었다.
"잘 보라고."
그는 제어장치의 전원을 올렸다. 엔진 덮개가 벗겨지고 부품들이 분해됐지만 스카이보드 역시 불빛을 반짝이며 자신에게도 전원이 들어왔음을 알렸다.
"보드와 제어장치의 연결 및 스타트업 시퀀스는 다른 센서들의 일이라서 문제없어. 그런데……."

롸켓은 제어장치를 이리저리 움직였다. 그에 맞춰 움직여야 할 스카이보드의 방향타와 추진기의 노즐이 꼼짝도 하지 않았다.

"아무리 조작해도 꼼짝 않지? 이 통제모듈과 제어장치가 전혀 안 맞는다는 뜻이야. 사장 말대로 누군가가 다른 장치를 통해서 이 스카이보드를 움직인 게 분명해."

롸켓은 전원을 완전히 끄고 문제의 통제모듈을 분리했다.

"그리고 골치 아픈 문제가 하나 더 있어."

"뭔가요?"

포프가 물었다.

"이건 '원 오프 타입' 물건이야."

"원 오프 타입? 제작회사 이름인가요?"

"아니, 그냥 딱 하나밖에 없는 물건이란 뜻이지. 주문 제작품이라고 하면 말이 통하겠군."

롸켓은 껄껄 웃으며 스카이보드를 만졌다.

"보드의 디자인, 골격과 외장의 소재, 도료, 그리고 각종 특수 기능을 위한 장치와 엔진까지. 전부 누군가가 직접 깎고 다듬어서 만든 거야. 우주에서 딱 하나밖에 없을걸?"

롸켓은 엔진의 한쪽 구석을 손가락으로 훑은 후 냄새를 맡았다.

"반영구적으로 쓰이는 냉각제조차 기성품과는 혼합 비율이 달라. 과부하를 걸었을 때 나올 출력과 RPM이 끝내주겠군. 윤활제와 추진제처럼 자주 갈아줘야 하는 녀석들만 기성품으로 해놨어. 설계 구조를 보니 그것조차도 불쾌했나 보군."

"그럼 못 고친다는 소립니까?"

키드가 물었다.

롸켓은 손수건으로 손을 닦으며 고개를 저었다.

"호환성이 떨어지는 건 아니라서 기성 부품들을 끼워 넣어 고치는 건 가능해. 하지만 진짜 성능을 발휘하기 위해선 제작자에게 의뢰해야겠지. 제작자의 사인과 제작 순번이 엔진룸 안에 각인되어 있어. 그걸 보면 알 거야. 우리 회사하고 인연이 있는 사람이거든."

키드와 포프가 서로 머리를 부딪칠 만큼 경쟁적으로 엔진룸 안을 봤다.

그 안에는 롸켓의 말대로 제작자의 사인이 음각으로 각인되어 있었다.

"…라이트스톤? 라이트스톤 사장님이 이걸 만든 거예요?"

"모델 78이라고 되어 있으니 일흔여덟 번째… 내지는 일흔아홉 번째로 만든 물건이겠지. 노예랑 마약 빼곤 다 취급하는 걸로 유명한 사람인 데다가 손 기술이 대단하다는 소문도 있으니 스카이보드 정도야 뭐."

롸켓이 포프를 걱정스레 바라봤다.

"근데 이게 네 어머님의 유품이라고 들었는데 말이지."

"네."

"혹시 이걸 다룰 생각이니?"

포프는 의지가 보이는 눈빛으로 롸켓을 응시하며 고개를 끄덕였다.

"꼭 제 걸로 만들 거예요."

"그래, 어머님의 유품이니 소유하는 거야 문제는 없지만… 이건 황당할 정도의 고성능 보드야. 전 우주 그랑프리 경기에서 쓰는 최고 성능의 스카이보드들도 이거보단 못해. 취미의 영역을 아득히 벗어난 물건이란 뜻이지."

롸켓은 팔짱을 끼고 한숨을 쉬었다.

"다룰 수 있겠니?"

"다뤄내야만 그자에게 맞설 수 있어요."

"흠……."

수염을 만지며 고민한 끝에, 롸켓이 키드를 봤다.

"어이, 꼬마. 보드에 대한 얘기를 하는 꼴을 보니 탈 줄도 아는 것 같은데, 맞나?"

"그렇습니다만."

"그럼 네가 책임지고 포프를 가르쳐 주도록 해."

그의 말에 키드가 펄쩍 뛰었다.

"곤란합니다! 전 나이트 스토커로서……."

"조셉이 누구를 도우려다가 죽었는지 들었을 텐데?"

죠니, 조셉, 딕슨과 좋은 술친구였던 롸켓은 자못 무서운 눈으로 키드를 봤다.

"조셉의 시신이 이 행성을 떠날 때도 넌 여기에 오지 않았어. 왜

오지 않았는지는 묻지 않을게. 하지만 네 가랑이 사이에 달려 있는 물건이 진짜라면 그 일에 대한 세금 정도는 내야 하지 않을까?"

"……."

"작년에 사장이 준 선금을 먹고 튄 내가 할 말은 아니지만… 아무튼 잘 생각해 봐."

롸켓은 포프의 어깨를 토닥였다.

"고칠 수 있는 데까지 고쳐볼 테니 나랑 함께 정비창으로 가자꾸나."

"네, 아저씨."

포프는 롸켓과 함께 뒤도 돌아보지 않고 그곳을 떠났다.

키드는 착잡한 마음에 고개를 숙였다. 그의 스승은 묵묵히 제자를 바라볼 뿐이었다.

키드를 지켜보는 눈은 다른 곳에도 있었다.

사장실에서 밤을 샌 치프였다.

잠을 쫓기 위해 카페인 정제를 하나 삼킨 그는 맑은 물로 알약을 넘긴 후 뒷머리를 긁었다.

"저 녀석까지 우리랑 제대로 엮이는 거 아닌가 모르겠네."

스낵바에 앉아 TV를 보던 죠니가 그를 봤다.

"누구 말씀이십니까?"

"키드."

"그 병신 쌍놈이요?"

"음."

죠니가 아직도 키드에게 화가 나 있음을 아는 치프는 고개를 끄덕끄덕했다.

치프는 사장실 내의 벽시계를 봤다.

"좀 있으면 아침 식사를 해야 하니 슬슬 시작해 볼까? 저 친구도 적당히 달아오른 것 같고 말이야."

"그러죠, 원사님. 오늘은 정말 피곤하군요."

죠니는 TV를 끄고 일어났다.

사장실의 한가운데에는 어제 붙잡힌 정체불명 부대의 지휘관이 완전 나체로 철제 의자에 묶여 있었다. 그가 걸친 것이라고는 머리에 씌워진 검은색의 비닐봉투뿐이었다.

특이한 것은 그와 그가 앉은 의자가 사장실 바닥이 아니라 유아용 간이욕조 안에 놓여 있다는 사실이었다.

치프가 그의 머리를 손으로 툭 치자 지휘관이 반사적으로 흠칫하고는 덜덜 떨었다.

"아, 죠니. 물 주는 걸 잊었나 보네. 이 친구, 오줌을 못 싸잖아?"

의자를 받치고 있는 욕조 바닥엔 주황색의 물이 약간 차 있었다. 바로 지휘관이 밤새 흘려낸 오줌이었다.

"죄송합니다, 원사님. 졸려서 깜박했습니다."

죠니는 생리식염수가 잔뜩 든 링거 주사를 준비했다.

주삿바늘이 아랫배, 즉 방광 위쪽에 닿자 지휘관이 비명을 지르며 몸을 이리저리 틀었다. 입에 물린 재갈 때문에 동물에 가까운 신음만이 사장실을 가득 채웠다.

*　　*　　*

그로부터 2시간 뒤.

사만다와 함께 사장실로 올라간 데스디아는 청소로봇들이 바닥을 정리하고 실내를 환기시키느라 바삐 움직이는 모습을 목격했다.

사만다는 긴 소매의 흰색 운동복을 입고 있었다. 그녀의 붉은색 피부가 옷의 색깔 덕분에 더욱 부각되었다.

데스디아 역시 소매와 기장이 긴 남색 계통의 운동복을 입고 있었다. 둘 다 특별한 일이 없을 때는 그렇게 가벼운 차림으로 회사에서 생활했다.

데스디아는 사장실 내에 인간의 소변 냄새가 미지근하게 남아 있는 것을 감지했다.

'단순히 실례를 한 것치고는 냄새가 너무 약한데? 며칠 동안 물만 마신 사람이 방뇨를 했나?'

그녀가 고민하는 반면 사만다는 사장실 밖에 놓인 철제 의자와 유아용 간이욕조를 보고 무슨 일이 있었는지 알겠다는 듯 쓴웃음을 지었다.

"왜 그러니, 사만다?"

"아무래도 아저씨께서 설득을 좀 하신 것 같군요."

"아, 그렇군."

어제저녁, 데스디아는 심문에 참여하겠다고 했다가 "저 친구의 고환부터 뽑고 시작할 생각이면 기숙사 가서 쉬시죠"라는 치프의 핀잔 아닌 핀잔을 듣고 곧장 기숙사로 돌아갔다.

결과가 궁금해진 데스디아는 인간의 허리 높이 크기의 청소로봇들을 이리저리 피해 사장실 안으로 들어갔다.

치프는 탄산음료를 마시며 한가로이 유리벽 밖을 구경하는 중이었다. 그와 달리 죠니는 졸음에 침침해진 눈을 비비며 문서작업에 몰두하고 있었다.

사장실 구석에는 결과물, 아니, 어제 포로로 잡은 지휘관이 바닥에 쪼그려 앉아 있었다.

그는 군화를 발에 신지 않고 양손에 각각 끼운 채 해맑게 웃어댔는데, 옷은 상하의 전부 뒤집어 입은 상태였고 혁대는 목에 두르고 있었다.

그가 발에 낀 군화로 바닥을 톡톡 두드리며 즐거워하는 모습은 데스디아를 질리게 만들었다.

'인간에게 뭘 어떻게 하면 저렇게 되는 거지?'

아연실색한 그녀 쪽으로 치프가 고개를 돌렸다.

"어, 왔네."

데스디아는 청소로봇이 지나갈 수 있도록 길을 비켜준 뒤 치프에게 다가갔다.

"알아낸 게 있나?"

"응? 음… 머릿속에 든 건 다 빼냈는데, 어느 것도 도움이 되는 게 없어. 아니, 애초부터 도움이 될 놈이 아니었지."

"무슨 소리야?"

데스디아가 놀라자 치프는 음료수 캔으로 지휘관을 가리켰다.

"저 친구, 어느 행성 사람으로 보여?"

"겉보기로는 지구인인데?"

"그렇지. 그런데 디스포서블 휴먼(Disposable Human)이야. 우리는 인스턴트라고 부르지만."

"인스턴트?"

"미리 만들어둔 인공수정란을 급성장시켜서 만든 인조인간이야. 수정란을 기계에 넣고 돌리면 1시간 뒤에 저런 어른이 만들어지지."

데스디아는 그 이야기를 어디선가 들은 것도 같았지만 명확하게 기억나지 않았다.

"그것만으로 끝인가?"

"물론 필요한 지식을 입력시켜야지. 군 관련 지식을 넣으면 군인이 되고 요리 관련 지식을 넣으면 요리사가 되는 거야. 인스턴트들은 기본 신체 능력이 우수하고 머리도 잘 돌아가지. 각종 감각도 싱싱하고, 신진대사 훌륭하고, 면역력도 뛰어나고, 정력은 네가 좋아하는 고환이 아예 존재하지 않아서 따질 수가 없어."

"……."

"물론 수명이 170시간에 불과하다는 단점이 더 크지만."

치프의 설명을 들은 데스디아는 도저히 납득할 수가 없었다.

"170시간이면 지구와 이 행성의 시간으로 겨우 일주일이잖아? 하지만 어제 저들이 사용한 장비는 최고급이었어. 일주일을 살아갈 인간에게 중장갑 전투복 같은 비싼 장비를 지급한다고?"

그것은 데스디아가 알고 있는 병참, 즉 군수물자의 관리와 보급의 기본에 위배되는 일이었다.

"그렇지. 하지만 인스턴트의 제조 및 완성 비용과 관련 시설 전체의 유지비용에 비하자면 중장갑 전투복 따위는 1회용 종이컵값밖에 안 돼."

치프가 일단 한숨을 쉬었다.

"쉽게 말하자면 비싼 놈들이 비싼 장비를 입은 거야. 아마 초강대국의 1년 예산을 한 달 단위로 쓸 수 있는 놈들이 저 녀석들의 주인일걸?"

"그럼 저들이 전술적으로 움직였던 건……."

데스디아가 흐릿하게 질문하자 치프는 왼손 검지로 자신의 머리를 두드렸다.

"전부 입력된 지식에 따른 거야. 인스턴트들의 두뇌는 진짜 인간의 두뇌와 달리 그게 가능하지. 지휘관과 대원의 구분은 단순한 롤(Role:역할)에 불과해. 전투 경험도 입력할 수 있고, 잡다한 지식과 상식도 현장에서의 원활한 작전 수행을 위해서 입력하는 경우가 많아."

데스디아는 당황했다.

"그럼 저들이 그라니트의 마녀 어쩌고 하면서 나를 두려워한 것도 입력된 지식이라는 건가?"

"그렇지. 똥오줌을 가리는 방법과 일단 남자 화장실을 써야 한다는 상식조차도 전기신호를 통해 입력된 지식이야."

"…당신은 그걸 어떻게 그렇게 잘 알지?"

그녀가 묻자 치프는 죠니 쪽을 봤다.

"짧은 얘기는 아닌데… 괜찮겠어, 죠니?"

설명을 강요받은 죠니는 사만다를 봤다.

"사만다, 부탁해도 될까?"

"저기, 상사님?"

"'그 사건'은 너도 잘 아는 얘기잖아?"

"아예 모르는 건 아닙니다만……."

"난 서류 작업을 해야 하니 네가 설명해 드려. 원사님과 난 배도 고프고 졸려서 말할 기운이 없거든."

죠니가 힘 빠진 목소리로 말했다.

"하지만 해당 사건에 대해서 제가 아는 지식은 아저씨께 얼핏 들은 수준입니다."

사만다는 대단히 난감해했다.

"…아, 됐어. 내가 얘기할게."

치프는 사만다의 그런 모습을 보긴 싫었기에 체념하고 손을 저었다.

"태양계에서 식민지 청소가 끝난 뒤의 일이야. 누군가가 달에 있는 UN 산하 군사시설, 즉 월면기지를 점령해 버렸지."

"그건 들었던 것 같아. 나에게 총기 기술을 가르쳐 준 자가 '월면기지 대작전'이라고 웃기게 설명했지. 그런데 그게 인스턴트들과 관련된 일이었나?"

"그 아저씨가 해군 특수전 연구개발단 소속이라서 그렇게 둘러댔을 거야. 극비 아닌 극비거든."

치프가 눈썹과 어깨를 동시에 으쓱했다.

"월면기지 안에는 예산 및 윤리 문제로 동결 처리된 디스포서블 휴먼 시스템이 존재했는데, C급 테러리스트에 불과한 '제이슨 레미디'라는 놈이 혼자 달에 가서는 모든 보안을 뚫고 월면기지 시스템 전체를 손에 넣었어. 놀랍게도 말이야."

"지구에서는 C급 테러리스트가 그렇게 강력한 지도자인가?"

데스디아는 알면서도 믿을 수 없다는 듯이 물었다.

"우리 입장에선 그냥 약 좀 빨고 총질하며 싸구려 사제 폭탄을 만드는 잡범 수준이지. 조직 규모고 뭐고 할 것도 없어. 4인승 승용차 한 대를 꽉 채우면 다행일까?"

"…그런데 지구의 월면기지를 점령했다고?"

그녀는 문제의 월면기지라는 것이 지구에서 가장 보안이 단단하고 자체방어능력과 적재물자까지 상상을 초월하는 대요새라는 사실을 알고 있었다.

실제로 월면기지는 지구 멸망에 준하는 문제가 생길 경우 인류를 보존하기 위한 최후의 보루로서 치밀하게 설계된 일종의 성역이며, 이름까지 '에덴'이었다.

"녀석의 뒤엔 분명 배후가 있었어. 하지만 그런 걸 알아낼 틈이 없었지. 녀석은 월면기지의 상주 인력을 독가스로 모조리 죽이고는 기지에 저장된 단백질과 무기질을 신나게 사용해서 인스턴트들을 뽑아냈어. 놈은 1만 2천 명의 군대를 이틀 만에 갖게 됐지. 월면기지의 방어 시설도 그 인스턴트들에 의해 완전 가동됐고 말이야."

"지구에선 난리가 났겠군."

"당연하지."

치프는 사장석에 앉은 뒤 수면욕에 떠밀려 책상 위에 엎드렸다.

"녀석은 72시간 내에 UN이 완전히 해산하지 않으면 월면기지의 모든 기밀사항을 폭로하고 달을 자폭시키겠다고 했어. UN사령부에선 지구의 전 함대를 동원해서 싹 날려 버리자는 강경파와 어떻게든 월면기지를 보존해야 한다는 온건파가 종교전쟁을 벌이듯 대립했지. 달이 터지는 건 핵폭탄 몇 개 터지는 거랑 비교할 수가 없는 시나리오거든."

"그래서?"

"우리 UNSMC를 투입하는 걸로 1차 결론이 났어. 그리고 우리가 제한 시간 내에 임무를 달성하지 못할 경우 우주함대로 월면기지를 포격하는 작전 역시 통과됐지. 그게 강경파와 온건파의 절충안이었던 거야."

"흠……."

데스디아는 소파에 앉아서 시가에 불을 붙였다.

고개를 든 치프는 '사장실에선 금연'이라는 푯말을 흘끔 봤다가 어차피 죠니도 아까부터 물고 있었기에 그냥 다시 엎드렸다.

"작전이 성공했으니까 나와 당신이 만난 거겠지?"

데스디아는 나름 로맨틱하게 질문했지만 치프에겐 씨알도 먹히지 않았다.

"27시간 만에 가뿐히 성공시켰지."

"27시간? 월면기지의 방어 체계가 그렇게 간단히 뚫렸다고?"

"내가 좀 깨는 방법을 썼거든. 대신 우린 훈장 대신에 군사재판을 받아야 했어."

"…대체 무슨 방법을 쓴 건데?"

데스디아의 질문과 동시에 죠니가 피식 웃었다. 치프도 엎드린 채 키득거렸다.

"우리 모두가 문라이트 작전이라는 이름하에 순양함을 타고 대기권 밖까지 나갔는데, 도중에 상부의 작전을 싹 무시하고 순양함을 탈취한 뒤 지구에 역으로 돌격했어. 이딴 미친 작전에는 찬동할 수 없다고 선언하면서 말이야."

그 말을 들은 데스디아는 자신도 모르게 입을 살짝 벌릴 정도로 크게 놀랐다.

"정말 미쳤군."

"응. 그리고 그대로 케네디 우주공항을 강습해서 공항을 점령했어. 그래서 내가 거기만 가면 지겹고 짜증이 나지. 그때 기억이 떠올라서 말이야."

"하, 그래서?"

기가 막혀 버린 데스디아는 터져 나오는 실소를 참지 못했다.

"우린 인질들을 일단 잡고는 달의 성역에서 인류의 모든 것을 다시 시작해야 한다며 난동을 부렸지. 테러리스트의 이름인 제이슨 레미디의 이름을 마구 부르짖고, 식민지 청소 과정에서 발생한 극비사항도 기자 앞에서 몇 개 까버리고, 기타 등등."

"그거, 상부와 미리 짠 행동이었지?"

데스디아가 물었다.

"아니."

치프가 짧게 답하며 고개를 들었다.

"UN사령부에선 UNSMC 새끼들까지 미쳤다고 거품을 물었어. 톰 아저씨는 나와의 관계 때문에 모든 권한을 박탈당한 채 구속됐고 사만다네 집도 봉쇄됐지. 그래, 나한테는 여자 친구 하나 없는 고자라고 욕하더군."

데스디아는 미쳤다는 소리를 또 한 번 내뱉을 뻔했다.

"사령부는 동원할 수 있는 모든 부대를 투입해서 우리를 제압하려 했지. 상대편은 우릴 죽이려고 혈안이 됐고, 우리는 녀석들을 안 죽이려고 고생했고. 인질 덕분에 다행히 몇 명 다치는 수준으로 끝났지만."

"……."

"결국 그 바보 같은 C급 테러리스트 제이슨 레미디는 우리 행동에 너무 감동한 나머지 우리를 돕는다며 월면기지 소속의 무인우주전함을 지구로 급파했어. 예상대로였지."

"예상대로였다고?"

"응. 제이슨 레미디는 인스턴트들을 쓸데없이 1만 2천이나 뽑은 멍청이였어. 월면기지의 전면 가동은 약 3,000명으로 충분한데 그 네 배를 깔아버린 거야."

치프는 손가락 네 개를 펼치고 좌우로 흔들었다.

"그건 녀석이 병적으로 사람을 곁에 두고 싶어 하며, 우월감에 굶주려 있고, 군의 전략전술 및 병참관리의 기본도 모르며, 선천적이든 후천적이든 판단력이 떨어지는 놈이라는 말이나 다름없었지. 그래서 적극적으로 놈을 띄워주면 성공할 거라고 생각했어. 일주일짜리 인스턴트 병사들보다는 UNSMC가 더 낫잖아? 유명하고."

"그걸 당신 혼자서 분석한 건가?"

"어쩔 수 없었어. C급이라서 정보가 역으로 부족했거든. 뭐, 그 정도 프로파일링은 이쪽 업계 사람이라면 아무나 할 수 있는 거지만."

데스디아는 그것만 믿고 인질까지 낀 전투를 벌일 사람이 몇이냐 되겠냐며 따지고 싶었다.

치프의 이야기가 계속됐다.

"우리는 녀석이 보내준 우주전함을 타고 월면기지로 유유히 진입했지. 인스턴트들과 사이좋게 하이파이브를 나눈 군인은 역사상 우리뿐일지도?"

치프는 그때를 떠올리며 상쾌하게 웃었다.

죠니 역시 웃긴 했지만 그의 두꺼운 턱은 긴장감으로 가볍게 떨렸다.

"그때는 원사님이나 신나셨죠. 저희는 무장해제 상태로 인스턴트 군단과 마주한다는 사실 때문에 다들 울기 직전이었습니다."

"자네는 그때 얘기가 나올 때마다 그런 소리를 하는군."

"식민지 청소 작전 이후로 가장 충격적인 일 중에 하나라는 건 사실이지 않습니까? 1만 2천 명의 인스턴트 군단이 전부 여자였고 얼굴과 몸매까지 똑같았으니까요."

죠니의 그 말에 데스디아는 물론 사만다도 놀랐다.

"아저씨, 디스포서블 휴먼도 성별을 조절할 수 있습니까?"

"응. 코드를 XY로 넣으면 남성이고 XX로 넣으면 여성이지. 하지만 신체 능력의 차이는 없어. 근력, 운동 능력의 특성, 골격 구조까지 남녀가 똑같지. 그냥 외모만 여성일 뿐이야. 난소도 없고."

"몰랐습니다."

"인스턴트 관련 기술은 다 극비거든. 나도 제이슨 레미디가 준 매뉴얼을 보고 알아낸 것들이 많아."

"매뉴얼이요?"

사만다가 묻자 치프가 끄덕거렸다.

"문맹만 아니면 월면기지의 주요 기능들을 조작할 수 있도록 만들어진 매뉴얼이 녀석에게 있었지. 거기엔 각종 시설의 기능 해제 암호까지 적혀 있었어."

"놈의 배후에 정말 큰 세력이 있다는 증거였겠군."

데스디아가 말했다.

"맞아. 게다가 그 매뉴얼이 담긴 태블릿은 제이슨 레미디의 생체 반응과 연결되어 있어서 제이슨이 죽으면 태블릿이 물리적으로 분쇄되게끔 설계되어 있었어. 메모리 부분 위에 고농도 산성액 캡슐이 얹어져 있더라고."

"당신이 그걸 알고 있는 걸 봐서는 그 C급을 죽이지 않았다는 소리로 들리는데?"

"죽일 필요가 없었지. 오히려 죽이면 난리 나는 상황이었거든. 난 녀석과 사령실에서 독대한 채로 악수를 한 번 하고는 그 놈을 마취시켰어. 그리고 바로 사령부에 연락했지."

그다음에 이어질 말을 죠니가 가로챘다.

"인류 전체에 평화와 따스함이 있기를. 사령부에 작전 성공을 알린다. 에덴은 탈환, 목표는 확보. 반복한다, 문라이트 작전 성공! 와우!"

당시 치프가 사령부에 보냈던 통신을 그대로 읊은 죠니는 환호성을 질렀다.

"이봐, 그러니까 그때 자네가 연락한 것처럼 보이잖아?"

"하하, 멋지지 않습니까?"

치프와 죠니가 마주 보며 웃음을 터뜨렸다.

치프의 미친 짓이 어제오늘의 일이 아니었음을 확인하게 된 데스디아도 결국 웃고 말았다.

"죽이면 난리가 나는 상황이라면?"

"인스턴트에 지식을 주입할 때는 최우선 수칙이라는 것도 반드시 넣게 되지. 최고 책임자의 명령에 무조건 복종하고, 만약 최고 책임자가 살해될 경우 수단 방법을 가리지 않고 복수하는 거야."

"마취를 당해서 의식을 잃어도 그 수칙에 걸리지 않을까?"

"응, 그래서 일반 마취약이 아니라 마약으로 마취시켰어."

"마약?"

"인스턴트들에게 자기네 최고 책임자가 평소처럼 약을 즐기는 걸로 인식하게끔 만든 거지."

"아……."

데스디아가 나직이 감탄하며 고개를 끄덕였다.

"그것도 임기응변 내지는 미친 발상이었나?"

"아냐. 식민지 청소 당시에 얻은 교훈 덕분이지."

"교훈?"

"군벌 간부의 집을 급습한 적이 있는데, 녀석은 우리가 습격할 걸 모르고 약에 절어서 잠들어 있었지. 그런데 녀석의 집에 있는 경비로봇의 반응이 웃겼어. 주인께서 '해피 타임'을 즐기고 계시니 조용히 기다려 달라더군. 특정 컨디션에 대한 상황 설정이 그렇게 쓰일 줄은 몰라서 우리 모두가 엄청 웃은 적이 있지. 거기서 착안했어. 인스턴트들에게 주입된 수칙은 로봇에게 사용되는 것과 그 구조가 비슷하거든."

"호오."

데스디아는 연거푸 감탄하며 시가의 재를 재떨이에 떨궜다.

"그럼 그 1만 2천 명의 여성 인스턴트는 어떻게 됐지?"

"인스턴트들은 그로부터 약 5일 후에 생존 기한을 넘기고 전부 소멸됐어. 몸이 붕괴되더군. 우린 UN사령부에 월면기지를 넘기고 지구로 돌아갔고, 나를 포함한 전원이 군사재판을 받았지."

"그래서?"

"사흘 근신 처분을 받고 군 교도소 앞마당에서 바비큐 파티를 벌였어. 파티도 한 이틀 연속으로 하니까 질리더라고. 그래서 마지막 하루는 쉬었지."

"굉장하군."

데스디아는 UNSMC 대원들이 치프에게 보내는 신뢰와 존경, 충성심이 정확히 무엇에서 기인한 것인지 확실히 알 수 있었다.

그들은 치프의 미친 발상과 배짱이 확실한 결과로 이어지는 것을 수없이 봐왔다. 그 결과 감정이입까지 할 만큼 매료된 것이다.

그리고 그러한 공감이 대원들 사이에도 쌓이면서 강력한 유대감으로 발전되었다.

그런데 그녀는 그와 엇비슷한 그림을 다른 존재에게서 느낀 적이 있었다.

'엠페라투스의 추종자들도 저러지 않았나?'

그녀가 만난 추종자들은 헬터스크와 메이건, 반달리온뿐이었고 그나마 확실히 접촉하고 대화를 나눈 것은 반달리온이 유일했다.

반달리온은 엠페라투스를 존경했고 어떻게든 흉내 내고 싶어 했으며 직접 행동에 옮기기까지 했다.

방금 전에 죠니가 그랬듯이.

불길함과 마주치려는 데스디아의 의식이 단말기의 진동과 신호음으로 인해 제자리로 돌아왔다.

그녀는 손짓으로 치프에게 양해를 구한 뒤 단말기를 들었다.

"나야, 레투가. 브리치 두 개가 빅시티에 접근 중이라고? 둘 다 6일 거리? 그래, 준비하지."

치프는 시답지 않다는 표정으로 통화를 종료하는 데스디아의 표정을 보고 의아함을 느꼈다. 그녀뿐만 아니라 죠니와 사만다 역시 야근 지시를 받은 직장인들처럼 평범하게 행동했다.

"저기, 브리치 접근이면 큰일이잖아?"

치프가 당황하여 물었다.

"그건 됐으니 인스턴트 병사가 왜 이 행성에 나타난 건지 감이 잡히면 그거나 얘기해 봐."

데스디아의 반응에 치프는 더욱 놀랐다.

"아… 음. 사건이 끝난 뒤에 각국 정보부에서 월면기지의 매뉴얼을 누가 만들고 제공했는지 알아내기 위해 혈안이 됐지. 그런데 결국 알아내지 못했고 제이슨은 심문당하기 전에 누군가에게 암살됐어. 태블릿의 메모리가 녹아버리기 전에 단말기 카메라로 매뉴얼을 전부 찍어두지 않았으면 난감했을 거야."

"그걸로 끝인가?"

"그럴 리가."

치프는 브리치에 대한 질문을 서두르기 위해 이야기를 빨리 끝내기로 했다.

"우리는 인스턴트 제작과 관련된 모든 기술이 이미 유출됐다는 흔적을 발견했어. 관계자들은 다들 펄쩍 뛰었지만 전체 제작비가 행성 단위로 들어가는 그 시설을 대체 누가 만들겠냐며 어찌어찌 수습하려고 했지. 하지만 내가 정말 의문을 가졌던 것은, 인스턴트에 사용되는 인공수정란에 대한 원천 기술이었어. 사실 그게 핵심이거든."

"핵심이라면?"

"어떻게 들릴지 모르지만 인공수정란 제작 기술은 지구의 것이 아니야. 복제인간 기술하고는 그 근본이 달랐지. 관계자들은 다들 둘러댔는데, 인스턴트를 만드는 시설은 분명 월면기지에 있었지만 인공수정란을 만드는 시설은 없었어. 달과 지구는 물론 태양계 어디에도."

단말기를 조작하며 어떤 준비를 하던 사만다가 그 얘기를 듣고 경직됐다.

"사실입니까, 아저씨?"

"물론이지. 시설 제작에 참여한 과학자들을 추궁하니까 인공수정란만큼은 블랙박스 처리돼서 공급받았다고 말하더라고. 그래서 개인적으로 더 추적해 봤는데, 상부에서 나한테 까불지 말라는 문자메시지를 보냈어. 어쩌겠어, 그만뒀지."

치프는 긴 한숨을 쉬어 당시의 아쉬움을 달랬다.

"아마 어제 우리를 노렸던 세력은 인공수정란의 원천기술을 가진 놈들일 거야. 지구의 월면기지에 개입할 만큼 큰 녀석들이라면… 정체가 너무 뻔하지."

"우주연합 군부 말인가?"

"글쎄? 아무튼 저 인스턴트 지휘관은 자신과 자신의 팀에게 주어진 임무만 알고 있었어."

"임무는 뭐였는데?"

"포프의 사망을 방치하거나 그게 실패하면 추적해서 사살한 뒤 시체까지 없애는 거였지."

데스디아와 사만다는 똑같은 타이밍에 인상을 찌푸렸다.

"왜 포프지? 어째서 포프인데?"

데스디아가 어이없어 묻자 치프는 고개를 저었다.

"글쎄? 포프가 실은 오파로아 행성의 공주님일지도?"

"…진짜?"

"농담이지. 감이 잡히는 건 딱 하나뿐이야."

치프는 책상 서랍에서 담뱃갑 모양의 물건을 꺼냈다.

"이 안에는 포프의 동생들 몸에서 추출한 물체가 들어 있어. 조건이 갖춰지면 핵분열 연쇄반응을 일으켜서 주변을 방사능으로 오염시키는 물체지. 오염 수준은 최소 20시버트야. 지금은 완전히 봉인시켜서 안전해."

"그건 다행이군. 발동 조건이 뭔데?"

"포프와 포프의 여동생들이 일정 범위 안에 모였을 때야. 누군가가 애들의 머릿속에 이걸 심어놨어."

"……."

"내 친구들이 포프의 동생들을 여기로 데려왔잖아? 둘 다 아프거나 신체에 결손이 있어서 신체 재구축 치료를 받게끔 했지. 그런데 거기서 이물질과 관련된 오류가 나와서 살펴보니까 바로 이거였지. 찾아내지 못했다면 자매들이 상봉하는 순간 포프 자매는 물론 현장에 있던 사람들 전부가 죽었을 거야."

"그럼 당신 생각은… UNSMC에서 그걸 제거했기에 인스턴트들이 포프를 노린 거라고?"

"그런 것 같지만 확답할 수는 없어. 타이밍이 좀 안 맞는 구석이 있거든. 아무튼 내 얘기는 여기까지. 이제 내가 질문해도 될까?"

치프의 말에 데스디아는 스낵 바에서 물을 마시는 사만다와 서류 작업을 끝내고 시가를 끄는 죠니를 번갈아 봤다. 의외라는 뜻이었다.

둘은 모르겠다는 듯 고개를 저었다.

"무슨 일인데?"

결국 데스디아 본인이 묻자 치프가 눈썹 사이를 살짝 구겼다.

"브리치 말이야. 브리치 두 개가 빅시티로 접근 중이라면서? 큰일 아닌가?"

"아."

데스디아가 싱긋 웃었다.

"당신이 1년 동안 여길 떠나 있었다는 걸 깜박 잊었군. 우주 연합 수도에서 이 행성의 상황을 못 들었어?"

"그다지?"

치프의 반응을 본 데스디아는 사만다에게 손짓을 했다.

"사만다, 지난 1년간 브리치들이 이동한 경로를 자료를 화면에 표시해 줘."

"예, 부사장님."

물이 든 컵을 내려놓은 사만다는 자신의 단말기를 들었다. 사장실의 대형 TV가 켜지면서 그 화면에 사만다가 작성한 자료가 표시됐다.

엠페라투스가 그라니트 행성에 남겨놓은 브리치들은 마치 사라지지 않는 구름처럼 행성 전체를 꾸준히 돌았는데, 그중에서 십여 개가 빅시티를 향해 이동하다가 도중에 사라졌다.

"저기서 사라진 브리치들이 우리가 격추한 건가?"

치프가 물었다.

"맞아. 어쩌다가 한 개씩 빅시티 쪽으로 가는 꼴이 꼭 태풍 같아서 사실상 자연재해 정도로 취급하고 있어. 키퍼가 없으니 브리치도 멋대로 움직이는 거야. 그리고 진짜 문제는 브리치가 아니야."

"그럼?"

"브리치들은 빅시티에 일정 거리 내로 접근하면 폭발적으로 환상종들을 뿌려 버리지. 어떤 환상종이 얼마나 많이 나올지는 전혀 알 수 없는데, 아무튼 많이 튀어나온다는 것만은 확실해."

"아하."

치프는 대충 이해가 됐다는 식으로 고개를 끄덕거렸다.

데스디아의 설명이 계속됐다.

"모래벌레처럼 생태계는 물론 토지까지 완전히 초토화시키는 녀석들이 나오면 그땐 비상이 걸리는 거야. 그 외의 환상종도 위험하긴 마찬가지지. 무조건 빅시티로 돌격하거든."

"그럼 그 일정 거리가 어느 정도야?"

"브리치의 평균 이동속도로 계산해서 사흘이 걸리는 거리야. 그땐 반드시 뿌리지. 하지만 그 전에 뿌려 버리는 경우도 없진 않았어. 겨우 십여 개 정도로만 수집한 자료라서 기록은 항상 갱신되고 있지."

"이러나저러나 문제라 이거군."

"맞아. 발견된 환상종의 수가 너무 많으면 우리 회사에서 외부의 헌터들에게 외주를 주지. 도중에 키마이라, 샐러맨더, 와이번 같은 강력한 환상종이 나올 경우 내가 직원들을 끌고 직접 나서는 거야. 잘못하면 외주 인원들이 몰살되거든."

"꼭 비디오 게임처럼 들려서 재밌는데?"

치프가 활짝 웃자 데스디아가 한숨을 쉬었다.

"그래, 그런 면이 없지 않아 있지. 그 게임 같은 면 때문에 죽거나 중상을 입은 헌터의 숫자가 너무 많아서 탈이지만."

치프는 그녀의 피로감 섞인 목소리를 듣고는 멋쩍은 표정을 지었다.

'고생했다는 얘기는 들었지만 현장 상황은 역시 달랐나 보네.'

그는 데스디아의 사냥을 따라가기로 결심했다.

환상종 처리와 브리치 격추까지의 과정이 궁금하기도 했지만 그보다는 어제와 같은 돌발 상황으로부터 그녀와 회사의 모든 이를 지키고픈 마음이 더 컸다.

"흠, 그럼 이제 뭘 하면 되지?"

"당신과 죠니는 잠이나 자도록 해. 보기 안쓰러워."

"돌아가는 과정 정도는 들어야 잠이 올 것 같은데?"

데스디아는 그렇게 나올 줄 알았다는 미소를 지었다.

"단계별로 설명해 줄게. 먼저 브리치를 정찰해서 상황을 확인하는 거야. 당신이 알케온과 함께 포프를 데리고 브리치를 구경하고 왔던 미친 짓을 토대로 지금은 안전하게 정찰 중이지."

그 당시 브리치를 직접 공격했다가 그리핀들과 싸워야 했던 기억을 떠올린 치프는 쓴웃음을 지었다.

"그때부터 당신과 포프의 비행기 징크스가 시작됐다는 건 알고 있지? 여객선으로도 부족해서 스카이보드까지 포함했으니 비행물체라고 범위를 넓혀줘야 할까?"

"아프게 찌르시네요."

"이젠 내가 겁이 날 정도니 좀 주의해 줘."

치프는 대강 고개를 끄덕였다.

"다음 단계는 환상종의 존재 여부야. 브리치 근처에 브리치를 따라 이동 중인 환상종이 발견되면 상황이 변하지. 잡스러운 환상종이 다수라면 외주 모집 광고를 올리는 거고, 좀 강력한 환상종이 소수라면 우리끼리 처리하는 거고."

"잡스러운 녀석들과 강력한 녀석들이 섞여 있다면?"

"그럼 모집한 헌터들과 우리가 같이 나가야겠지. 딱 한 번 그래봤는데 통제가 안 돼서 난리도 아니었어."

통제가 안 됐다는 말에 치프가 입술을 비죽 내밀며 의아해했다.

"헌터들이 네 말을 안 들어먹은 거야?"

"현장에 갈 때까지만 해도 잘 따랐지. 당시 현장에 있던 대형 환상종은 샐러맨더였는데, 그걸 보자마자 공황상태에 빠져서 귀머거리처럼 허둥대는 놈들이 나오더군. 상황 수습을 먼저 해야 할지, 아니면 샐러맨더를 먼저 잡아야 할지 고민되더라고."

"외주가 다 그렇지, 뭐. 용병들이랑 몇 번 일해봐서 알아."

"용병? UNSMC 같은 정규군이 용병들과 함께 일한다고?"

"그런 경우가 좀 있어. 그 친구들이 선금값은 해. 못해도 총알받이는 해주거든."

"……."

그 말에 데스디아와 사만다 모두가 깜짝 놀랐다. 용병들을 희생시킨 것처럼 들렸기 때문이다.

"아, 오해하지 마. 그놈들이 이쪽 작전을 무시하고 돌아다니다가 죽은 경우가 대부분이니까."

"흠."

데스디아는 시큰둥하게 넘겼고 사만다는 고개를 갸웃했다.

사만다가 알고 있는 용병의 기본은 생존이었다.

용병들이 정규군과 함께 험지에서 작전을 할 때 멋대로 움직이는 것은 정말 최악의 상황이 아니면 있을 수가 없는 일이기 때문이었다.

물론 죠니는 진실을 알고 있었다.

'미친놈의 미친 작전 따윈 따르지 못한다고 튀었다가 매복에 걸린 경우였지. 덕분에 적들의 위치를 파악할 수 있었지만.'

당시의 일들을 회상한 죠니는 두꺼운 턱을 꾹 다문 채 가만히 있었다.

그런 일련의 사건들로 인해 UNSMC, 정확히 치프는 용병들이 가진 불량 고객 명단의 가장 위쪽에 오르게 되었다.

그의 미친 짓에 동참하면 현장에서 멀쩡하게 생존할 수 있을뿐더러 떼돈을 벌 수 있다고 증언하는 자들도 있었으나 극소수의 발언이었기에 치프의 불량 고객 위치는 현재까지도 선두권이었다.

"아무튼, 환상종들이 대강 정리되면 외주 인원들을 보낸 뒤에 스트라투스로 정리하지."

"오, 브리치 파편의 상권을 지키기 위해서인가?"

치프가 씩 웃자 데스디아는 혀를 찼다.

"스트라투스의 능력을 보여주기 싫어서였어. 함포 공격에나 박살 나는 브리치를 미지의 파동으로 잘라 격추시키는 무기가 실존한다면 사람들이 어떻게 생각하겠어?"

"…문제없을 것 같은데?"

치프가 고개를 갸웃하며 말했다.

그의 태도에 데스디아는 당황했다.

"황당하군! 스트라투스는 현실적으로 있을 수 없는 무기야! 게다가 엠페라투스에게 받았다고!"

"그건 그렇지만……."

치프는 머리를 긁으며 고민하다가 시원하게 얘기하기로 마음먹었다.

"네가 뭘 좀 모르는 것 같은데, 이젠 이 행성에서 데스디아 브라토레라는 여자가 무슨 짓을 저질러도 이상하게 생각할 사람은 없을 거야."

"응?"

데스디아는 소파 위에 시가 재가 떨어질 만큼 크게 움찔했다.

"작년에 부사장님께서 수송기 위에 올라타 계시다가 맨몸으로 낙하해서 지상에 안착하신 거 기억하십니까? 전 그걸 보고 기절할 뻔했죠. 그때 고도가 1,000미터에 가까웠는데 말이죠."

죠니가 치프의 말을 거들었다. 그 덕에 우물쭈물하던 사만다도 입을 열었다.

"그게… 부사장님께서 빅시티의 하늘색을 바꿀 정도의 괴력을 발휘했다는 소문이 퍼졌을 때는 아무도 놀라지 않았습니다. 병원에서의 일, 기억하시죠?"

그녀까지 나서자 데스디아의 갈색 얼굴이 눈에 띄게 붉어졌다.

"그건… 그러니까……."

그녀는 심하게 당황했다.

치프는 그 모습을 보고 어깨를 으쓱거렸다.

"난 네가 어제 중장갑 전투복을 입은 인간을 맨손으로 털어버리는 걸 보고 나의 존재 가치까지 의심했어. 네가 사용한 수십 개체의 분신 따윈 잊을 정도였지."

"아니야! 나보다 어머님이 더 강하셔!"

심리적으로 궁지에 몰린 데스디아가 헤이파를 다급히 거론했다. 하지만 치프의 미지근한 미소는 변하지 않았다.

"…그래, 여사님은 앞으로 마녀 엄마나 마신으로 불리실 거야."

"……."

"그럼 제3자한테 물어볼까?"

"제3자? 누구?"

"저번에 만났던 그 악어 머리 친구 있잖아."

"켐리?"

"그래, 걔. 저번에 나한테 전화번호를 가르쳐 달라고 하더라고. 착한 애 같아서 번호를 교환했지."

치프는 단말기를 들고 켐리의 전화번호를 찍은 후 모두가 들을 수 있도록 통화 방식을 바꿨다.

치프가 그렇게 밀어붙이자 데스디아는 또다시 당황했지만 그녀 역시 애송이는 아니었기에 금방 냉정을 되찾았다.

"좋아, 날 놀라게 해봐. 그러면 오늘부터 금연을 하도록 하지."

그녀가 팔짱을 끼며 당당한 모습을 보였다.

"오, 좋은데? 그래도 오해하지 마, 뎃디. 난 널 공격하려는 게 아니라 네가 세상을 더 긍정적으로 볼 수 있도록 도와주려는 것뿐이니까."

치프가 키득거렸다.

사만다와 죠니가 서로를 쳐다봤다. 지금과 같은 상황에서 치프가 다른 이에게 심리적으로 패배하는 걸 한 번도 본 적이 없었기 때문이다.

이윽고, 켐리의 목소리가 단말기의 스피커에서 나왔다.

—사장님? 케, 켐리입니다.

켐리는 대단히 긴장하고 있었다. 그라니트 행성 최고의 거물 중 한 명에게 전화를 받은 상황이니 이제 막 소년티를 벗은 켐리로선 어쩔 수가 없었다.

"응, 잘 지내?"

—일거리가 없어서 친구들이랑 공사판에 나왔는걸요.

"저런, 그렇군. 실은 저번에 네가 일을 잘해준 보상으로 뎃디의 진실 하나를 알려주고 싶어서 말이야. 시간 괜찮겠어?"

—아, 물론이죠. 말씀하세요, 사장님.

"뎃디가 실은 엠페라투스에게서 빼앗은 칼로 브리치들을 부수고 다녔어."

치프가 지나칠 정도의 직설을 켐리에게 꽂아버렸다.

데스디아의 안색은 새하얘졌고 죠니와 사만다도 그런 비밀을 켐리 따위에게 알려줘도 되겠냐는 표정을 지었다.

—아, 그 칼이 그런 거였군요. 어쩐지. 누님께서 엠페라투스에게서 강탈한 무기를 사용하신 거라면 얘기가 좀 그럴싸해지네요. 멋진데요?

켐리는 치프를 제외한 모두를 경직시킬 만큼 여유 넘치는 반응을 보였다.

“그 전엔 뭔가 다른 소문이 있었나 봐?”

—누님께서 흑마술로 계약한 악마를 불러낸다거나, 정령계에서 정령왕을 소환하여 브리치를 박살 낸다는 설이 지배적이었죠.

“하하, 그래? 소문이란 무섭네. 웃기기도 하고.”

—그렇죠, 뭐. 아, 공사현장 소장님께서 부르시네요. 언제든지 전화주세요. 영광입니다!

“응, 나중에 봐.”

통화를 마친 치프는 데스디아 쪽을 봤다.

“어때, 별거 아니지?”

피우던 시가를 재떨이에 뭉개서 꺼버린 데스디아는 두 손으로 얼굴을 감싼 채 몸을 숙이고 있었다.

“…치프, 흑마술은 어디에 가면 배울 수 있는 거지?”

“너무 그러지 마. 네가 없었으면 나는 물론이고 우리 모두 여기까지 올 수 없었어. 너란 존재 자체가 우리의 자랑거리야.”

치프의 격려에 데스디아가 감격하여 고개를 들었다.

동시에 치프의 태도가 돌변했다.

"아예 금연을 하라는 소리는 안 할게. 난 억압에 대해 부정적인 사람이거든. 하지만 사장실에서만큼은 피우지 마! 포프의 머리카락에서 시가 냄새가 난 적이 있다고!"

그는 검지로 사장실 바닥 쪽을 가리키며 약속의 엄수를 강조했다.

"…그러지."

패배감에 빠진 데스디아는 다시 손으로 얼굴을 가렸다. 그녀의 긴 귀마저 탄력을 잃고 축 늘어졌다.

치프는 기지개를 켰다.

"브리치의 격추까지 얘기를 들었으니 난 식사하고 좀 잘게. 죠니, 식당으로 가자고."

"예, 원사님."

치프는 나가면서 데스디아의 어깨를 두드려 주었다. 그럼에도 불구하고 데스디아는 등을 펴지 못했다.

엘리베이터에 탄 치프는 손으로 눈꺼풀 위를 마사지하며 잠을 쫓기 위해 노력했다.

엘리베이터가 내려가자 치프가 입을 열었다.

"죠니, 안드레이는 잘하고 있을까?"

"UNSMC 가운데에서 유일한 서지컬(Surgical) 출신이니 이런 임무엔 제격이죠. 그리고 조셉의 일에 대한 복수심이 대단합니다."

"그렇지. 음… 맞아. 안드레이는 정말 정이 깊지. 조셉과 딕슨이 탈주사건을 저질렀을 때 엄청나게 슬퍼했어. 군복도 벗을 뻔했고. 말리고 말려서 훈련교관 모자만 벗었지만."

그때를 추억한 치프는 손으로 얼굴의 절반을 덮었다.

"괜찮은 걸까? 아무리 안드레이 자신이 자원한 일이지만 유부남을 복수극에 끌어들이기는 싫은데."

"원사님의 마음은 압니다. 하지만 저희의 의지도 존중해 주십시오."

"음……."

치프는 긍정도, 부정도 하지 않았다. 조셉의 사망이 갑작스러웠던 만큼 그에게 큰 부담을 준 것이다.

본관을 나간 치프가 곧장 기숙사로 가는 사이, 사만다의 격려에 겨우 힘을 되찾은 데스디아는 사장실 구석을 봤다.

고문에 의한 유아퇴행의 진수를 보여주고 있는 인스턴트 부대 지휘관이 아직 그 자리에 그대로 앉아 있었다. 그는 손에 낀 군화를 서로 마주치는 등 천진난만하게 장난을 치며 즐겁게 웃었다.

"저 녀석을 그냥 두고 가면 어쩌라는 거야, 대체? 접어서 쓰레기통에 버리면 되나?"

데스디아가 짜증을 내며 단말기를 들었다. 처리 방법을 치프에게 물어보기 위해서였다.

사만다는 인스턴트를 만난 것 자체가 처음이어서 그냥 가만히 있었다.

42
소소한 일거리들

다음 날.

치프와 데스디아는 롸켓이 모는 장갑차를 타고 빅시티에 들어섰다.

그들은 브리치와 함께 나타난 것으로 파악된 환상종들의 처리를 위하여 헌터들에게 외주를 주기로 결정했다.

외주 모집 공고는 연맹 회장의 승인이 필요한데, 둘은 그 때문에 헌터 연맹 사무소로 가는 길이었다.

"갈라트 아저씨의 퇴임은 없던 일이 된 건가?"

치프가 묻자 데스디아가 터번을 잘 두른 머리를 옆으로 까딱했다.

"아직은 모르지. 며칠 안 됐잖아."

"네 생각은 어때?"

"갈라트의 선택에는 관심 없어. 우리가 사냥하려고 여기 있는 건 아니니까."

"그래도 전에 봤을 때는 꽤 인상적이었는데 말이야. 엠페라투스한테 제정신으로 총도 쐈고."

"흠… 아무튼 당신, 갈라트를 만나면 너무 살갑게 대하지 마. 그가 당신한테 연맹 회장직을 덥석 맡길지도 모르니까."

그녀의 말에 치프가 실소를 터뜨렸다.

"에이, 설마?"

"…스스로에 대해서 모르는 건 나뿐만이 아니군."

데스디아가 한숨을 쉬었다.

장갑차가 복구 공사로 바쁜 벙커 부근을 지날 무렵이었다. 데스디아의 단말기가 강력하게 진동했다.

단말기를 빼 든 데스디아는 화면에 뜬 사람의 이름을 보고 눈썹을 슬쩍 움직였다.

"예, 어머님. 네? 아… 그럼 제가 공항에 들르겠습니다."

통화를 마친 데스디아는 자신과 마주 앉은 치프를 심란한 표정으로 봤다.

"미안한데 당신 먼저 연맹 사무소로 가주면 안 될까?"

"응? 왜?"

"어머님께서 초대하신 고향 사람과 그 사람의 짐이 공항에 묶여 있어. 빅시티에서 우리 회사까지 달려주는 택시가 없으니……."

"음… 뭐, 어쩔 수 없지. 그럼 나 먼저 사무소로 가서 갈라트를 만날게. 약속 시간을 어길 수는 없지."

"최대한 빨리 가도록 하지. 미안하군."

"괜찮아."

치프는 여유를 보였다. 하지만 데스디아는 치프가 걱정되어 마음이 무거웠다.

"아, 뎃디. 사적인 질문 하나 해도 될까?"

"사적인 질문? 당신이? 나한테? 웬일로?"

데스디아가 웃음소리를 섞어 물었다. 비웃음이 아니라 너무 뜻밖이어서 나온 기쁨의 웃음이었다.

운전에 열중이던 롸켓은 데스디아의 그 웃음소리를 듣고는 씩 웃었다.

'사장을 정말 좋아하는군. 그러고 보니 부사장이 당신이라는 호칭을 써주는 남자는 사장밖에 없었던 것 같은데?'

롸켓은 고향에 있는 부인과의 젊은 시절을 떠올리면서 더욱 선량한 미소를 지었다.

이윽고 치프가 말했다.

"이상하게 들릴 수도 있는데, 헤이파 여사님을 '어머님'이라고 부르는 이유가 뭐야?"

"날 낳아주시고 키워주신 분이니 당연히 어머님이지."

데스디아의 표정이 차게 식었다.

"아, 그런 말이 아니라… 네 동생은 여사님께 엄마라는 호칭을 썼잖아? 그런데 넌 어렸을 때부터 어머님이라는 호칭을 썼지."

"어렸을 때? 흠, 잘 모르겠는데."

데스디아가 시치미를 뗐다.

치프는 자신의 단말기를 꺼낸 후 이리저리 조작했다. 데스디아는 그가 동영상 파일을 재생시키려 하는 것을 보고 의아해했다.

[예, 어머님. 그럼 이 뎃디가 귀여운 짓을 시작…….]

장갑차 안에서 그 목소리가 터지는 순간 데스디아의 얼굴이 그야말로 파랗게 변했다.

그녀는 본능적으로 그것을 가로채려 했고 치프는 얼른 몸을 돌려 단말기를 보호했다.

"어이, 사장! 지금 그거 뭐요? 혹시 부사장의 어린 시절인가? 그런 건가? 나한테 당장 보내시오! 안 그러면 파업도 불사하겠소!"

롸켓이 들떠서 마구 소리치자 데스디아가 운전석과 탑승석 사이에 놓인 방탄유리를 때렸다.

총알뿐만 아니라 유탄의 폭발까지 막아낼 수 있는 그 방탄유리가 둔탁한 소음을 내며 사방팔방으로 금이 갔다.

롸켓은 석고상처럼 굳어져 입을 다물었다.

"그거 당장 지워, 치프! 대체 그 영상을 어떻게 얻은 거지?"

"너랑 네 동생이랑 사만다가 지쳐 잠든 사이에 캠코더에서 뽑아냈지. 허락 없이 뽑은 건 큰 실례지만 그다지 이상한 영상도 아니잖아? 한 번 보기가 아까울 정도로 예쁜데?"

"…아, 음."

예쁘다는 말 한마디가 활화산과도 같던 데스디아의 감정을 금방 진정시켰다.

그녀는 심호흡을 크게 한 뒤 어렵게 말을 꺼냈다.

"얘기해서 나쁠 건 없겠지. 내가 어렸을 때, 그러니까 그 영상이 찍힌 시절보다 훨씬 더 어렸을 때의 일이야. 주변의 상황과 사물을 인지하기 시작할 무렵이었으니 지구인의 나이로 두 살에서 세 살 정도였겠지."

"동영상의 시절을 처음 봤을 때도 기절할 뻔했는데 그땐 더했겠군."

"후후."

데스디아는 의식적으로 쑥스러운 표정을 지었다. 치프를 만난 이후 정말 처음으로 꾸밈없이 드러낸 감정이었다.

"어머님께선 그 당시 최고 제사장을 맡고 계셨어. 워치프와 최고 제사장직을 모두 지낸 사람이 알타이르 역사상 어머님뿐이라는 건 알고 있지?"

"물론이지."

"어머님께서는 어느 날 나를 안으신 채 말을 타시고 길을 가셨지. 시장에 있던 모든 사람이 어머님을 환영했어. 상인뿐만 아니라 경비를 돌던 전사들과 일반 행인들까지 말이야. 딱딱하게 허리를 굽힌 자는 입장이 입장인 전사들뿐이었어. 일반인 전부가 태양을 바라보는 꽃처럼 찬란하면서 다소곳하게 어머님을 바라봤지."

데스디아가 추억에 빠져 부드럽게 웃고 있는 반면 치프의 마음은 무거워졌다.

식민지 군벌세력을 소탕하고 다음 식민지로 이동하는 길에서, 치프는 거리의 모든 사람이 극한의 두려움을 품은 채 UNSMC의 모든 것으로부터 고개를 돌렸던 광경을 기억하고 있었다.

군벌의 말도 안 되는 강압과 폭력으로부터 그들을 해방시켜 줬는데도 불구하고 UNSMC는 항상 그런 취급을 받았다.

국가에서는 훈장 수여와 국립묘지 안장, 그리고 추서로 그들을 영웅이라 인정했다. 그러나 국가만이 인정할 뿐, 사람들은 그들을 그저 기계에 가까운 학살자로 생각했다.

UNSMC 대원들을 사람처럼 봐준 사람은 치프가 목성 식민지에서 구출한 사만다 한 명뿐이었다.

'영웅과 인간 청소기의 차이지.'

치프는 그 당시 자신들을 그렇게 정의했다. 그리고 지금도 마음속으로 되뇌며 데스디아의 이야기를 들었다.

"난 그때 어머님께서 진심으로 존경을 받는 분이라는 걸 깨달았어. 그래서 어머님이나 어머니라는 호칭을 쓸 수밖에 없었지."

"여사님 입장에선 섭섭하셨을 거 같은데? 가족 관계가 나쁜 것도 아닌데 숨 쉴 틈은 있어야지?"

"그렇지 않아. 어머님도 조모님께 그러셨거든. 조모님은 증조

모께 그러셨고."

"아, 하하."

알타이르 왕족의 첫째 딸들은 어머니를 무조건 닮는다는 공식을 떠올린 치프는 웃음을 참을 수 없었다.

하지만 한참 벅찼던 데스디아의 감정은 방금 치프가 던진 질문으로 인해 급격히 가라앉았다.

"…아니, 당신 말대로 정말 섭섭하셨을 것 같아. 어렸을 때부터 엄마라는 말을 입에 담은 적이 없는 딸이라니, 나도 참……."

데스디아는 그녀답지 않게 당혹스러워했다.

치프는 몸을 숙이고 왼손을 뻗어 자신보다 약간 큰 데스디아의 오른손을 받쳐 들었다. 그러고는 자신의 오른손을 그 위에 포갰다.

그의 손에서 전해지는 온기가 데스디아의 손과 심장을, 그리고 마음을 따스하게 만들었다.

"오로지 너를 위해 이곳으로 달려오신 분이야. 그런 분께 호칭 따위는 일도 아니니 너무 자책하지 마. 네가 이제 와서 엄마라고 부르지 않아도 여사님의 귀에는 항상 그렇게 들릴 거야."

데스디아는 그의 체온이 반가웠지만 한편으로는 섭섭했다.

"좋은 말이긴 한데, 당신이 어른의 입장에서 나를 바라보는 건 그리 기쁘지 않군."

"응?"

"나를 사만다 보듯이 하지 마."

데스디아는 손을 뺐고 치프는 어색한 표정으로 뒷머리를 긁었다.

한편, 운전을 하며 그 대화를 들은 롸켓은 복장이 터질 것 같았다.

'둘 다 나이 처먹고 뭐 하는 거야! 아무리 연애 경험이 없어도 정도가 있지! 그냥 덮치라고!'

비교적 어린 나이에 첫째 아이를 봤던 롸켓으로서는 둘의 그런 간격이 웃기지도 않았다.

"흠… 아, 이야기가 너무 새버렸군."

데스디아가 평소처럼 말했다.

"이상한 질문을 해버렸네. 미안해."

치프가 사과하자 데스디아는 머리를 흔들었다.

"괜찮아. 당신이 나에게 해준 말은 분명 좋은 이야기였어. 명심하지."

그때 롸켓이 왼손을 들어서 금이 간 방탄유리를 두드렸다.

"연맹 사무소에 다 왔소."

치프는 셔츠 호주머니에 넣고 있던 선글라스를 꺼내 들며 내릴 준비를 했다.

데스디아가 직접 골라서 사준 그 선글라스는 특별한 보호 기능이 없는데도 불구하고 여태껏 흠집 하나 없었다.

치프는 그 선글라스가 행운의 상징이 될 것 같아 항상 갖고 다니기로 했다.

"이따가 보자고, 뎃디."

"그래, 치프."

장갑차가 멈추고 뒷문이 열리자 치프는 즉시 밖으로 나갔다.

연맹 사무소는 소형 백화점 크기의 건물이었다. 그 앞에 내린 치프는 위에 입은 흰색 셔츠를 적당히 정리한 후 선글라스를 꼈다.

'난 헌터 면허가 없는데 저기 들어가도 괜찮은가?'

그는 사소한 고민을 하며 사무소의 입구로 향했다.

사무소 근처에는 온갖 종족의 헌터들이 삼삼오오 모여서 얘기를 나누거나 군것질을 하며 시간을 보내고 있었다.

그들과 마주할 일이 없는 치프는 그 무리를 이리저리 잘 지나쳐서 입구로 가는 계단 앞에 도착했다.

그가 사무소로 들어가려 하자 계단에 앉아 있던 헌터 중 한 명이 손을 불쑥 뻗었다.

"지구인인가? 삐쩍 마른 종족 따위가 이 지옥 같은 행성에 무슨 일이지?"

치프는 그 코뿔소 머리의 헌터를 돌아봤다.

"연맹 회장님이랑 약속이 있어서 왔는데?"

"아, 그럼 너도 우리와 같은 신참인가 보군."

"응?"

주변에 있던 헌터들이 비웃음 소리를 내며 치프 주변에 모여들었다.

"네가 이 행성에서 사냥을 할 자격이 있는지를 친절히 측정해 주지. 환상종의 식사가 되는 것보단 나을 거야."

코뿔소 머리가 치프를 향해 큼지막한 주먹을 쥐고 관절을 풀었다.

'애들이 그렇지, 뭐.'

치프는 바지 뒷주머니에 손을 넣었다. 그에게 시비를 건 코뿔소 머리의 사내는 치프가 무기를 꺼내려 한다고 생각했다.

그러나 정작 들려 나온 것은 단말기였다.

"저기, 보안국 경찰이죠? 도움이 필요해서 전화드렸는데요."

그의 그런 대처에 코뿔소 머리의 사내는 겁쟁이라고 중얼거리며 물러났다.

치프는 단말기를 귀에 댄 채 사무소의 계단을 올랐다.

—보안국 경찰에서 신고를 접수하겠습니다. 단말기 번호가… 어, 그라니트 용역 사장님? 마스터 치프? 우와, 저 사장님 팬이에요!

단말기에서 터진 젊은 경찰의 목소리에 주변 전체가 고요해졌다. 시비를 건 코뿔소 머리의 사내는 당장 주먹을 풀어버릴 만큼 놀랐다.

치프도 당황했다.

"예? 캡틴 치프 아니었나요?"

—며칠 전부터 마스터 치프로 불리신다니까요?

"하하, 마스터 치프는 진짜 있는 계급이고 엄연히 살아 있는 제 윗사람이니 그냥 캡틴 치프가 낫겠……."

—그게 더 멋있잖아요!

"하아……."

치프는 고개를 흔들며 사무소 안으로 들어갔다.

긴장하여 식은땀 범벅이 된 코뿔소 머리의 사내는 문득 자신의 주변에 아무도 없다는 사실을 깨달았다.

모두가 그로부터 멀찌감치 물러난 채 고개도 돌리지 않았다. 그와 같은 여객선을 타고 그라니트 행성에 온 친구들조차 그랬다.

'이 행성에서 돈 벌긴 글렀군.'

절망감이 그의 두툼한 몸뚱이를 짓눌렀다.

그리고 사무소의 건너편 건물 옥상에서 그를 노려보는 자가 있었다.

뾰족하고 날렵한 디자인의 선글라스를 낀 UNSMC 중사, 안드레이였다.

검은색의 전투용 코트를 입은 그는 손에 들고 있던 원거리 전기충격기를 코트 안에 집어넣으며 인상을 썼다.

"별 거지 같은 놈들이 원사님한테 시비를 거는군. 방광에 생리식염수가 꽂힌 채로 몇 시간 동안 강제 방뇨를 당해봐야 정신을 차릴라나? 쯧."

혀를 찬 그의 모습이 불쑥 투명해지더니 그림자조차 사라졌다.

치프는 사무소 안의 베테랑 헌터들에게 직접 안내를 받아 갈라트의 방으로 갔다.

방문이 열리고 그가 들어오자마자 갈라트 듀크 베리몬은 두 팔을 펼치며 의자에서 일어났다.

"오오, 마스터 치프! 우리의 영웅! 그라니트 헌터 연맹 회장으로서 환영하오!"

"제발 그냥 치프라고 불러주세요. 그거 소문났다가는 제가 큰일을 당해요."

"어, 그렇소?"

"아무튼 늦게 인사드리네요, 갈라트 듀크 베리몬 회장님. 반갑습니다."

치프가 선글라스를 벗으며 활짝 웃었다.

갈라트는 치프와 악수를 하며 감격의 눈물을 글썽였다.

"부디 연맹 회장직을 맡아주시오, 치프! 악수로서 내 제안을 받아들이다니, 감격이오!"

갈라트를 살갑게 대하지 말라는 데스디아의 조언이 치프의 뇌리를 후려쳤다.

'아뿔싸.'

치프는 당장 그 제안을 거절하려 했다.

그는 현역 군인으로서 지구의 직접적인 지원을 받고 있는 입장이었다. 비록 개척지이긴 하지만 한 행성의 연맹 수장을 맡는 것은 상부의 허락부터 맡아야 하는 중대한 일이었다.

하지만 그는 감격에 젖은 표정을 지은 채 방 안을 필사적으로 움직이는 노인을 냉큼 뜯어말릴 만큼 냉혹하진 않았다.

'어쩌지?'

고민하는 그에게 갈라트가 태블릿을 내밀었다.

"갖고 있는 헌터 면허의 고유번호를 이곳에 적고 사인해 주시오, 치프. 비록 추천 후보지만 아마 이 땅에서 당신을 찍지 않을 헌터는 없을 거요. 당신을 회장 자리에 앉히면 난 편하게 은퇴하여 눈을 감을 수 있소."

노인의 목소리는 기대감에 떨렸다.

"저 면허 없는데요."

"……."

치프가 조그맣게 말했다.

꿈과 희망, 그리고 아름다운 마무리에 대한 기대에 젖어 있던 갈라트의 표정은 삽시간에 시멘트 바닥처럼 창백해졌다.

마침 마실 것과 먹을 것을 들고 들어오던 갈라트의 조카가 그 상황에 깜짝 놀랐다.

"아, 하하. 하하하."

이내 갈라트가 능글스러운 미소를 지었다.

"하하, 치프. 그런 농담은 이 노인의 심장에 해롭소."

치프는 현실을 도피하는 갈라트의 모습을 보고 안타까움을 느꼈다.

"진짜예요. 회사 설립에 헌터 면허는 필요 없잖아요?"

"……."

다시 말을 잃은 갈라트는 비틀거리며 소파에 앉고는 결국 어린아이처럼 큰 소리로 울음을 터뜨렸다.

"큰아버님!"

갈라트의 조카는 급히 그에게 다가가 포옹하고 위로해 주었다. 뿐만 아니라 회장실 밖에서 사무를 보고 있던 베리몬 가문의 사람들이 전부 들어와 갈라트를 걱정했다.

치프는 회장실 안에서 갈라트의 울음소리를 듣기 괴로웠으나 현실 자체가 어쩔 수 없었기에 그냥 아무 생각도 않고 가만히 있었다.

10여 분 뒤에 겨우 진정한 갈라트는 치프와 단둘이 따뜻한 차를 마시며 속을 달랬다.

"흠… 하아."

갈라트가 연신 한숨을 내쉬었다.

"솔직히 말해주시오, 치프. 비밀은 보장하리다."

"예, 회장님."

"UNSMC의 원사 출신이라는 소문은 들었소만… 혹시 그 입장이 현재진행형이오?"

치프는 그냥 웃었다.

갈라트는 미안함이 담긴 그 미소를 통해 납득할 수 있었다.

"무리한 부탁을 해서 미안하오. 내 입장만 생각했구려."

"저보다 더 훌륭한 후임을 발견하실 수 있으실 겁니다."

"…치프 사장, 당신은 당신 스스로에 대해서 잘 모르는구려."

"예?"

아까 데스디아도 그와 비슷한 말을 했기에 치프는 드러내 놓고 의아해했다.

"작년에 당신이 엠페라투스와 맞서고 있을 때 난 가족들과 함께 벙커 안에 있었소. 주변엔 일반인도 많았지. 모두가 두려워했소. 벙커의 벽과 기둥을 타고 내려오는 진동음이 사람들을 공포에 질리게끔 만들었다오."

갈라트는 그때를 회상하며 미세하게 손을 떨었다.

"그때 보안국장의 부인이 바깥 상황을 볼 수 있게 해달라고 보안경찰들에게 부탁했소. 우리의 도시가, 빅시티가 당신과 엠페라투스의 싸움을 지켜보고 있을 거라고 하면서 말이오."

"……."

"화면이 켜졌을 때, 벙커 안에 있던 모든 사람이 스스로의 눈을 의심했소. 바다에서 떠다녀야 할 것처럼 생긴 전함 한 척이 먹구름을 뚫고 내려와 엠페라투스를 들이받은 것이오. 우린 그 괴물이 찍혀 눌리는 걸 똑똑히 봤다오. 그리고 사람들의 공포도 잦아들었소."

갈라트는 서서히 흥분했다.

"그리고 당신과 엠페라투스의 진짜 싸움이 시작됐소. 사방에서 몰려온 금속입자들이 지구의 함선이 되어 엠페라투스를 공격하고 엠페라투스는 상식 밖의 힘으로 함선들을 부쉈지. 어른들은 물론 젖먹이들까지 그 싸움에 눈을 빼앗겼소. 벙커 안에 있던 모든 이가 비로소 기댈 곳을 찾은 것이오."

"…그렇게 생중계될 줄 알았으면 그날 머리 좀 빗고 나올 걸 그랬네요."

"하하."

치프의 농담에 갈라트가 웃음을 터뜨렸다.

"백금색의 가시에 몸이 묶였던 엠페라투스가 그 지독함을 발휘하여 당신을 공격하려 할 때, 우리는 당신 혼자 엠페라투스와 싸우고 있는 게 아님을 알게 됐소. 당신이 아닌 누군가가 쏜 탄환이 엠페라투스의 머리를 꿰뚫은 것이오. 그 장본인이 뎃디라는 것은 얼마 지나지 않아 밝혀졌다오."

"아, 그때 저도 정말 놀랐죠. 죽었구나 싶었거든요."

당시를 떠올린 치프가 차를 홀짝 마셨다.

"그리고 당신이 만든 거대한 배가 도시를 뒤집고 하늘을 찢었소. 그 군함의 규모와 공격에 모두가 놀랐다오."

갈라트는 두 팔을 펼치며 그때의 느낌을 살리기 위해 애를 썼다.

"우리는 도시가 사라지기 전에 엠페라투스의 모습이 지워지는 걸 봤소. 이어서 우리의 눈이 되어준 빅시티의 CCTV들이 마비되고 벙커가 고요해졌다오. 하지만 두려워하는 사람은 아무도 없었소. 그 시점에서 사람들의 가슴을 채운 것은 승리에 대한 기대감이었다오."

갈라트는 두 손을 마주 쥐며 웃었다.

"얼마 후, 다시는 볼 수 없을 거라 생각했던 레투가 보안국장이 벙커 안으로 들어와서 우리의 기대감을 채워줬소. 이제 안전하다는 그의 말은 그 어떤 서시시의 완결구보다도 강렬했다오. 하하, 생각해 보시오. 이 우주에서 그처럼 황당한 싸움을 직접 목격할 기회를 가질 사람이 몇 명이나 되겠소? 헌터들이나 전직 군인들은 그렇다 쳐도 민간인들까지 계산하면 아마 0에 가까울 것이오."

"예, 그리고 두 번 다시 겪기 싫은 싸움이라는 건 분명하죠."

치프는 고개를 설레설레 저었다.

"그렇소. 그 싸움과 싸움의 기록은 우주연합 설립 이래 최고의 전설이 됐고 수많은 헌터가 그 영광의 일부를 체험하고 싶어 이 행성에 왔소. 돈이 아니라 꿈에 삶을 담은 것이오. 당신이라는 사람 덕분에!"

그의 극찬을 들은 치프는 엄청나게 민망했다.

"그때 저와 함께 싸워준 사람이 꽤 많은데 말이죠."

"그렇소. 뎃디를 비롯한 그라니트 용역의 사람들, 당신이 우주연합에 체포되는 걸 각오하고 부른 UNSMC 대원들, 그리고 레투가 보안국장이 직접 이끈 전투경찰들. 우리 모두 다 그들을 기억하고 있소."

"그런 것치곤 당시 전사한 전투경찰들의 추모비가 요즘 외로워 보이던데요?"

치프의 지적에 갈라트는 쓴웃음을 지으며 고개를 끄덕거렸다.

"맞소. 1년 만에 잊혔다오. 유족과 뎃디, 레투가 보안국장과 전투경찰들, 그리고 우리 가문 사람 중에서도 나 외엔 추모비를 찾는 사람이 거의 없소. 원래 보안국에서 1주기 추모행사를 열 계획이었는데, 며칠 전의 일로 인해서 지금은 어찌 될지 잘 모르겠소."

"아쉽네요."

치프는 찻잔을 천천히 흔들었다.

"아무튼 당신은 또다시 빅시티의 사람들을 구했소. 영웅에게 자리를 넘겨주는 게 내 희망사항이었는데… 그저 내 이기심에 불과했구려."

"글쎄요?"

치프는 말하기에 앞서 고개를 저었다.

"역사와 이야기에서 영웅은 항상 존재하죠. 하지만 영웅에게 맡겨진 권력이 꼭 제대로 돌아간다는 보장은 없죠. 회장님도 그런 사례들을 좀 아실 텐데요?"

치프는 제법 진지하게 얘기했으나 갈라트는 고개를 갸웃했다.

"무슨 말인지는 알겠소만, 연맹 회장이 그리 대단한 권력은 아니지 않소?"

갈라트의 말에 치프는 실소를 지었다.

"회장님께서 아까 보여주신 그 피로감은 장난이 아니었죠."

"그거야 뭐……."

말을 흐린 갈라트는 결국 단념하고 아쉽게 웃었다.

"후후, 알았소. 더 이상 치프 사장을 괴롭히지 않겠소."

"다른 일로는 얼마든지 도와드릴게요."

"고맙소. 오늘 사장과 제대로 얘기를 나눴다는 사실이 너무 기쁘고 영광스럽구려."

"저를 너무 띄워주시네요."

"그럴 수밖에 없잖소?"

치프는 갈라트가 엠페라투스와 대적한 영웅 어쩌고 하는 얘기를 또 꺼낼 거라 생각했다.

그러나 갈라트는 그렇게 맹목적인 자가 아니었다.

"알타이르의 워치프가 자신의 새로운 보금자리를 그리 쉽게 결정할 거라 생각하오? 멀쩡한 고향과 집, 그리고 가족을 놔두고?"

"……."

이야기의 방향이 그쪽으로 갈 줄 몰랐던 치프는 단 한마디도 하지 못했다.

"알타이르의 워치프는 단순히 싸움만 잘하는 여자가 아니오. 알타이르 종족의 자랑이자 우주에서 손꼽히는 고귀한 존재란 말이오. 그런 워치프들에게 있어서 전투복의 손상은 명예의 손상이나 마찬가지인데 뎃디는 그런 것조차도 불사하고 계속 싸워왔소. 그것은 자신의 명예보다 당신을 더 소중히 여기기로 작정하지 않으면 불가능한 일이라오."

"아… 예."

치프의 부담감이 몇 배 증폭됐다.

"수백 년을 살아온 알타이르의 워치프가 당신을 인정했는데 고작 100년 넘게 살아온 내가 당신을 무시할 리가 있겠소? 말도 안 되는 얘기지."

갈라트가 곱게 빗어서 땋은 자신의 하얀 수염을 만졌다.

"그러니… 제발 복장에 좀 신경 쓰고 다니시오."

"옷이요?"

갑자기 옷에 대한 얘기가 나오자 치프가 흠칫했다.

"이제 뎃디에게는 당신이라는 존재 자체가 명예라오. 그런데 당신이 옷을 그렇게… 음, 좀 실용적으로 입고 다니면 뎃디의 명예도 실용적이라고 평가될 것이오. 내가 알고 있는 알타이르 여성들의 개념대로라면 그렇소."

"……."

"물론 뎃디가 당신의 복장에 대해 한 번도 얘기하지 않았다면 나도 할 말은 없소만."

"…예, 오늘 참 많은 걸 알게 되네요."

자괴감에 빠진 치프는 한숨을 쉬었다. 반면 치프와 인간적인 대화를 나눌 기회를 잡은 갈라트는 신이 나서 이야기를 계속했다.

이후 치프는 데스디아가 올 때까지 갈라트와 신나게 얘기를 하는 한편 단말기로 틈틈이 패션 정보를 살폈다.

사만다의 졸업, 입학식에 군에서 나온 정복을 입고 갔던 그에겐 혁명적인 일이었다.

이윽고 데스디아가 공항에서 쓰는 살균제 냄새를 풍기며 회장실 안으로 들어왔다.

그녀는 들어오자마자 치프 쪽을 봤다.

"당신, 대체 밖에서 무슨 짓을 저지른 거야?"

"응? 왜?"

치프는 급히 단말기 화면을 끄며 그녀를 돌아봤다.

"구직 때문에 건물 안팎에 대기 중인 헌터들이 바짝 얼어 있던데? 나랑 눈도 마주치기 싫어하던 놈들이 부사장님 어쩌고 하면서 허리 굽혀 인사하더군."

"모르겠네. 보안국 경찰에 전화를 해서 그런가?"

치프가 한 일은 정말 그것뿐이었다. 하지만 데스디아는 납득할 수가 없었다.

"그런 걸로 핏기가 빠질 놈들이 아니라고."

"정말 몰라. 너한테 일을 받고 싶어서 그랬나 보지."

"흠."

고개를 흔들며 그의 말을 넘긴 데스디아는 자신에게 손을 흔들어 인사하는 갈라트에게 미소로 답했다.

그녀는 모집 공고 승인과 관련된 문서를 단말기 화면에 띄우고 그것을 갈라트에게 보여주었다.

"승인이 필요해, 갈라트."

"주된 사냥감은 밝혀졌나?"

"오랜만에 고블린들이 나타났더군. 브리치 두 개 모두 고블린이야. 하지만 방심할 수는 없겠지."

"좋아. 내가 모집 자격을 적절히 조절해 볼 테니 여기서 기다리게."

데스디아의 단말기에 자신의 단말기를 대어 자료를 넘겨받은 갈라트는 곧장 회장실 밖으로 나갔다.

치프가 슬그머니 그녀를 봤다.

"저기, 궁금해서 그러는데."

"응?"

"역시 내 복장이 좀 그렇지?"

그의 질문에 데스디아는 갈라트가 닫고 나간 문을 잠깐 바라본 뒤 다시 치프와 시선을 마주했다.

"내가 복장 문제로 당신을 귀찮게 했다면 미안하군. 다시는 얘기하지 않을게."

"아니, 그래도 고향 사람들이……."

"역시 갈라트에게 한 소리 들은 거지? 그렇다면 걱정하지 마. 당신이 저번에 우리 고향에서 무엇을 했는지 잊었어?"

"너희 집 캠코더에서 동영상을 몰래 뽑았지."

"농담하지 마. 당신은 무려 여왕 폐하를 구했어. 그 일로 인해 모든 사람이 나는 물론 우리 브라토레 가문 사람들을 부러워하고 있지. 그러니 갈라트의 말은 잊도록 해."

"음."

치프는 데스디아의 마음 씀씀이가 고마웠지만 그래도 상쾌하게 넘어갈 수가 없었다.

"아, 여사님께서 초대하신 손님은 어떤 분이셔?"

그가 물었다.

"탈리."

데스디아는 짧게 대답했다.

"…누구였지?"

치프가 고개를 옆으로 기울이며 다시 묻자 데스디아는 한숨을 쉬었다.

"탈리케이아 디레이샤 알타이르 클라두스. 내 친구이자 알타이르의 워치프지. 고향에 갔을 때 만났잖아?"

"……."

치프는 말없이 기억을 되짚어봤다.

그의 반응에 데스디아는 자신의 친구가 그렇게 개성 없는 여자였는지 의문이 들었는데, 원래 치프는 여자 얼굴을 잘 기억하지 못하는 편이었다.

"그때 알타이르 공항에서 너랑 이상한 짓을 살벌하게 했던 그 금발 아가씨 말이야?"

치프가 농담 반, 진담 반으로 말하자 데스디아가 인상을 찡그렸다.

"누가 들으면 오해할 말을 하는군. 그건 그냥 인사치레였어."

"그 인사치레 때문에 나랑 사만다가 얼마나 놀랐는지 모르지?"

"내가 지구에 처음 방문했을 때 느꼈던 문화적 충격보단 덜했을 거야. 온 세상이 합성수지와 합금 천지였거든. 천연 그대로인 것은 잡초 정도?"

알타이르 행성인들의 특색을 이제 좀 아는 치프는 그녀의 말을 듣고 슬쩍 웃었다.

"아무튼 그 아가씨가 왜? 알타이르의 워치프가 그렇게 자리를 비워도 되나?"

"워치프는 다시 뽑으면 되니까 괜찮아."

"말처럼 손쉽게 대체할 수 있는 인력이 아닐 텐데?"

"…하아, 그렇지."

그때까지 서 있던 데스디아는 치프의 맞은편 자리에 앉았다.

"탈리는 어머님의 부탁을 받기도 했지만 그 전에 여왕 폐하께 허가… 내지는 지시를 받은 것 같더군. 근처 행성에서 헌터 면허를 취득했다고 했어. 하지만 탈리가 얼마나 오랫동안 머물지는 나도 모르겠군."

"걱정되는 면이라도?"

"음."

그녀가 걱정스런 얼굴로 고개를 끄덕였다.

"난 워치프가 된 이후로 고향의 일보다는 우주연합의 정식 요청에 의한 파병 생활을 오래 했어. 그래서 다른 행성의 사람들이나 문화, 자연환경, 합성물의 냄새 등에 익숙하지. 적어도 백야 현상을 보고 기겁하진 않으니까."

"그런데 네 친구는 아니라 이거지?"

"맞아. 탈리는 고향을 떠난 적이 거의 없어. 길어야 일주일이 안 됐던 걸로 기억해. 단말기보다는 손으로 직접 쓴 글을 전서구에 실어서 보내는 것을 편하게 생각할 정도야."

그녀의 말에 치프가 피식 웃었다.

"회사에서 복사기나 프린터를 보고 기절하진 않을까?"

"…음식 출력기를 보고 구토할 것 같기는 하네."

"……."

치프와 데스디아는 방금 나눈 대화가 서로의 귀에도 어처구니없게 들렸기에 웃지 않았다.

"괜찮겠어, 진짜? 난 여사님께서 여기 계시는 것도 부담스러운데?"

치프가 진심으로 걱정했다.

"장담하지만 길어야 1주야. 현역 시절에 파병 생활을 하셨던 어머니께서도 요즘 컨디션이 안 좋으신 걸 보면 탈리는 더하겠지. 탈리 자신은 약을 많이 챙겨 왔으니 괜찮을 거라고 자신하지만……."

데스디아는 말하던 도중 오른손으로 자신의 이마를 짚었다.

"약이라고 가져온 게 전부 탕약이야."

"탕약?"

"약초와 짐승의 몸에서 추출해 말린 것들을 정성껏 끓인 뒤에 꽉 짜서 마셔야 하는… 그런 것이지."

"아, 대충 개념은 알아. 지구에도 똑같은 게 있거든. 그런데 그걸 우리 회사에서 끓여 먹을 수 있나?"

"도구까지 챙겨 왔더라고. 장작을 가져오지 않은 게 이상할 정도였지."

"…침대에 누워서 잘 수는 있는 거야?"

"면과 목화솜으로 된 제품들을 쓰면 돼."

거기까지 얘기를 나눈 둘은 이후 한참 동안 말이 없었다.

"돌려보내는 게 낫지 않겠어? 여러모로."

이윽고 치프가 말을 꺼내자 데스디아는 바람 빠진 풍선처럼 표정을 구겼다.

"그래, 그래서 '여러모로' 설득해 봤지만 고집을 피우더군. 어머님께 부탁도 해봤는데 당신께선 아무 말씀도 안 하셨어. 아무래도 뭔가가 있나 봐."

소파의 등받이에 등을 바짝 댄 데스디아는 팔짱을 끼고 다리를 꼬았다.

"어쨌든 탈리가 다치거나 마음 아픈 일을 당하기 전에 손을 써야 해. 방법이 없을까?"

"글쎄? 일단 손님 대접만 잘 해주자고."

"손님 대접?"

데스디아는 그에게 좋은 아이디어가 있기를 바랐다.

"회사에서 한 발자국도 못 나가게 하는 거야. 그러면 갑갑해서라도 집에 가겠지."

"하……."

허탈해진 데스디아는 그게 말이 되는 소리냐는 표정을 지으며 다른 방향으로 고개를 돌렸다.

"그럼 네 친구는 지금 우리 장갑차에 있는 거야?"

"그렇지. 롸켓이 이 행성과 회사의 일에 대해서 설명해 주고 있어. 그의 달변은 이럴 때 도움이 되지."

"입에 걸레를 문 달변가라서 문제 아니었던가?"

"아, X라든가, XX라든가, XXX라든가? 아, XXXX도 있었군. 롸켓이 자주 쓰는 단어들이지."

"그, 그렇지. 대충 그런 것들."

데스디아의 입에서 엄청난 비속어가 적나라하게 나오자 역으로 치프가 민망해했다.

데스디아에겐 그의 그런 반응조차도 익숙한 일이었다.

"용돈을 좀 주면 입에 문 걸레를 깔끔하게 치울 때도 있더군. 우리 회사 대변인을 맡겨도 충분한 친구니 걱정하지 마."

"그럼 다행이고."

탈리케이아에 대한 화제가 끝날 무렵, 갈라트가 몇 장의 서류를 들고 회장실로 돌아왔다.

"읽어보게, 뎃디. 내가 조정해 본 조건인데, 마음에 들면 그대로 올리겠네."

"고마워, 갈라트."

서류를 건네받은 데스디아는 갈라트가 꾸며준 모집 공고문을 차근차근 읽어봤다.

"흠, 헌터 랭킹 2만 위 이내라는 조건은 너무 너그러운 것 아닌가? 저번에도 적잖이 죽었는데?"

데스디아가 따지자 갈라트가 한탄했다.

"뎃디, 자네 랭킹이 6만 위 밖이라는 건 알고 있나?"

"……."

"이 행성에서 사냥밥을 충분히 먹은 헌터들은 자네가 사냥 결과 보고를 한 번도 안 해서 랭킹이 그 꼴이라는 걸 알지만, 요 며칠 사이에 이 행성에 들어온 신참들은 그런 걸 전혀 모른다네."

"흠."

"사장은 무면허에 부사장은 6만 위 밖에 있는 용역회사의 일을 상위 랭커들이 맡을 리가 없잖나?"

"오히려 잘됐군. 신참들이 죽어 나가는 꼴을 볼 일이 없을 테니까."

데스디아는 부드럽게 웃으며 여유를 부렸다. 그러나 갈라트의 표정은 걱정으로 어두워졌다.

"그러지 말게, 뎃디. 그리고 2만 위라고 해도 무시하지 말게. 자네 회사의 외주에 개근을 한 악어 머리 켐리조차도 랭킹이 1만 8,000위 이내라니까?"

"그래, 알아. 그래도 이번엔 느낌이 안 좋아."

그녀가 고개를 가볍게 저었다.

"승인받으러 올 때마다 그 소리를 하지 않았나?"

갈라트가 어깨를 으쓱했다.

"이번엔 특히 그래. 나타난 브리치의 숫자가 두 개인데, 잘못하면 녀석들의 이동 경로가 겹칠 수도 있어. 점점 가까워지고 있다고."

"흠… 그럼 이렇게 하지. 우리 가문 애들을 이번 일에 파견하겠네. 자네와 자네 직원들도 잘 알고 있으니 도움이 될 게야."

"아, 그럼 고맙지. 마음이 놓이는군."

데스디아는 들고 있던 서류를 다시 갈라트에게 돌려주었다. 공고문을 그대로 올려달라는 뜻이었다.

그들의 얘기를 가만히 듣고 있던 치프가 갈라트에게 손을 들었다.

"저기요, 회장님."

"말씀하시오, 치프."

"혹시 스위트 베르자르라는 헌터에 대해서 아시나요?"

"하하, 포프의 모친이 아니오? 최근에 아셨소?"

"아뇨, 어떤 분인지 자세히 들은 적이 없어서요. 회장님이면 아실 것 같아서……."

치프는 그녀의 암살자 경력 말고 헌터 경력이 궁금했다. 암살자로서의 경력은 과거에 해군 정보부에서 알려줬기에 딱히 들을 것이 없었다.

"물론 알고 있소. 사망하기 전까지 랭킹 10위를 유지했던 최고의 헌터 중 한 명이라오. 우주 전체를 무대로 활동한 헌터라 오히려 고향에선 그다지 유명하지 않았소. 포프도 내 얘기를 듣고 놀라더이다."

"오, 그랬나요?"

"그렇소. 확실히 피는 속이기 힘들더이다. 포프도 인간 크기의 환상종을 상대로는 정말 감이 좋소. 그 아이를 전담했던 내 조카 중 하나가 수색팀의 팀장을 그 아이에게 넘길 정도라오. 그 조카의 헌터 경력이 40년을 훌쩍 넘는데, 포프가 자신의 경력을 10개월 만에 넘어섰다고 하면서 감탄했소."

"대단하네요."

치프는 일단 감탄했으나 속으로는 그 '인간 크기의 환상종'이 뭔지 모르기에 딱히 감을 잡진 못했다.

이후 이런저런 얘기를 하는 사이에 치프의 단말기가 진동했다.

'레투가?'

자리를 이동하여 그의 전화를 받은 치프는 "OK"라는 말만 하고 통화를 끝냈다.

"이제 가보겠습니다, 회장님. 시간을 너무 많이 빼앗았네요."

"아니, 아주 즐거웠소. 그 동안 뎃디가 왜 당신의 얘기만 나오면 정색을 했는지 궁금했는데 오늘 확실히 알게 돼서 여한 없이 눈을 감을 수 있게 됐소."

"불길한 말씀은 하지 마세요."

"하하, 그보다 중요한 전화였소?"

"레투가가 좀 도와달라네요. 그럼 다음에 뵙겠습니다, 회장님."

"언제든지 오시오, 치프."

갈라트는 정말 젊음이라도 되찾은 듯 호쾌하게 팔을 저었다.

데스디아는 기분 좋은 표정의 갈라트와 악수를 나눈 후 치프와 함께 방을 나갔다.

데스디아는 어느새 선글라스를 쓴 치프의 옆에 나란히 섰다.

"레투가라니, 무슨 일이지?"

"왜, 불길해?"

"레투가는 좋은 일이 있을 때면 반드시 업무 시간이 지난 뒤에 전화를 하지. 하지만 지금은 오후 4시야."

"그런 법칙이 있었군."

치프가 씩 웃었다.

"차에서 얘기해 줄게. 일단 나가자고."

"흠, 그러지."

데스디아는 그 이후 치프의 앞에 섰다.

그녀가 사무소 밖으로 나오자마자 바깥에서 잡담 중이던 헌터들이 일제히 큰 소리로 인사를 했다.

"일 마치셨습니까, 부사장님!"

데스디아는 손을 슬쩍 드는 것으로 인사를 대신했다.

말없이 그녀를 따라가던 치프의 눈에 문득 코뿔소 머리의 사내가 들어왔다. 아까 치프에게 괜히 시비를 걸었던 장본인이었다.

그는 특별히 더 사색이 되어 허리를 굽히고 있었다.

치프는 그의 어깨를 가볍게 두드리고 지나갔다.

“그 정도 배짱은 있어야지? 그냥 잊어.”

데스디아와 치프가 장갑차에 올라탄 뒤 그곳을 떠나자 허리를 굽히고 있던 모든 헌터가 그 코뿔소 머리의 사내를 둘러쌌다.

“대단해! 뎃디 부사장이 건들지도 않고 간 건 자네가 처음이야!”

“그 마녀는 자기네 회사 직원 신발에 흙만 묻어도 살기를 뿜어낸다고!”

“치프에게 시비 걸고 살아남다니, 자네 이름 좀 가르쳐 줘!”

주변의 헌터들은 난리였으나 1시간 넘도록 겁에 질려 있었던 코뿔소 머리의 사내는 당장에라도 울음을 터뜨리고 싶은 심정이었다.

장갑차가 출발하자 치프와 탈리케이아가 인사를 나눴다.

“그라니트 행성에 잘 오셨습니다, 워치프 탈리케이아 디레…음.”

그 이후의 이름이 기억나지 않은 치프는 자신의 단말기를 흘끔 봤다.

“예, 탈리케이아 디레이샤 알타이르 클라두스. 하하.”

“탈리 클라두스라고 줄여서 불러주십시오, 사장님. 탈리라고 하셔도 됩니다.”

뒤로 쪽 지어 묶은 굽슬굽슬한 금발을 은색 비녀로 고정시킨 그녀, 탈리케이아는 정중히 고개를 숙여 인사했다.

그녀는 검은색 망토를 두른 데스디아와 다르게 연황색 망토를 쓰고 있었는데, 망토의 질 자체는 탈리케이아의 것이 더 좋아 보였다.

"그 망토는 의전용인가요?"

치프가 물었다.

"알아보셨군요. 저도 실전에는 뎃디와 같은 물건을 씁니다. 이 색은 통풍과 빛의 반사 면에서 그다지 도움이 안 되지요."

"그렇군요. 아, 그리고 죄송한데 잠시 다른 곳에 들렀다가 가도 될까요?"

"예, 사장님. 무슨 일이십니까?"

"누가 콘서트홀에 폭탄테러를 하겠다고 협박 전화를 했다는군요. 그것 좀 정리하려고요."

레투가의 부탁을 이제야 알게 된 데스디아는 물론 탈리케이아와 롸켓도 경악했다.

특히 롸켓이 펄쩍 뛰었다.

"콘서트홀? 오늘 거기서 아이돌 그룹의 위문 공연이 있단 말이오! 생중계를 해준다고 해서 녹화 예약까지 하고 왔는데?"

"응? 아저씨한테 그런 취미가 있었어?"

"내 딸들이 그 그룹의 광팬이오! 내 월급의 10분의 1이 그 그룹 상품에 투입될 정도지!"

"에이, 뭐… 큰일은 없을 거야. 그런데 남자 아이돌이야, 여자 아이돌이야?"

"여자애 같은 남자애들이오! 겨드랑이가 특히 귀엽지!"

"취향 독특하네."

치프는 미리 준비한 탄산음료를 마시며 단말기에 들어온 콘서트홀의 설계도를 살펴봤다.

테러 같은 것에 익숙지 않은 탈리케이아는 오자마자 이게 무슨 일이냐며 당황했지만 데스디아는 그런 친구의 손을 꼭 잡으며 치프를 관찰했다.

43
가족이 볼만한 광경

콘서트홀 밖의 지상 주차장을 향해 한 청년이 빠른 걸음으로 걸어갔다.

그는 주차장 출입구와 가장 가까운 곳에 자리 잡은 차량의 문을 열고는 뒤쪽 시트에 재빨리 앉았다.

운전석에 앉은 또다른 청년이 그를 돌아봤다.

"됐어?"

그의 두툼한 살집이 기대감과 땀에 젖어 번드르르하게 빛났다.

"설치했어, 형! 리모컨을 테스트해 봐!"

방금 자리에 앉은 청년이 재킷 주머니에서 작은 리모컨을 꺼내 내밀었다.

그 순간 하얀색의 대형 스포츠백이 차의 앞 유리를 깨고 들어왔다. 그 가방에 머리를 받힌 운전석의 남자는 그대로 기절했고 리모컨도 앞자리 구석으로 굴러떨어졌다.

"어?"

그 스포츠백이 자신의 것임을 알아본 청년은 당황했으나 가방으로 유리를 깬 장본인은 그에게 놀랄 틈조차 주지 않았다.

뒷문을 열고 그 청년의 멱살을 잡아 주차장 바닥에 내던진 치프는 주먹으로 청년의 후두부를 강타하여 기절시켰다.

"요구 조건이 '겨드랑이 핥게 해주세요?'였나? 뭐하는 놈들이야?"

일을 끝낸 치프는 주차장 밖을 향해 손짓을 했다. 미리 대기중이던 보안국 전투경찰들이 우르르 밀려 들어와 차량을 포위하고 범인들을 묶었다. 재갈을 물리는 것도 잊지 않았다.

"사장님, 폭탄은 괜찮은 겁니까?"

전투경찰 책임자가 다소 불안한 목소리로 물었다.

치프는 부품 몇 개를 책임자에게 건네줬다.

"폭탄이 아니라 유독가스 방출기니까 온도만 주의하면 돼요. 제어장치도 해제했으니 터지진 않을 거예요. 그럼 전 갈게요."

"수고하셨습니다!"

전투경찰 전원이 차려 자세로 치프에게 경례했다. 치프는 손을 가볍게 흔들며 데스디아와 탈리케이아가 기다리고 있는 주차장 밖으로 향했다.

치프를 따라다니며 그의 일을 구경하기만 했던 데스디아와 탈리케이아는 서로를 쳐다봤다.

"이봐, 뎃디. 폭발물 처리 작업이 원래 저랬나?"

"우리가 배우고 사용했던 방식과는 너무 다르군."

데스디아가 고개를 흔들며 치프 쪽을 봤다.

탈리케이아는 연필로 수첩에 뭔가를 적어댔다.

"꼭 자기가 놓고 왔던 물건을 되찾아 가는 느낌이었어. 도중에 헤매지도 않았지. 어떻게 한 번에 알아낼 수 있었을까?"

"본인에게 물어보는 수밖에. 우리끼리 얘기를 나눠봐도 답이 안 나올 것 같군."

데스디아의 대답에 탈리케이아가 연필을 멈추고 그녀를 봤다.

"넌 답이 나오지 않는 남자의 씨를 원하는 거구나?"

"…치프와 난 그런 관계가 아니야."

데스디아는 약간의 시간을 둔 뒤 그렇게 대답했다.

그리고 불과 수초 만에 후회하게 되었다.

"아, 그래? 그럼 내가 사장의 씨앗을 받아도 괜찮은 거네?"

"잠깐, 탈리."

데스디아는 급히 주변을 살폈다. 방금 탈리케이아가 뱉은 말을 들은 사람이 있는지 확인하기 위해서였다.

"무슨 소리야? 씨앗이라니? 치프가 무슨 과일인 줄 알아?"

데스디아가 말을 빠르게 쏟아냈다.

"서로 그런 관계가 아니라며? 여왕 폐하께서 네 의중을 확인한 뒤에 정자 채취를 시행하라고 하셨는데, 설마 폐하의 의중을 무시할 생각이야?"

"씨앗이니 뭐니 떠벌리기 전에 그 말을 먼저 했어야지!"

데스디아는 주먹으로 탈리케이아의 옆구리를 쿡쿡 찔렀다.

"그러지 말고 대국적으로 생각해 줘, 뎃디. 치프 사장은 알타이르에서 엄청난 유명인이야. 그가 여왕 폐하를 구하는 영상이 그날 이후 지금까지 계속 TV에 나오고 있다고."

"하, 그렇겠지. 고향의 방송 장비로는 그 정도로 스펙터클한 CG영상을 못 만들 테니까! 아주 잘됐군!"

"그 덕분에 치프 사장은 남녀노소와 왕족, 일반인을 가리지 않고 많은 사람에게 알려져 있어. 그를 우리 고향에 초대한 브라토레 가문 역시 더욱 유명해졌지. 여왕 폐하를 위기에서 구해낸 영웅은 역대 워치프 중에서도 몇 명 없잖아?"

"그런 몹쓸 상황 자체가 우리 행성 역사상 극히 드물었으니 역대로 따져도 어쩔 수 없잖아? 그리고 치프는 여왕 폐하뿐만 아니라 그 자리에 있는 사람 모두를 구했어! 그리고 당시 사건은 딱히 폐하를 노린 음모도 아니었다고!"

데스디아는 일단 그렇게 물 타기를 해보려 했다.

"그래도 치프 사장이 우리 모두를 엄청난 위기에서 구해준 건 사실이잖아? 게다가 그 자리엔 나도 있었어. 나도 그의 은혜를 받은 거지."

데스디아보다 조금 밝은 갈색 피부를 가진 탈리케이아가 얼굴을 붉혔다.

"…저기, 탈리?"

"혈통을 이어나가는 것은 여성만이 할 수 있는 역할이야. 물론 사회적 의무는 아니니 빠지고 싶으면 빠지렴, 뎃디."

탈리케이아의 발언에 인내심의 벽이 깨진 데스디아는 결국 정색을 했다.

"설마 어머님이나 나를 돕기 위해 여기 온 게 아니라 치프의 씨앗을 목적으로 여기에 온 건가? 우리가 그렇게 한가한 줄 알아?"

"치프 사장이 다 좋은데 빨리 죽을 것 같은 관상이니 늦기 전에 씨앗을 거둬 가라고 하시더군. 나의 스승님이자 너의 어머님이신 헤이파 트리시아 알타이르 브라토레 님께서!"

"어머니께서? 겁을 상실했군, 탈리."

"후후, 채취된 정자는 여왕 폐하께 가장 먼저 진상될 거야. 이건 어명이라고."

"다들 미쳤군. 그게 무슨 귀한 요구르트쯤 되는 줄 아나?"

두 명의 워치프가 각자의 색상으로 눈빛을 뿜으며 맞섰다.

그쪽 상황을 전혀 모르는 치프는 아까 설치된 폭탄에 대한 고민을 하며 그녀들이 있는 곳으로 걸어가는 중이었다.

'저 어설픈 녀석들이 가스 방출기의 설치 위치만큼은 제대로 잡았어. 그냥 병신처럼 두고 왔다면 나도 찾지 못했을 거야. 가스 방출기 자체도 제대로 된 물건이었지. 겨드랑이에 대한 집착 따위로 이끌어낼 수 있는 완성도가 아니었어.'

그는 주머니에 꽂아둔 선글라스를 다시 쓰려다가 말았다.

'우발적인 일이 아니라 누군가의 계획이라면 우습게 볼 일이 아니야. 우리가 브리치에 정신이 팔린 사이에 빅시티에서 연쇄 테러를 하려는 건가? 그렇다면 이유는 뭐지?'

치프는 잠깐 멈췄다.

'아니, 이유가 없어 보이는데? 이 도시는 연례행사로 엠페라투스가 날아다니는 웃기는 곳이라고. 저번 경우에는 벙커에 대피하는 사람들의 표정조차 한산했지. 내년에 또 엠페라투스가 나타나면 다들 집에서 중계방송이라도 보고 있을 분위기였어.'

그는 머리를 감듯 손을 바삐 움직이며 계속 걸었다.

'테러리즘의 기본은 이념과 종교, 정치적인 목적이야. 그것들이 확실히 드러나지 않으면 의미가 없다고.'

그는 빅시티의 스카이라인을 둘러봤다.

'이런 개척지에서는 뭘 터뜨려 봤자 주목을 받지 못해. 괜히 이곳 사람들만 힘들어질 뿐, 각 행성의 지배 체제나 우주연합의 독점권 등에는 흠집 하나 나지 않지. 오늘처럼 겨드랑이를 핥겠다는 욕망을 드러내는 게 오히려 더 투명하고 그럴싸한 동네라고. 오늘 일이 제대로 터졌다면 다들 내일부터 겨드랑이가 드러나는 옷 따윈 입지 않았을걸?'

오늘 일에 대해 레투가와 얘기를 해봐야겠다고 생각한 그는 워치프들이 있는 곳을 돌아봤다.

그녀들은 눈에서 파랗고 빨간 빛을 각각 뿜으며 서로를 노려보고 있었다.

둘의 망토는 바람의 정령으로 인해 맹렬히 펄럭였고 딛고 있는 아스팔트 역시 땅의 정령 때문에 쩍쩍 갈라졌다.

'다 큰 여자들이 왜 저기서 민폐를…….'

치프는 그녀들 쪽으로 빠르게 걸어갔다.

"미스 클라두스? 좀 이른 시간이지만 식사하러 가시겠어요?"

"아, 예! 사장님!"

탈리케이아가 안색을 확 바꾸며 치프 쪽을 봤다. 진심으로 그녀와 맞섰던 데스디아는 허탈감을 느꼈다.

"탈리?"

"나도 번갯불에 콩 볶듯이 처리할 생각은 없으니 안심해, 뎃디. 나 역시 타향에서 덧없이 죽어간 동포들의 넋을 위해 알타이르의 이름으로 싸울 거야."

"흥, 아주 쉽게 얘기하시는군. 일주일 뒤에 존재감을 잃고 집에 갈 걱정이나 하시지?"

속삭이듯 싸우는 그녀들에게 치프가 더욱 가까이 다가왔다.

"뭔가 문제라도 있나요?"

"하하, 아니랍니다. 뎃디와 전 항상 이렇게 서로의 우정을 확인하지요."

"그렇군요."

치프의 귀에는 알타이르 공항에서 들었던 그녀들의 살벌한 욕설이 아직도 맴돌고 있었다.

'그렇다면 그런 거겠지.'

그는 그렇게 생각하고 넘어가기로 했다.

실제로 그는 엊그제부터 이어지고 있는 흉흉한 일들 때문에 사소한 일에 신경 쓸 여유가 없었다.

"호텔 뷔페 개장이 오후 6시니까… 지금 가면 한 30분 정도 호텔 카페에서 시간을 보내야겠네요. 일단 가시죠."

치프와 두 명의 알타이르 워치프는 회사 장갑차가 기다리고 있는 곳으로 향했다.

*　　　*　　　*

헤이파는 대형 파라솔이 꽂힌 의자에 앉아 훈련장을 지켜보고 있었다.

훈련장 한가운데에는 임시로 수리된 스카이보드 위에 불안한 자세로 서 있는 포프가 있었고, 그 곁에서는 키드가 열심히 조언을 해주고 있었다.

젝스는 얼마 떨어지지 않은 장소에서 키드를 감시했고 파울라는 박수를 치며 포프를 응원했다.

"젝스라는 아가씨는 포프 아가씨를 정말 아끼는군요."

헤이파가 말했다.

그녀의 왼쪽에는 알케온이 실시간으로 보내주고 있는 정찰 데이터를 관리 중인 사만다가 간이 책상에 앉아 있었다.

"이제 모두에게 편히 말씀하셔도 됩니다, 여사님."

"그래도 괜찮을는지요?"

"모두가 여사님과 가까워지기를 원하고 있거든요. 음……."

사만다는 헤이파의 오른쪽으로 부담스러운 눈빛을 보냈다.

"공동대표님께서도 특히 그러시고 말이죠."

"아."

헤이파가 고개를 돌려 자신의 오른쪽에 서 있는 셀레스티아를 봤다.

"하지만 왕녀 전하는 고귀하신 분이시지 않습니까?"

헤이파의 의견에 셀레스티아는 고개를 좌우로 한참 저어댔다.

"아닙니다, 여사님! 백성을 지키지 못한 저에겐 그럴 자격이 없습니다!"

"그렇게 큰 부담을 갖고 계시기에 제가 함부로 말을 할 수 없는 것입니다."

헤이파의 정중한 지적에 셀레스티아의 표정이 어두워졌다.

"밝고 명랑한 모습을 보이시라는 뜻은 아닙니다. 큰 비극을 겪으신 만큼 몸과 마음이 경직되는 것은 어쩔 수 없지요. 문제는 전하께서 그것을 어설프게 억누르려 하신다는 사실입니다."

헤이파는 옆에 놓아둔 곰방대를 입에 물었다.

"제가 둘째를 지키지 못하여 절망했을 때였지요. 제 어머님께서는 슬픔을 주저하지 말라고 하셨습니다."

"……."

"자신을 억눌러 주변을 안심시키는 것도 하나의 처신이지만, 그렇다고 해서 바보처럼 인내하기만 한다면 결국 주변 사람들조차 도울 수 없는 감정의 골이 생길 거라고 하셨답니다. 옳은 말씀이었지요."

헤이파는 아주 천천히 연기를 내뿜었다.

"제가 짊어져야 할 것은 둘째의 죽음만이 아니었습니다. 첫째와 막내는 물론 브라토레 가문 사람들 전부가 있었지요. 그래서 저는 집안의 모든 이와 아픔을 나누기로 했습니다. 첫째와 막내를 껴안고 모두의 앞에서 며칠을 울었지요. 그런데도 슬픔은 제 곁에 한참을 머물었습니다."

그녀가 뿜어낸 향초의 연기는 그 향이 깊고 쾌청했다.

"제가 느끼기에 왕녀 전하께선 아직도 뭔가를 숨기고 계십니다."

"예?"

헤이파의 말에 셀레스티아만이 아니라 사만다도 놀랐다.

"전하께서 마음속 깊이 숨기신 그 미지의 진실이 전하의 마음을 지탱해 주는 기둥이 되고 있는 것 같군요. 전하께선 평소 보이시는 말씀이나 행실에 비해 의지가 굳건하시고… 고귀하시거든요."

그녀가 아까 셀레스티아를 보며 강조했던 고귀함은 사실 반어법의 산물이었다.

"비밀에 너무 기대시면 안 됩니다, 전하."

헤이파는 한 차례 더 곰방대를 물었다.

"비밀 통장이나 비밀 금고에 억만금이 담겨 있어도 그 주인이 갑자기 쓰러져 인사불성에 빠진다면 집안은 물론 스스로에게도 도움이 되지 않지요. 비밀 스스로가 마치 귀인처럼 빛을 뿜으며 존재감을 드러낼 리가 없지 않습니까?"

"그, 그렇지요."

정곡을 찔린 셀레스티아는 고개를 숙였다.

"결정적으로… 이건 순전히 저의 이기심에서 비롯된 의문입니다만, 그 비밀이란 것이 첫째의 목숨값을 대신할 수 있는 것입니까?"

"네?"

"제 딸은 목숨을 걸고 이 땅에 있습니다. 첫째뿐만 아니라 이 회사에 발을 들인 모든 이가 다른 누군가의 소중한 존재들이지요. 노총각인 죠니 팀장조차도 사장의 둘도 없는 전우입니다. 목숨을 잃은 조셉 역시 그렇지요."

조셉의 이름이 나오자 셀레스티아의 분위기가 더욱 위축되었다.

"그들이야 젊고 혈기가 넘쳐서 이곳에 있겠지만 저는 다릅니다. 제 눈에는 제 딸아이만 보일 뿐입니다. 배 아파 낳은 아이를 바라보는 엄마로서 아주 당연하지죠."

"……."

"왕녀 전하께서 품으신 비밀과 제 딸 사이에는 저울이 놓여 있습니다. 그 기울기가 어떨지 확실해지지 않는 이상 제가 왕녀 전하를 편하게 대하는 일은 없을 겁니다."

사만다는 헤이파의 마무리 발언에서 칼날의 서늘함을 느꼈다. 자신의 입장을 확실히 베어 끊는 헤이파의 기세는 실제로 칼을 든 사람보다 더 단호해 보였다.

'부사장님께서 왜 여사님을 어렵게 대하는지 알겠어.'

자신도 모르게 긴장한 사만다는 이 국면에서 셀레스티아가 어떻게 대응할지 궁금했다.

"으아아아앙!"

셀레스티아는 울었다.

그 울음소리가 너무 크고 갑작스러웠기에 스카이보드 위에 올라가 있던 포프가 그만 집중력을 잃고 아래로 떨어져 버렸다.

키드가 급히 받아주지 않았으면 머리부터 땅에 떨어질 뻔했던 위험한 상황이었다.

"저, 전하!"

파울라가 황급히 셀레스티아를 향해 달려왔다.

그녀가 설마 그런 반응을 보일 줄은 몰랐던 헤이파는 급히 곰방대를 내려놓고는 두 팔로 셀레스티아를 안아서 어르고 달랬다.

"오, 이런. 제가 전하께 너무 심한 말을 했군요. 이 어리석은 자를 용서해 주십……."

"으아아앙!"

셀레스티아는 거꾸로 헤이파를 껴안고는 그녀의 가슴에 얼굴을 문질렀다.

그녀의 '응석'에 놀란 헤이파는 사만다와 파울라를 차례로 돌아봤다.

사만다는 잘 모르겠다는 표정이었으나 파울라는 천천히 걸어와 셀레스티아의 등에 몸을 기댔다.

헤이파는 실소를 지으며 두 손으로 셀레스티아의 등을 문질러 주었다.

'존경받지 못하고 자라온 왕녀라고 첫째가 그랬지. 마음이 푸석푸석하셨을 것이야.'

헤이파는 과거에 아이들을 키울 때처럼 셀레스티아의 이마에 입을 맞추며 자신의 체온을 전달해 주었다.

셀레스티아는 더욱 큰 목소리로 울었다. 헤이파의 전통복이 젖는 것도 아랑곳하지 않았다.

파울라는 부러움과 감사, 그리고 강한 원망을 섞어 헤이파를 바라봤다.

'전하께서 왜 저 여자를……!'

헤이파의 시야는 굉장히 넓었다.

알타이르 행성인 특유의 신체적 재능이기도 했지만, 워치프와 최고 제사장으로서 보다 혹독하게 자신의 감각을 갈고 닦은 그녀는 자신에게 꽂히는 다른 이의 시선을 편두통처럼 느낄 수 있었다.

헤이파는 셀레스티아를 안은 채로 파울라를 봤다.

파울라가 품은 각종 감정 중에서 원망을 느낀 헤이파는 상대를 향해 고개를 저었다. 이 자리에서 일을 내지 말자는 뜻이었다.

파울라는 얼른 고개를 돌렸다.

헤이파보다는 감각이 둔한 사만다는 그냥 어리둥절해할 뿐이었다.

셀레스티아가 가까스로 진정된 뒤, 그녀를 사만다에게 맡긴 헤이파는 파울라와 함께 회사 본관 쪽으로 자리를 옮겼다.

CCTV의 사각지대에 자리를 잡은 헤이파는 자리에서 들고 온 곰방대를 입에 물었다.

헤이파는 데스디아와 마찬가지로 2미터가 넘는 신장의 소유자였으나 파울라보다는 작았다.

파울라는 신장만 큰 게 아니라 적갈색 피부에 덮인 근육질도 뚜렷하여 일반인이 보기에는 위압감이 넘쳤다.

헤이파는 파울라를 냉엄한 표정으로 올려다봤다.

"장로님께서 혹시 모르실까 말씀드립니다만 저는 참을성이 부족한 편입니다. 뭔가 걸리는 일이 있을 경우 당장 해결하지 못하면 밤에 잠을 잘 수 없지요."

"……."

"변명하실 분은 아니라고 생각하기에 여쭙겠습니다. 장로님과 왕녀 전하는 어떠한 관계입니까? 그냥 그분을 모시는 입장이라 생각하기엔 장로님의 질투와 원망이 너무 강하더군요."

헤이파는 곰방대를 입에서 떼고 연기를 옆으로 내뿜었다.

"치프와 제 딸을 포함한 모든 이에게 발설하지 않을 터이니 말씀해 주십시오. 이것은 장로님을 위한 일이기도 합니다."

"그건… 하아."

파울라는 붉은색과 주황색이 섞인 자신의 긴 곱슬머리를 거칠게 쓰다듬었다.

"그에 대한 질문은 사장에게 들을 줄 알았는데, 여사님께 들을 줄은 몰랐군요."

"흠, 그 남자는 자신의 기준에서 사소한 일이라 판단되면 그냥 넘겨 버리는 버릇이 있지요. 성격이 그따위니 제 딸의 정조도 깨끗하게 지켜지고 있는 거랍니다."

"그것은 저도 느꼈습니다만… 예, 큰일을 앞뒀을 때만 자신의 존재 가치를 증명하는 남자이지요."

둘은 동시에 한숨을 쉬었다.

"아무튼, 말씀해 주시겠습니까?"

헤이파가 재차 묻자 파울라는 주변을 둘러봤다.

"회사의 CCTV는 정말 촘촘한 편인데 본관 앞에 이러한 사각지대가 있을 줄은 몰랐습니다. 여사님께서 이만큼 저를 배려해 주셨고, 제가 따님께 몇 번이나 폐를 끼치기도 했으니 말을 아껴선 안 되겠지요."

파울라는 체념한 듯 웃으며 이어서 말했다.

"제가 왕녀 전하를 낳았습니다."

"……."

"3세대 드래곤들은 운캄타르 성왕 폐하의 씨를 받을 만한 몸이 아니지요. 영주라고 해도 힘을 전승받은 존재일 뿐이기에 운캄타르 성왕 폐하와는 유전적인 차이가 너무 컸습니다. 그래서 수많은 장로 후보자 중에 제가 앞서 깨어났으며 결국 왕녀 전하를 낳게 되었답니다."

헤이파는 그리 놀라지 않았다. 낳았다고 말한 게 아니라 생산했다는 느낌을 받았기 때문이다. 그 꺼림칙함은 뒤에도 계속 이어졌다.

"…제가 왕녀 전하의 친모를 앞에 두고 주제넘은 행동을 했군요."

"아닙니다, 여사님."

파울라는 헤이파에게라도 진실을 이야기한 덕분에 속이 후련했다.

"왕녀 전하께선 지금껏 혼자서 싸워오셨습니다. 이 세계는 우리 날개 달린 종족에게 필요한 모든 것이 갖춰진 천국이지요. 그러한 곳에 윗사람에 대한 존경심 따위가 의미를 가질 수는 없지 않습니까? 전하께선 그저 대접을 받으셨을 뿐, 아무도 그분을 어렵게 생각하지 않았습니다."

파울라는 오른손으로 얼굴을 덮었다.

"운캄타르 성왕 폐하의 어전에서 왕녀 전하의 필요성에 대해 대놓고 이야기하는 자도 있었습니다. 아마 다른 세계였다면 목이 날아가고 일족이 멸망했겠지요. 하지만 성왕 폐하께선 그들을 그냥 놔두셨고 왕녀 전하께선 상심하셨습니다. 제가 그분을 낳은 존재라는 것을 숨기라는 폐하의 명이 있었기에 저는 그분을 제대로 보호할 수가 없었습니다. 그런데 여사님께서 방금 전에 전하를 꾸짖으셨지요."

딸의 친구에게 충고를 한 것뿐이었던 헤이파는 날개 달린 자들의 세계에 존재하는 뒤틀림을 감지했다.

'지금 생각해 보니 엠페라투스 말고는 전부 희한한 마음가짐을 갖고 있는 것 같군.'

헤이파는 이어지는 이야기를 계속 듣기로 했다.

"사장을 비롯한 모든 이가 전하께 진심을 보이긴 했습니다만 정이 담긴 충고를 하지는 않았습니다. 감이 좋은 사람들이라 그런지 왕녀 전화와 자신들 사이에 놓인 장벽을 직감하더군요. 그걸 건드렸다가는 전하께도, 그리고 자신들에게도 험한 일이 닥칠 거라 느낀 것 같습니다."

거기까지 들은 헤이파는 곰방대를 입에서 떼었다.

"장로님께서 말씀하신 그 장벽이라는 것이 왕녀 전하께서 의지하고 계시는 비밀입니까?"

"그럴 겁니다. 하지만 저도 그 비밀이 구체적으로 무엇인지는 알지 못합니다. 그래서 더욱 답답하지요."

"그렇군요. 그럼 제가 실례를 무릅쓸 준비를 할 수 있도록 기다려 주십시오."

"예, 여사님."

헤이파는 곰방대를 물고 연기를 즐기며 한참을 고민했다.

'이건 정말 아픈 질문이 될 수 있겠지만… 파울라 장로를 위해서라도 피해선 안 되겠지.'

그녀는 바로 말을 던지려다가 문득 치프의 말버릇이 생각났다.

'그는 어려운 말을 꺼내기에 앞서 자신의 입장을 확실히 이야기했지. 오해가 없도록 말이야.'

헤이파는 그의 화법을 참고하기로 했다.

"장로님, 제가 하려는 질문은 장로님과 왕녀 전하께 대단한 실례가 될 수도 있습니다. 그러나 한편으로는 일련의 사건들 전체를 연결시킬 수 있는 중요한 질문이기도 합니다. 부디 오해가 없으시길 바랍니다."

"마치 사장처럼 말씀하시는군요."

"확실히 양해를 구할 수 있다면 무엇인들 못 하겠습니까?"

헤이파가 슬쩍 웃고는 다시 표정을 굳혔다.

"왕녀께선 왜 하필 이 시기에 맞춰서 태어나신 겁니까?"

"……."

"드래곤들의 정치 제도를 전제군주체제라고 했을 때, 폐하께서는 아주 오래 전에 첫째뿐만 아니라 수십의 아이를 보셔도 이상하지 않았을 것입니다. 하지만 그 오랜 시간을 살아오셨음에도 불구하고 왕녀 전하만이 유일무이한 그분의 후손이지요."

"그렇… 지요."

핵심을 찔린 파울라는 헤이파의 시선을 피하고 호흡도 거칠게 했다.

"치프 사장은 엠페라투스에 대항할 수 있었고, 그에게 그러한 힘을 준 장본인은 바로 왕녀 전하입니다. 설마 왕녀 전하께선 계획된 시기에 그러한 자를 만들기 위한 촉매로서 태어나신 겁니까?"

"거기까지는 저도 모릅니다. 다만 간택이 되어 왕녀 전하를 낳았을 뿐입니다."

"그래서 운캄타르의 자손을 낳은 것이 자네냐고 물었지 않나?"

그것은 헤이파의 질문이 아니었다.

보라색의 안개와 함께 하늘에서 내려온 정장의 사내가 던진 질문이었다.

"엠페라투스!"

파울라가 긴급히 힘을 발휘하려 하자 엠페라투스가 검지로 자신의 입술을 눌렀다.

"얘기나 조용히 하세. 왕녀에 관한 얘기가 밖으로 새면 우리 모두에게 손해니까."

"무슨 뜻이오?"

"이 계획을 안팎에서 지켜보는 자가 너무 많다는 것이지. 아무래도 자네는 운캄타르의 계획을 정말 모르는 것 같군. 그러니 함께 머리를 맞대고 얘기해 보세."

파울라는 기가 막혔다.

"내가 왜 성왕 폐하와 관련된 이야기를 당신과 해야 한단 말이오?"

"왜냐하면 자네의 기억 일부는 운캄타르에 의한 보호가 걸려 있기 때문이지. 그래서 셀레스티아 왕녀도 자네를 의심하지 않았을 거야. 자네가 어머니라는 사실부터 시작해서 그 외의 각종 비밀스러운 기억들을 읽지 못했을 테니까."

"…당신은 이 행성에서 나와 처음 만났을 때 나와 왕녀 전하의 관계를 눈치챈 것 같은데, 어찌 그럴 수 있었소?"

"출산을 겪은 날개 달린 자들은 몸에 미세한 변화가 발생하지. 같은 날개 달린 자들끼리도 감지하기 힘든 골격과 근육의 변화라든가, 특정한 체취라든가. 만약 옛날에 자네의 어미가 나를 찾아온 일이 없었더라면 그 체취의 변화를 느끼지 못했을 거야. 그때의 자네 어미와 지금 자네의 냄새는 거의 동일해."

"그것만으로 왕녀 전하와 나의 관계를 알아차렸단 말이오?"

"2세대들은 3세대의 아이를 낳을 수 없지. 그러면 아버지는 자네와 같은 2세대이거나 나, 혹은 운캄타르와 같은 1세대겠지. 난 자네를 건드릴 상황이 아니었으니 그럼 뻔하지 않은가?"

"……."

"그때는 굳이 자네를 심문하고 싶지 않아서 그 거짓말에 대충 어울려 줬다네. 그때는 왕녀가 뭘 어찌하든 관심 없었거든. 하지만 지금은 아니지."

엠페라투스가 팔짱을 꼈다.

"자네, 혹시 왕녀를 낳기 전에 아르마게일을 만났나?"

"그렇소만… 참으로 잘 아시는구려. 그분께선 내가 왕녀 전하를 낳을 수 있도록 도와주셨소."

"호오, 그럼 실례."

감탄을 한 엠페라투스가 팔짱을 풀고는 파울라의 아랫배에 손을 댔다. 파울라는 깜짝 놀랐으나 엠페라투스의 손에서 전해진 압력 때문에 호흡도 하지 못했다.

엠페라투스는 파울라의 인간형 육체와 연결된 그녀의 본체 정보를 읽었다.

'자궁의 상태가 1세대의 아이를… 아니, 복제 개체를 만들 수 있도록 바뀌었군. 알타이르 행성인들을 개조하면서 얻은 노하우를 이용했겠지. 그런데 왜 하필 여성을 낳게 했을까? 운캄타르는 남성인데?'

그는 고개를 갸웃거리며 파울라의 몸에서 손을 떼었다.

겨우 숨을 쉴 수 있게 된 파울라는 불쾌감이 섞인 눈빛으로 엠페라투스를 노려봤다.

"미운 짓만 골라서 하는구려."

"내가 해야 그럴싸하지 않나?"

엠페라투스가 피식 웃었다.

"아르마게일은 그 이후 사라졌겠지?"

"더 이상 이 행성에는 볼일이 없다고 하시며 떠나셨소. 그분의 목소리와 분위기가 너무 차가워서 당시 그분을 배웅했던 모두가 놀랐다오."

"원래 붙임성이 부족한 자였지."

그는 자신이 며칠 전에 아르마게일, 아니, 라이트스톤을 만났다는 사실을 입 밖에 내지 않았다.

당장 밝혀봤자 좋을 것도 없고, 약속은 약속이기 때문이었다.

"아르마게일 님의 이야기는 왜 꺼낸 것이오?"

파울라가 묻자 엠페라투스는 다시 웃었다.

"날개 달린 자의 육체에 대해서 나와 운캄타르만큼 잘 아는 자는 그뿐이지."

"아르마게일 님은 그런 점 때문에 배척을 당하셨지요. 그분 스스로는 다른 이들의 눈에 관심도 없으셨지만 말입니다."

"역시 자네와 난 입장이 다르군. 그는 다른 2세대들에게 신성모독이라는 비난을 들으면서도 날개 달린 자들에 대한 연구를 계속했다네. 포기는 곧 패배라는 생각으로 자신의 심지를 꺾지 않은 용기의 소유자지."

엠페라투스는 몸을 숙인 후 흙을 한 움큼 손에 쥐었다.

"신들도, 그리고 나의 추종자들도 왕녀를 죽이진 못해. 잘해야 가둬놓는 것뿐이겠지. 왜냐하면 나와 나의 추종자들, 그리고 아르마게일조차도 모르는 비밀을 왕녀와 운캄타르가 알고 있기 때문일세."

엠페라투스는 손에 쥔 흙을 바람에 풀어놓았다.

"대체 이 행성은 어떻게 만들어진 것일까?"

그의 질문에 파울라와 헤이파는 서로를 쳐다봤다.

"단순히 찾아냈다고 보기에는 우리의 옛 고향과 지나칠 만큼 똑같지. 중력부터 시작해서 태양광의 성질, 대기권의 높이 및 구성 성분, 행성 자기장의 힘, 물의 비율, 흙 등등. 지각은 안정됐고 바다의 파도가 너무 잔잔하다는 것을 제외하고는 모든 것이 똑같다네."

"……."

"며칠 전에 이 땅에서 죽은 신은 아마도 그런 것들을 조사하기 위해서 이곳에 잠입한 존재였을 것이네. 그런데도 불구하고 알아내지 못했지. 정말 무능하지 않나?"

"이젠 또 신에 대한 이야기를 하려는 것이오?"

파울라가 퉁명스레 물었다.

"하아… 여자란 생물들은 말하는 자의 김을 빼버리는 재주가 있지."

파울라는 인상을 썼고 헤이파는 내심 미소를 지었다. 헤이파 역시 동료들에게서 그러한 것들을 자주 느꼈기 때문이다.

"비록 자타가 그들을 신이라고 부르긴 하지만 이 땅과 이 행성 주변의 모든 것은 신들의 지식을 초월하고 있다네. 그들의 그러한 무능함은 각 행성의 지적 생명체들이 종교 경전에 적어놓은 '신'의 전능함과 너무나 차이가 크지. 꼭 자존심 때문에 그런 건 아니겠지만, 우리를 적대하는 신들은 그 환경창조… 아니, '창세'에 대한 비밀을 왕녀와 운캄타르에게서 얻어내려 하고 있다네."

파울라는 엠페라투스의 말을 믿을 수 없었다.

"창세의 비밀이라니, 무슨 소리요? 이 행성과 그 일대가 운캄타르 님의 손에 만들어지기라도 했단 말이오?"

파울라의 질문을 들은 엠페라투스는 눈앞이 아찔했다.

'파울라의 어미는 선천적인 장애를 갖고 있었으니 그렇다 쳐도 파울라는 대체 뭐지? 원래 이렇게 바보 같은 계집애였나?'

엠페라투스는 대답을 기다리는 파울라 대신 헤이파를 봤다.

그녀는 당장이라도 주변에 서리를 내리게 할 만큼 서늘한 눈을 한 채 엠페라투스의 답을 기다리고 있었다.

'워치프와 최고 제사장을 역임한 경력은 거짓이 아니야. 이곳이 CCTV의 사각지대라는 것 정도는 처음 방문하면서 알아냈겠지. 역시 마음에 들어.'

엠페라투스는 헤이파에 대한 욕심을 자제하며 이윽고 대답했다.

"실은 나도 그 점이 궁금하다네. 우리들의 어머니이신 하이시리스가 힘을 빌려줘도 그건 못하거든."

"하이시리스?"

"아, 파울라. 자네는 모르나?"

"어머니 신이자 운캄타르 성왕 폐하와 당신의 창조주라는 것만 알고 있소."

"흠, 그 정도면 충분해. 사소한 것까지 알 필요는 없어."

엠페라투스는 그렇게 대강 넘기려 했다.

그러나 헤이파는 그런 문제를 그냥 넘길 만큼 넉넉한 여자가 아니었다.

"하이시리스라는 분의 힘을 얘기하는 것을 보니 그분의 신상은 물론 존재 여부도 알고 계신 것 같구려."

"존재 여부? 하이시리스가 아직도 이 세상에 있다고 생각하나?"

"있든 없든 관심 없소. 내가 알고 싶은 것은 하이시리스의 능력이오."

"흠……."

엠페라투스는 이야기를 꺼내기 이전에 주변을 탐색해 봤다. 혹시라도 엿듣는 자가 있을지 모르기 때문이었다.

다행히도 다들 스카이보드에서 떨어져 의식을 잃은 포프 때문에 난리였다.

"하이시리스는 나와 운캄타르, 그리고 2세대를 창조한 존재일세. 그 외에도 많은 생물을 만들었다고 듣긴 했는데, 전부 위험한 존재들이라 탈란바토르… 아니, 지금은 브리치라 불리는 것들에 내다 버렸다고 들었네."

"하이시리스와 아르마게일은 뭔가 비슷한 점이 있구려."

헤이파의 지적에 엠페라투스는 고개를 저었다.

"생명체의 창조는 아르마게일에겐 도전이었고 하이시리스에게는 심심풀이였지. 둘 사이엔 그 정도의 격차가 있다네. 아무튼 하이시리스는 우리가 신들을 도살하고 박살 내어 자신만을 남겨놓자 공포에 질렸지. 난 우리의 어머니가 우리를 두려워하는 이유를 알 수 없었네. 부모 자식이 아닌가?"

그가 어깨를 으쓱했다.

"하지만 하이시리스는 우리를 공격하고 말았다네. 처음 보는 환상종을 여럿 꺼내어 우리를 위협했지. 그 환상종의 능력은 엄청났고, 우리는 하이시리스를 봉인한 뒤에도 생명력을 잃지 않는 그 환상종들을 신수(神獸)라 부르기로 했다네. 공격을 무수히 집중해야 죽일 수 있었기에 나중에는 억지로 탈란바토르 안에 밀어 넣어버렸네."

엠페라투스의 손바닥 위로 모래가 올라와 정육면체 모양으로 뭉쳤다.

"하이시리스는 이와 비슷한 상태로 봉인되었다네. 고통과 후회의 결정체였지. 우린 그걸 우주 밖으로 날렸고 하이시리스는 거의 미치기 일보 직전까지 몰렸던 것 같더군. 고독감, 어둠에 대한 공포, 그리고 우리에 대한 증오 등으로 말일세. 그런데 하이시리스는 우리가 신들의 잔당을 끝낼 무렵에 우리의 옛 고향으로 돌아왔다네."

"어머니 신과 또 싸운 것이오?"

파울라의 질문에 엠페라투스는 고개를 흔들었다.

"하이시리스는 나와 운캄타르만을 따로 불러 자신이 겪은 이야기들을 해줬다네. 그렇게 선하고 친절한 하이시리스는 처음이었어. 그녀의 몸과 마음이 너무 깨끗해서 구역질이 날 정도였지. 난 과거보다 현재를 중요시하네만 하이시리스의 변화는 너무 꺼림칙했거든. 지금 생각해 보니 그 구역질의 정체는 두려움이었던 것 같군."

"……."

"그녀는 우리에게 창세와 관련된 이야기를 해줬다네. 당시에 내용을 대충 들어서 기억나는 것은 그다지 없지만 세상을 관리하는 자가 있다는 말과 온통 하얀색으로 빛나는 세계가 우주 너머에 있다는 얘기 정도는 기억하고 있지."

"세상의 관리자?"

헤이파가 고개를 갸웃했다.

"관리자라고 했었는지, 경작자라고 했었는지 잘 모르겠군. 우리가 무슨 짓을 해도 세상에 개입하는 자들이 아니기에 영원히 만날 일이 없을 거라고 하이시리스가 말했지. 그럴 거면 왜 우리한테 그런 말을 했는지 모르겠군."

"흠……."

헤이파는 곰방대를 문 채 생각에 잠겼고 파울라는 팔짱을 끼며 한숨을 내쉬었다.

"난 듣는 도중에 알아서 잘 살아가라고 하고 그냥 떠났지. 운캄타르는 남아서 하이시리스의 얘기를 계속 들은 것 같지만 말일세."

"창조주를 완전히 무시하는구려."

헤이파의 말에 엠페라투스는 씩 웃었다.

"하이시리스와 더 이상 마주하기 싫었거든. 미신과 현실을 구별 못 하는 광신도로 보여서 말이야. 그런데 운캄타르는 중요한 얘기를 들었던 것 같아. 그는 이후 나에게도 뭔가를 숨기려고 노력하더군. 그다음은 자네들도 잘 알 것이네. 한참 뒤, 난 운캄타르와 격전을 벌였고 한 번 죽음을 맞이한 후 이 새로운 땅에서 부활했지."

"그럼 성왕 폐하께서 하이시리스 님께 들은 것이 바로 창세의 비밀이란 말이오?"

파울라가 물었다.

"그럴 수도 있고, 아닐 수도 있고. 자신이 이 땅을 설계했다고 착각하는 자가 있긴 하지만……."

엠페라투스가 말한 그 '착각하는 자'는 라이트스톤이었다. 그는 그 상황에서도 자신과 라이트스톤이 나눈 대화에 대해 이야기하지 않았다.

"아무튼, 모르니까 내가 자네들과 평화롭게 대화를 하고 있는 것이 아닌가?"

"그렇다면 당신이 동포들을 가둔 이유가 무엇이오? 그들과 함께 적과 싸울 기회를 왜 앗아간 것이오? 이 땅에 남아 있는 우리가 얼마나 큰 고통을 겪고 있는지 알긴 하오?"

파울라가 절규하듯 따졌지만 엠페라투스는 코웃음을 쳤다.

"고통? 자네는 조용함과 후련함에서 고통을 느끼나? 3세대들의 그 빈약한 정신 상태로는 그저 몰살을 당했을 것일세. 내 앞에 모여서 나에게 이 땅을 넘기려 한 자들이 바로 왕실에서 임명된 영주들이었어. 그런 놈들 따위는 영원히 얼려서 보관하는 게 나아."

엠페라투스가 파울라를 봤다.

"왕녀가 이 땅의 지도자로 확실히 눈을 뜬다면 난 브리치의 파괴 여부와 관계없이 3세대들을 풀어줄 수도 있네. 하지만 갈 길이 아직 먼 것 같군."

"……."

"지구인을 포함한 모든 인간은 자신의 나약함을 보충하기 위해 집단행동을 하지. 협상과 타협은 3세대에게 결여된 개념 중에 몇 가지일 뿐일세. 자네들부터라도 뭔가 변해가는 모습을 나에게 보여준다면 이 땅은 다시 날개 달린 자들의 영토가 될 것이네."

"선생 하나 크게 나셨구려."

헤이파가 비꼬듯 말했다.

"이 땅의 날개 달린 자들이 바뀌어야 한다고 말했는데, 당신은 여태껏 강력한 자연재해처럼 사람들을 괴롭혔소. 그런 자가 협상과 타협 같은 말을 내 앞에서 주절거리다니, 구역질이 나는구려."

"3세대들이 하나로 뭉쳐서 나에게 대항한다면 그 모습은 정말 장관일 것일세."

"하, 역시 그런 식이군."

헤이파가 쓴웃음을 지었다.

"이 땅에서 잘 살아가던 자들을 멋대로 가둔 주제에 그러한 로맨스를 꿈꾼단 말이오? 당신부터 주제를 파악하시오, 엠페라투스여. 이 땅의 3세대들이 당신의 걱정대로 위기를 맞게 된다면 그것은 그들이 해결해야 할 일이지 당신이 개입할 일이 아니오. 당신과 운캄타르의 시대는 옛날에 끝났단 말이오."

헤이파의 지적에 엠페라투스는 한참 동안 말을 하지 못했다.

"그대는 그대의 첫째 딸보다 말이 험하군. 데스디아 브라토레는 말보다 주먹이 먼저 나가는 성격이라 나름 시원했는데 말이지."

"내 손에 무기가 있었다면 입 아프게 얘기하지 않고 당장 휘둘렀을 것이오."

"흠, 이곳에 있기가 점점 불편해지는군. 내 볼 일은 다 끝났으니 나중에 기회가 되면 또 보세."

엠페라투스가 그대로 떠나려하자 헤이파가 정령의 힘을 손에 담아서 엠페라투스의 어깨를 눌렀다.

"이 행성에 브리치들을 풀은 게 당신이라고 들었는데, 괜히 선심 쓰는 척하지 말고 브리치들이나 다시 걷어 가지 않겠소? 그래준다면 당신 말이 좀 더 그럴싸하게 들릴 것이오."

"최강의 정령술사여, 자네가 나에게 협력해 준다면 생각해 보지."

엠페라투스가 보라색 안개로 변했다.

헤이파는 그 안개를 손으로 잡아 쥐려 했으나 엠페라투스의 행동이 더 빨랐다.

"브리치 두 개가 빅시티 쪽으로 움직인다지? 알아서 잘 처리하게. 환상종과의 격전이 극심했던 과거에도 그러한 패턴은 없었다네."

그 말을 끝으로 엠페라투스가 완전히 사라졌다.

"쯧."

헤이파가 혀를 찼다.

"대체 이 상황을 어찌 알고 왔는지 궁금하군요. 엠페라투스의 감각이 닿는 장소에 우리가 있는 것입니까?"

"저도 놀랐습니다, 여사님."

엠페라투스가 자신의 시야를 가로채어 모든 것을 관찰하고 있다는 사실을 전혀 모르는 파울라는 한숨을 쉬었다.

*　　　*　　　*

치프는 데스디아, 탈리케이아와 함께 카페에 앉아 호텔 뷔페의 개장 시간을 기다렸다.

탈리케이아는 호텔 카페에서 나온 녹차를 입에 댄 뒤 인상을 구겼다.

"꼭 오줌 속에서 찻잎이 수영을 하고 나온 듯한 맛이군요."

"예, 뭐, 그렇죠."

치프는 그렇게 그녀의 발언을 넘겼다.

'알타이르에서 마신 녹차도 그렇게 황홀한 맛은 아니었는데 말이지. 혹시 차에 대한 맛의 기준이 다른가?'

녹차의 맛에 대한 가치관 차이에 대해 고심하던 치프는 옆에 놓인 빈자리를 봤다.

원래는 롸켓도 그들 사이에 끼어야 했지만 그는 공황장애가 있다는 거짓말을 하며 햄버거 가게로 도망쳤다.

"롸켓 아저씨는 지구식 패스트푸드를 정말 좋아하네."

"죠니와 딕슨, 조셉 덕분이지. 그들은 좋은 친구였어."

데스디아가 조셉을 추억하며 말했다.

치프는 말이 나온 김에 누군가에 대해서 물어보기로 했다.

"포프 말인데, 갈라트 할아버지가 걔를 극찬했잖아? 얼마나 대단한 거야?"

치프가 묻자 데스디아는 커피가 든 찻잔을 입에서 떼었다.

"노력과 재능의 결과야. 포프는 인간형이나 인간과 비슷한 크기의 환상종을 상대로 상당히 뛰어난 전적을 올리고 있어."

"그래? 지구에서 용병들에게 사로잡힌 모습을 보니 꼭 그렇진 않은 것 같던데?"

"지구인 용병에게 익숙지 않았을 뿐이겠지. 나중에 직접 보면 생각이 달라질 거야. 그 애의 어머니가 괜히 마스터 어쌔신이라고 불린 게 아니라는 걸 알게 될걸?"

"뭔가 뿌듯하면서도 미안하네. 이렇게 일에 휘말리지 않았으면 그런 걸 모르고 지냈을 텐데 말이야."

데스디아는 조용히 찻잔을 입에 대는 것으로 치프의 말에 동의했다.

그때, 누군가가 그들이 앉은 자리를 향해 걸어왔다.

"호텔 뷔페가 열리길 기다리고 있나?."

치프는 옆에 다가온 손님을 돌아봤다.

레투가였다.

"이야, 바쁠 텐데 웬일이야? 아직 근무시간이잖아?"

"그 근무 때문에 왔지. CCTV로 자네들 행적을 쫓느라 고생했다네."

치프와 악수를 나눈 레투가는 처음 보는 알타이르 여성, 탈리케이아를 보고 의아해했다.

"데스디아, 자네의 친구인가?"

"탈리케이아 디레이샤 알타이르 클라두스. 나와 같은 알타이르의 워치프야."

탈리케이아가 일어나서 가슴팍에 손을 얹고 고개를 숙였다.

"탈리 클라두스라고 불러주셔도 됩니다."

"살아서 두 명의 알타이르 워치프를 만나는 것은 대단한 행운이라고 들었습니다, 미스 클라두스. 저는 이 행성의 보안국장인 레투가 브라브리오입니다. 부디 편히 지내시길 바랍니다."

"뎃디에게 보안국장님에 대한 얘기를 들었습니다. 잘 부탁드리겠습니다."

인사를 마친 둘은 자리에 앉았다.

"근무 때문에 왔다고 했지? 또 무슨 일인데?"

치프가 물었다.

레투가는 오렌지에이드를 주문한 뒤 주위를 살피며 조그맣게 말했다.

"자네가 아까 잡아낸 테러리스트 말일세. 입이 너무 무겁더군. 관련 조직이 있을 것 같은데 둘 다 변호사를 불러달라는 등 시치미를 떼고 있네."

"전투경찰 중에서 취조에 능한 사람이 없나?"

"그쪽 훈련을 받은 자가 아예 없지. 그런데 마침 내 앞에 취조의 전문가가 있군."

"하아……."

치프는 손목에 찬 기계식 시계를 봤다.

"보안국 임시 본부가 걸어서 5분 거리였지?"

레투가가 반갑게 고개를 끄덕였다.

"음, 이 호텔을 기준으로 삼으면 자네 말이 맞네."

"그럼 갔다 올게. 차나 마시고 있어."

치프는 자신의 선글라스를 데스디아에게 맡긴 뒤 호텔을 나섰다.

5분이 조금 안 되어 임시 본부에 들어선 치프는 전투경찰들의 경례와 안내를 받으며 취조실로 들어갔다.

취조실 안에는 마른 남자와 뚱뚱한 남자가 있었다.

마른 남자는 치프의 얼굴을 기억했기에 흠칫했고 뚱뚱한 남자는 누구냐는 눈빛으로 치프를 노려봤다.

"당신, 변호사인가?"

뚱뚱한 남자가 묻자 치프는 손목시계를 풀어 책상 위에 놓은 뒤 둘에게 다가갔다.

"얘기 하나 해주지. 나와 내 전우들은 민주주의를 위해 싸우긴 했지만 조직 자체는 그리 민주적이지 않았어. 민간인들이 들으면 기절할 정도의 일들이 우리 사이에서 시시때때로 벌어졌지."

치프가 손등을 이용해 마른 남자와 뚱뚱한 남자의 볼을 차례로 후려쳤다.

둘 다 한 방에 코피를 쏟을 만큼 큰 충격을 받았지만 치프를 바라보는 눈빛만은 아까보다 더욱 선명해졌다.

치프는 둘의 눈을 관찰했다.

마른 남자를 살핀 치프는 그냥 웃었고 뚱뚱한 남자를 살핀 치프는 손짓으로 전투경찰들을 불렀다.

"무슨 일이십니까?"

"마른 애는 그냥 데리고 나가서 구경이나 시켜. 쟤는 맞는 것에 그냥 깡으로 버티는 아마추어야."

치프는 뚱뚱한 남자의 머리채를 잡고 뒤로 당겼다.

"하지만 이 친구는 맞는 것에 익숙해. 고문에 대비한 전문적 훈련을 받았어. 그렇다면 얘기가 다르지."

"아……."

전투경찰들이 그건 몰랐다는 듯 감탄했다.

치프는 미리 준비된 밧줄과 케이블 타이 등으로 뚱뚱한 남자를 의자에 단단히 고정시켰다.

"얼마 안 걸릴 테니 불 끄고 나가줘."

"예, 마스터 치프."

"그냥 사장이라고 불러줘. 제발."

마른 남자를 붙든 전투경찰들이 방의 불을 끄고 나간 직후였다.

뚱뚱한 남자가 어둠 속에서 번쩍 나타나더니 취조실의 방탄유리를 온몸으로 들이받았다.

200킬로그램에 가까운 그 덩치가 의자에 묶인 채로 내동댕이쳐졌다는 사실에 전투경찰들은 당황했다.

방탄유리를 들이받은 충격으로 얼굴이 엉망이 된 그 남자는 치프의 손에 잡혀 다시 어둠속으로 끌려 들어갔다.

뚱뚱한 남자는 비명을 지르며 저항했으나 몇 차례 얻어맞고는 방탄유리에 한 번 더 처박혔다.

그는 비명 대신 울음을 터뜨리며 유리벽 밖에 있는 전투경찰들에게 살라달라는 눈빛을 보냈다. 그러나 치프는 다시금 그를 취조실의 어둠 속으로 끌고 들어갔다.

"아직 분위기를 모르는군. 내가 원하는 건 네 울음소리 따위가 아니야."

"으윽, 으아아악!"

"그렇다고 비명을 지르라는 것도 아니지. 성대와 폐, 턱만 멀쩡하면 되니 다른 부분은 없어도 되겠군. 눈이 좋을라나, 귀가 좋을라나?"

치프는 마른 남자가 앉아 있던 의자를 치켜들고는 뚱뚱한 남자의 얼굴 가까이에 댔다. 전투경찰들의 눈에는 그 의자의 끝이 꼭 창날처럼 보였다.

"빨리 얘기해. 가스 방출기와 그 설치 위치에 대한 정보는 누구한테 얻었지? 그리고 진짜 목적이 뭐야?"

치프는 뚱뚱한 남자의 얼굴 위에서 의자를 흔들며 물었다.

그 의자의 끝을 한참 바라보던 남자가 갑자기 고함을 질렀다.

"내가 이런 폭력 따위에 굴할 줄 알았어? 이 정도로는 날 꼴리게 할 수도 없다고!"

"하아……."

한숨을 쉬며 의자를 놓은 치프는 심문실의 창문 밖을 봤다. 전투경찰들과 그들이 끌어낸 마른 청년은 사색이 되어 심문실 안쪽을 바라보고 있었다.

"이렇게까지 하고 싶진 않았는데 말이지."

치프는 심문실의 불을 켜서 피범벅이 된 뚱뚱한 남자의 모습을 적나라하게 보여주었다.

"아까 꼴리네 안 꼴리네 얘기했지? 그럼 네 물건이 얼마나 실한지 한번 보자고."

그는 창밖을 향해 손가락 두 개를 움직여서 전투경찰 두 명을 불렀다.

둘이 들어오자 치프는 단말기를 보면서 말했다.

"저 친구의 옷을 좀 벗겨줘야겠어. 속옷까지 말끔하게."

"예?"

두 청년이 움찔하자 치프는 그들의 허리춤을 가리켰다.

"싫으면 그 나이프만 놓고 나가."

피가 철철 흐르는 남자의 옷을 벗긴다는 생각까진 해보지 못한 전투경찰들은 결국 나이프를 놓고 밖으로 나갔다.

치프는 나이프를 뽑아 칼날을 살폈다.

"의외로 관리가 잘됐군. 칼날이 곧아. 날이 빠진 구석도 없어."

그러고는 단검으로 뚱뚱한 남자의 옷을 산산조각 냈다.

"배 좀 들이밀어 봐. 벨트를 자를 수가 없잖아?"

뚱뚱한 남자는 바지와 속옷, 심지어 신발과 양말까지 조각나서 나체가 되었다. 남자는 얻어맞고 유리창에 던져질 때와는 질이 다른 공포를 느꼈다.

"네가 앉은 의자가 철제라는 게 참 다행이야. 합성수지였으면 그 탄성 때문에 골치 아팠을 텐데 말이지."

치프는 그가 앉은 의자를 발로 밀었다.

밧줄 등으로 의자에 고정된 그 남자는 안면으로 바닥을 들이받으며 엉덩이가 하늘 쪽으로 향하게끔 엎드리게 됐다.

치프는 남자가 묶인 의자의 안장을 발로 지그시 밟았다.

의자가 특별한 각도로 펴지면서 뚱뚱한 남자의 척추도 골반 근처부터 앞쪽으로 뒤틀렸다. 그 각도가 위험한 수준에 다다르자 남자는 온몸을 비틀며 저항하려 했지만 치프는 밟는 것을 멈추지 않았다.

"그, 그만! 아아아아악!"

결국 남자의 척추연골 중 하나가 터졌다. 뚱뚱한 남자는 아예 짐승에 가까운 비명을 질렀다.

치프는 그의 가랑이 사이를 살폈다.

"이봐, 꼴리기는커녕 더 쪼그라들었잖아? 제대로 된 모습을 보려면 내가 계속 도와주는 수밖에 없겠군."

치프가 발에 힘을 넣었다.

이윽고 두 번째 연골이 터지면서 남자의 비명이 잦아들었다.

기절한 것이다.

치프는 다시 전투경찰들에게 손짓했다.

"누가 물이 든 주전자 좀 가져다주겠어?"

그가 평소와 다름없는 표정과 말투로 그러한 부탁을 하자 전투경찰 전원이 바짝 질렸다.

그런데 그들보다 더 깊은 나락에 빠진 이가 있었다.

마른 청년이 몸부림을 치며 전투경찰들의 손에서 벗어나서는 취조실의 유리창을 이마로 들이받았다.

"내가 얘기할게! 내가 다 얘기한다고! 그러니 우리 형을 건드리지 마, 이 악마 같은 새끼야!"

취조실 내의 치프는 고개를 옆으로 까딱 움직였다.

"네가 사실대로 얘기한다는 보장이 없잖아? 거기서 기다리기나 해. 연골을 두 개 정도 더 터뜨리면 이 친구는 작사 작곡을 해서라도 날 찬양하는 노래를 부르게 될걸? 어이, 주전자는 왜 안 가지고 오는 거지?"

그러자 마른 청년이 한 번 더 유리창을 들이받았다.

"제발, 제발 부탁해! 형이 날 어렸을 때 주워서 키워주지 않았으면 난 골목에서 쓰레기나 주워 먹다가 죽었을 거라고! 뭐든 얘기할 테니 제발 형을 괴롭히지 마!"

"그럼 지금 그 자리에서 그럴싸한 얘기를 하나 정도 해봐."

"우리에게 가스 방출기를 주고 설치 위치를 알려준 건 여자였어! 마스크로 얼굴을 가리긴 했지만 체형으로 봐서는 분명 오파로아 행성 여자였다고!"

"좋아."

치프는 취조실 밖에 있는 모든 이들에게 손짓했다.

"저 큼지막한 친구는 병원으로 데려가고 이제부터 자네들이 저 친구를 취조하도록 해. 헛소리하면 날 부르고."

"예, 사장님!"

밖에서 대기 중인 전투경찰들이 환자 수송용 로봇과 함께 우르르 들어와서는 뚱뚱한 남자를 조심스럽게 옮겼다.

치프는 취조실을 나왔다.

그는 취조실 밖에서 담배를 피우던 중년의 전투경찰과 마주쳤다.

"애초부터 뚱땡이가 아니라 저 수수깡 같은 놈의 입을 여는 게 목적이었지요?"

"가족 고문이라는 게 꽤 효과적이거든요."

전투경찰의 기가 확 죽었다.

"당신이 보안국장님의 친구라는 게 정말 다행이요."

그의 말에 치프는 씩 웃었다.

"저 녀석의 취조가 끝날 때까지 저 문을 열지 마세요. 모든 상황은 녹음되어야 하고 녹음기 중에 하나는 저기 높은 자리에 있는 전등 위쪽에 숨기세요. 만에 하나 음식 배달이라도 시켰다가는 당신들 모두 죽을 테니 조심하시고요."

"아, 알았소."

"그럼 전 가볼게요."

손을 흔들어 인사를 한 치프는 문에 문제가 없는지 살핀 뒤 밖으로 나갔다.

중년의 전투경찰은 고개를 흔들며 한숨을 쉬었다.

"용병들이 UNSMC A—1730의 이름만 들어도 똥오줌을 지린다는 말이 사실이었군. 대체 어떤 인생을 살아온 거지?"

중얼거리는 전투경찰의 뒤편으로 검은색의 그림자 하나가 떨어졌다.

44
오파로아의 어둠

친구들이 차를 다 마실 때쯤 돌아온 치프는 머리를 긁적이며 자리에 앉았다.

데스디아와 탈리케이아는 그에게서 피 냄새가 나는 것을 감지했다.

"보안국 임시 본부에 도축 시설이라도 있었나? 대체 무슨 일이지?"

데스디아가 묻자 레투가가 깜짝 놀랐다.

"도축 시설이라니, 무슨 말인가?"

"치프에게서 피 냄새가 나고 있어."

그 냄새는 일반적인 후각을 지닌 레투가가 느낄 수 없을 만큼 미약했다.

치프는 씩 웃으며 자신이 먹다 남긴 멜론 맛 탄산음료를 마저 들이켰다.

"깊이 있는 대화를 나눴을 뿐이야."

"취조라고 해서 저번처럼 밤새 오줌을 싸게 만들 줄 알았는데 말이야."

"에이, 그건 시간 많을 때나 하는 짓이지. 오늘처럼 기다리는 사람이 많은 날에는 서둘러야 하지 않겠어?"

데스디아는 그의 말을 듣고 걱정이 들었다.

그를 한참 살펴보던 데스디아가 그의 손목을 보고 움찔했다.

"당신, 손목시계는?"

"취조실에 놓고 왔지. 내가 그 시계를 직접 찾으러 가면 불행한 일이 벌어진 거고, 전투경찰들이 돌려주면 별일 없는 거고."

"당신 말은 가끔 붕 뜬 것 같아서 못 알아듣겠어."

그녀는 더욱 심하게 걱정하며 자신이 맡아두었던 치프의 선글라스를 돌려줬다.

이후 다른 이들과 함께 호텔 뷔페를 즐긴 치프는 내일 있을 헌터 소집에 대비해 호텔에서 하룻밤을 보내기로 했다.

그러나 밤 10시 무렵, 데스디아는 치프와 레투가가 진지한 표정으로 호텔을 빠져나가는 모습을 목격했다.

급히 옷을 갈아입은 그녀는 창문 밖으로 몸을 던져 땅에 착지했다.

"치프, 무슨 일이야?"

"시계 찾으러 가는 거야."

치프는 씁쓸히 말했다. 레투가의 얼굴은 이미 흙빛이었다.

"나도 함께 가지."

"그다지 좋은 꼴을 보진 못할 텐데?"

"또 날 애 취급하나?"

"아, 그래. 미안. 그럼 네 친구도 데리고 나와. 지금 누군가를 고립시킬 수는 없어."

"…그러지."

돌아서던 데스디아가 순간 흠칫 놀라 치프의 옆을 봤다.

그녀는 특별한 냄새도, 움직임도, 보도블록에 걸리는 체중도 느낄 수 없었지만 그 자리에 뭔가 있다는 것만은 확실히 알 수 있었다.

"이 친구는 나중에 소개시켜 줄게. 빨리 친구에게 가봐, 뎃디."

치프의 재촉에 데스디아는 말없이 호텔로 뛰었다.

이윽고, 취조실에 도착한 치프 일행을 반긴 것은 전투경찰들과 테러리스트의 '시체 뭉치'였다.

모든 이의 팔다리와 머리가 잘린 채 내장을 이용하여 엮여 있었다. 정말 좋게 표현하자면 분홍색 털실 뭉치 같았다.

그 괴악한 모습에 치프를 제외한 모든 이의 인상이 구겨졌다.

한숨을 푹 쉰 치프는 시체 뭉치 옆을 지나 취조실의 캐비닛 아래에 손을 넣었다.

그가 취조실의 불을 끄고 고문할 때 캐비닛 아래로 던진 그 손목시계는 다행히도 어디 한 곳 깨진 부분 없이 멀쩡했다.

소리를 없애기 위해 일부러 시계의 용두를 당겨 초침을 멈춰 놓은 상태 역시 변함이 없었다.

"그 시계에는 도청장치가 심어져 있나?"

데스디아가 물었다.

치프는 시계를 조작하며 고개를 저었다.

"그보다 몇 단계 진보한 녀석이지. 나노머신을 살포해서 일정 범위 내의 모든 상황을 입체적으로 기록하는 장치야."

그는 시계의 눈금판을 앞으로 내밀었다.

"비위가 약한 사람들은 나가도 돼. 미스 클라두스께선 괜찮겠습니까?"

"알타이르의 워치프를 우습게 보지 마십시오."

그녀가 각오를 다지자 치프는 일단 믿어보기로 하고 재생 버튼을 눌렀다.

시계의 눈금판에서 흘러나온 고밀도의 입자가 취조실의 안팎을 가득 채웠다.

상황의 시작은 치프가 그곳을 나간 다음부터 시작됐다.

천장에서 훅 떨어진 붉은 옷의 여성이 손에 든 단검을 전투경찰의 뒤통수에 꽂았다.

치프는 거기서 재생을 멈췄다.

"일반적인 단검이 아닌 것 같은데? 칼날이 빛나고 있어."

"그렇군."

레투가가 입자들을 헤치고 나아가서는 전투경찰이 찔리는 장소를 자세히 봤다.

"이건 히트 블레이드일세. 칼날을 달궈서 날의 끝이 단분자에 가깝도록 제련하는 무기인데, 성능에 비해서 가격과 효율이 너무 떨어지기에 전문가들이 아니면 잘 쓰지 않지. 칼날이 너무 빨리 닳아빠지거든."

"그럼 저 범인의 종족은?"

"입은 옷이 너무 펑퍼짐하긴 하지만 오파로아 행성인이라는 것만은 확실하군."

레투가가 주변을 돌아봤다.

"지금 찔린 자를 포함해서 그 누구도 이 여자의 기척을 알아차리지 못하고 있어."

"으흠."

고개를 끄덕인 치프는 기록의 재생을 계속했다.

그 여성 암살자는 취조실 밖에 있는 전투경찰들의 후두부만을 노렸다. 동작은 대단히 빨랐고 표적의 시선을 피해 소리 없이 움직이는 솜씨도 훌륭했다.

"상당하군. 저 정도면 포프와 맞먹거나 그 이상일 거야."

데스디아의 말이 나오자 치프는 자신도 모르게 재생을 멈췄다.

"네가 아니라 포프랑 맞먹는다고? 포프가 그렇게 강했어?"

치프가 기억하는 포프는 반달리온에게 간단히 붙잡히고 지구인 용병들에게 붙잡혀 얻어맞기까지 한 불쌍한 여자아이였다.

데스디아는 콧김을 길게 내뿜었다.

"왜 놀라는지 대충은 알겠군. 하지만 그 애의 실력은 내가 보장하니 당신 할 일이나 해."

데스디아는 손짓으로 재생을 재촉했다.

취조실 밖을 정리한 붉은 옷의 여성은 취조실로 통하는 전기선을 끊어버린 뒤 안으로 돌입했다.

취조실 내의 전투경찰들은 어둠 속에서 목의 앞뒤가 잘렸고, 취조를 받기 위해 앉아 있던 마른 청년은 무슨 말을 내뱉기 전에 정수리에 단검이 꽂혔다.

전투경찰들의 신체를 수색해 녹음기 등을 빼앗아 부순 범인은 취조실 밖을 나와서 주변을 두리번거렸다.

그러고는 한 차례 신경질을 내더니 단검으로 경찰들과 테러리스트들의 몸을 훼손하기 시작했다.

그들을 살해하는 데 소비한 시간보다 사지를 자르고 내장을 추려 시체 뭉치를 만드는 데 소비한 시간이 몇 배는 더 길었다.

그렇게 일을 마친 붉은 옷의 여성은 천장 쪽으로 다시 뛰어올라 사라졌다.

"여기까지군."

치프는 기록의 재생을 종료한 뒤 시체 뭉치를 지나 그녀가 사라진 천장을 봤다.

"환기구가 망가져 있군. 언제부터 망가졌는지는 나중에 알아봐야겠지만 그 여자는 이 건물의 구조를 잘 알고 있었어."

"본부 건물이 멀쩡했다면 실내에 살포된 나노머신 덕분에 침입을 알아차렸을 텐데… 안타깝군."

레투가가 눈을 질끈 감으며 자신을 탓했다.

치프는 레투가의 어깨를 두드린 뒤 데스디아를 봤다.

"뎃디, 대처가 가능할 것 같아?"

"기척을 숨기는 능력에 눈을 뜬 오파로아 행성인은 전투 훈련까지 받을 경우 꽤 무섭지. 하지만 워치프 수준의 알타이르 전사들은 정령의 도움을 받기에 어렵지 않게 대처할 수 있어. 그냥 재빠른 생쥐 수준이야."

"흠……."

치프는 한숨을 쉬며 고개를 저었다.

"적의 의도를 전혀 모르겠네. 콘서트홀의 가스 방출기 설치 방법과 이 죽음의 형태는 무게감이 달라. 이유가 뭘까?"

데스디아는 한참을 생각하다가 입을 열었다.

"당신에 대한 도전이 아닐까?"

"나에 대한 도전?"

"범인은 고철 처리장의 일과 관련이 있을 거야. 콘서트홀에 당신이 파견될 것도 예상하고 있었어. 그리고 당신이 저들을 취조할 거라는 사실마저 꿰고 있었지."

데스디아는 시체 뭉치를 손등으로 두드렸다.

"그리고 당신은 사람이 이런 식으로 죽는 걸 싫어하잖아?"

"그렇지. 레투가, 혹시 아는 바 없어?"

치프가 레투가를 슬그머니 돌아봤다.

"무슨 말인가, 치프?"

"고철 처리장에서 벌어진 일 말고는 전부 자네와 연관이 있어. 자네가 일부러 빈틈을 만들었다는 느낌을 지울 수가 없다고."

치프는 말을 그렇게 하면서 자신의 단말기를 꺼내 한 차례 두드리고는 레투가에게 뭔가 달라는 손짓을 했다.

그의 행동을 얼른 이해한 레투가는 자신의 단말기를 치프에게 건네주었다.

치프는 단말기를 빠르게 분해하면서 이야기를 계속했다.

"나노머신 얘기가 나와서 그런데, 아무리 임시 본부라고 해도 살포 자체는 어렵지 않았을 텐데?"

"저번에도 얘기했지만 나노머신의 살포 자체가 극비일세. 우주연합에서 기계를 보내줄 때까지는 아무것도 할 수 없다네."

그사이에 단말기의 뒤판을 완전히 분해한 치프는 단말기 내부에 억지로 끼워진 부품을 손으로 가리켰다.

도청장치였다.

레투가는 눈을 질끈 감았고 치프는 빠른 손짓으로 단말기를 재조립했다.

"레투가, 자네의 무고함을 증명할 단서가 준비될 때까지 우리에게 연락도 하지 마. 친구에게 뒤통수를 맞다니, 기분이 더럽군."

치프는 도청장치를 그대로 둔 채 재조립한 레투가의 단말기를 조심스럽게 내밀었다.

"나 역시 친구에게 의심을 받다니 슬프군. 하지만 자네의 기분을 이해한다네. 난 이곳의 뒤처리를 하고 나서 나의 무죄를 증명할 때까지 자네에게 아무 연락도 하지 않겠네."

"부디 빨리 증명하길 바라지."

치프는 레투가에게 손짓을 한 후 보안국 임시 본부를 나섰다.

치프는 자신들에게서 나는 피 냄새에 사람들이 반응하는 것을 보고도 모른 척했다.

"아무래도 회사로 돌아가 봐야겠어. 피곤하겠지만 내일 다시 오자고, 뎃디."

"도망치는 것 같아서 기분 나쁘지만 어쩔 수 없군."

치프는 이어서 탈리케이아를 돌아봤다.

"오늘 하루 내내 안 좋은 모습을 보여 드려서 죄송하네요. 그래도 끝까지 함께해 주셔서 감사합니다."

"그럼 이제 말씀을 편하게 해주세요, 사장님."

"예?"

치프는 그냥 의아해했으나 데스디아의 눈에서는 불똥이 튀었다.

"당신의 행동력과 침착함, 그리고 냉철함에 다시금 감탄했습니다. 당신과 친구가 되고 싶군요. 이제부터 저를 탈리라고 불러주세요."

아직 데스디아의 표정을 보지 못한 치프는 지금 이 상황에서 고민하고 싶지 않았기에 그냥 넉살 좋게 행동하기로 했다.
"그럼 이제부터 편히 부르지. 앞으로 잘 부탁해, 탈리."
"날 친구로 받아들여 줘서 고마워, 치프. 여왕 폐하와 전사들을 구한 영웅과 가까운 관계가 되다니, 이건 우리 클라두스 가문의 영광일 거야."
"너무 그렇게 띄우지 말아줘."
치프는 단말기를 빼들었다.
"아, 롸켓 아저씨? 혹시 술 많이 마셨나? 아직 안 마셨다고? 그럼 우리랑 같이 회사로 돌아가자고. 그럴 만한 일이 생겼어."
—사장이 탈것을 타면 일이 터진다고 포프가 그랬는데, 사실이었구려.
"아직은 비행물체에 한정되어 있으니 어서 이쪽으로 와줘. 급한 일이야."
—즉시 가겠소.
통화를 마친 치프는 데스디아와 탈리케이아 쪽을 돌아봤다.
"범인에 대한 일들은 잘하면 내일 아침에 끝날 수도 있어. 내가 보장하지. 그러니 오늘은 둘 다 너무 고민하지 말고 잠을 푹 자둬. 내일부터는 다른 일로 바쁠 테니까."
"그러지."
"알았어, 치프."
데스디아와 탈리케이아가 각각 대답했다.
이윽고, 롸켓이 모는 장갑차가 그들이 있는 곳을 향해 다가

왔다.

치프가 운전석에 앉은 롸켓을 불러서 돌아가는 길에 대해 얘기하는 한편, 데스디아가 다시 탈리케이아를 쏘아봤다.

"친구가 된 김에 씨앗을 달라고 지껄였으면 정말 박살 냈을 거야, 탈리."

"음… 근데 이 행성은 항상 이런 식이야?"

"뭐가?"

"오늘 하루 내가 본 사건만 두 개잖아? 콘서트홀 테러 미수에 엽기살인까지 말이야."

"개척행성은 언제 어디서 무슨 일이 일어나도 이상하진 않아. 하지만 강약이 좀 있지."

"강약?"

"밀물과 썰물처럼 일이 확 다가왔다가 잠잠해지고는 다시 커지지. 지금은 밀물 타이밍이라고 보면 돼."

"그럼 또 엠페라투스라는 괴물이 나타나는 걸까?"

"이번엔 다르겠지. 아니, 확실히 다를 거야. 차라리 엠페라투스가 상대였다면 오히려 편했을지도 몰라."

데스디아는 시가를 입에 물고 불을 붙였다.

"미지의 사건이 벌어질지도 모른다는 거구나?"

"그래, 그러니 험한 꼴을 당하기 전에 집에 가, 탈리. 아직 늦지 않았어."

"난 놀러 온 게 아니야, 뎃디."

"아하, 정자은행에서 파견을 나오셨지. 깜박했군."

둘은 다시 손을 맞잡고 힘겨루기에 들어갈 뻔했지만 치프가 헛기침으로 경고를 한 덕에 아무 일도 일어나지 않았다.

*　　　　*　　　　*

회사에 도착한 치프는 데스디아에게 탈리케이아를 맡기고, 자신은 동생들과 함께 잠자리에 들 준비를 하던 포프를 회사 본관 지하의 실내 훈련장으로 불렀다.

조건은 전투복 착용이었다.

그가 그런 조건을 달아서 포프를 부른 적이 없기에 사만다와 젝스, 헤이파도 걱정이 되어 줄줄이 실내 훈련장에 들어왔다.

"오늘 갈라트 회장을 만났는데 너에 대한 칭찬이 대단하더라, 포프. 뎃디도 널 자랑스러워했지."

"예? 하하……."

포프는 멋쩍은 표정을 지으며 부끄러워했다.

"그래서 말인데, 나한테 그 실력을 좀 보여주지 않을래?"

"지금이요?"

"내일은… 그래, 바쁠 테니까."

'네가 위험할 수도 있다'라는 말을 생략한 치프는 고무로 된 군용단검을 손에 들었다.

"사, 사장님? 하지만 전 대인 전투 관련 기술을 제대로 배운 적이 없어요!"

"조셉과 딕슨이 그랬겠지? 그놈들, 나한테 박제당하기 싫어서 그런 거짓말을 했을 거야. 네 실력은 다른 사람도 아니고 뎃디가 인정하고 있었어. 그럼 내가 사장으로서 직접 알아보는 건 당연하겠지."

"……."

"좋아하는 무기를 챙겨."

"…예, 사장님."

각오를 단단히 한 포프는 손바닥에서 팔뚝으로 이어지는 전기충격기 두 개를 손에 각각 끼웠다. 훈련용이었기에 만약 급소를 맞더라도 따끔할 뿐이었다. 하지만 실전용은 한 방에 최소 기절 내지는 즉사였다.

포프는 그다음으로 두 자루의 훈련용 마체테를 등에 장비했다.

'마체테? 정글에서 나무를 정리하라고 만든 칼이라 포프 같은 여자애한테는 무거울 텐데?'

그녀가 준비를 마치고 훈련장 한가운데로 이동했다. 치프 역시 그쪽으로 이동한 뒤 나이프 파이팅의 준비 자세를 잡았다.

'미성년자를 상대하긴 싫지만… 어쩔 수 없지.'

그는 나름대로 포프에게 집중하고 있었다.

그러나 포프는 이미 그의 시야에서 사라져 보이지 않았다.

치프는 포프가 어디에 있는지 전혀 느낄 수 없었다.

데스디아는 공기의 흐름이니, 소리니 하는 것들로 감지할 수 있다며 콧대를 세웠겠지만 치프는 그녀와 달리 감각이 좀 예민한 지구인에 지나지 않았다.

'포프는… 일단 오른손잡이지. 저번에 지구에서 껴안아봤을 때 몸이 제법 탄탄했어. 근육의 질을 비교하자면 높이뛰기 선수나 체조 선수에 가까웠지.'

치프는 권투 선수처럼 오른쪽으로 몸을 틀면서 방향을 바꿨다.

'아마 내 위로 떨어질 거야.'

그의 예상과 동시에 포프가 맹금류처럼 고속으로 착지하며 바닥을 짚었다. 그녀의 손바닥에 장치된 전기충격기가 따갑게 전깃불을 토했다.

"호오."

헤이파가 감탄했다.

포프의 빠르고 높은 도약, 그리고 그녀를 시야에서 완전히 놓쳤음에도 불구하고 지능적으로 공격을 피한 치프의 모습은 헤이파에게도 상당히 인상적이었다.

"역시 사장님! 굉장하세요!"

포프가 활짝 웃으며 다음 공격을 준비했다.

"하하, 영원히 귀여운 여자애일 줄 알았는데 말이야. 아쉽네."

치프는 밝게 웃었다.

그는 아까보다 더 집중했다. 그런데도 포프는 그를 비웃듯 그의 시야에서 훅 사라졌다.

'체중에 비해서 힘이 좋고 탄력도 대단해. 이렇게 비유하긴 좀 그렇지만 메뚜기처럼 뛰어다니는 느낌이야. 인간의 시야에서 단숨에 벗어나는 건 그만큼 보통 일이 아니지.'

치프의 머릿속에 떠오른 것은 아까 단검으로 전투경찰들을 도륙하던 붉은색 옷의 오파로아 여성이었다.

'포프가 그 여자처럼 냉혹했다면 어땠을까?'

치프는 다시 오른쪽으로 몸을 틀었다.

전기충격기를 이용하기 위해 손바닥을 멀찌감치 내밀었던 포프는 치프가 한 번 더 자신의 공격을 피하자 눈을 부릅떴다.

'말도 안 돼!'

포프는 상대가 자신의 생각을 읽는 게 아닌가 하는 착각을 느꼈다.

치프는 그대로 포프의 발목을 붙잡아 가볍게 들어 올리고는 크게 휘둘렀다. 몸이 붕 뜬 포프는 아무것도 하지 못하고 그대로 허공을 가로질러 바닥에 충돌했다.

포프는 손으로 목과 뒤통수를 가려서 치명상을 피했다. 그러나 바닥에서 몸으로 전해진 충격은 그녀의 내장 깊은 곳까지 쑤시고 들어왔다.

"아우욱……!"

포프가 배를 붙잡고 데굴데굴 굴러다녔다.

치프는 오른손에 든 고무 나이프를 보며 어깨를 으쓱했다.

"계속해 볼까? 네가 마체테를 얼마나 잘 다루는지 못 봤거든."

"화… 화장실 좀 갔다 올게요!"

"천천히 갔다 와."

포프가 손으로 입을 막으며 화장실 쪽으로 후다닥 뛰어갔다. 치프는 고무 나이프를 벨트에 끼운 뒤 이리저리 움직이며 몸을 풀었다.

"포프의 공격을 대체 어떻게 피한 건가? 순발력으로 피한 것 같진 않은데?"

구경하던 헤이파가 치프에게 물었다.

"제가 잘 피한 게 아니라 포프가… 예, 마음이 여린 거죠."

치프는 어설프다는 말을 쓰려다가 말을 바꿨다.

"마음이 여리다고?"

"사람 상대로 싸운 적이 없다는 게 사실인 것 같네요. 상대의 급소, 움직임의 특성, 오른손잡이인지 왼손잡이인지, 그래플러인지 스트라이커인지도 파악을 못 할뿐더러 자신의 유리함을 전혀 못 살리고 있죠. 그래서 공격하기 전에 망설이는 거죠."

"그래플러는 뭐고 스트라이커는 뭔가?"

"아… 스트라이커는 주먹이나 발로 상대를 치는 것에 주력하는 사람이고요, 그래플러는 상대를 비틀고 붙잡고 던지는 걸 주로 하는 사람이에요. 근육의 발달 특성이 달라서 몸만 봐도 대강 알 수 있어요."

"아하, 그런 것이군. 지구의 전문용어는 아직 익숙지 않아서 말일세."

"그보다는 번역기가 이상하게 해석하는 거겠죠. 옛날 용어니까요."

"그럴 수도 있겠군."

헤이파는 단말기를 들어서 실시간 번역프로그램을 살펴봤다.

그것은 단말기를 몸에 지니고만 있으면 우주연합에 속한 모든 행성의 언어를 실시간으로 번역하여 단말기 소지자의 고막에 직접 전달해 주는 프로그램인데, 비속어나 욕설까지도 번역이 가능하지만 좀 오래된 전문용어들은 멋대로 해석하는 경우가 적지 않았다.

"사장, 자네는 그럼 어느 쪽인가?"

"군용 무술은 혼합형이죠. 물론 군대에선 총을 잘 쏘는 게 최고지만요."

"하하, 그렇군. 그런 면에서 우리 사만다 아가씨는 참 신기해."

옆에 있던 사만다가 헤이파의 갑작스런 지적에 움찔했다.

"여사님?"

"음, 근육을 봐서는 유연성이라는 게 과연 존재할지 궁금했는데 실제로 싸우는 모습을 보니 그것도 아니더군. 고무처럼 탄력이 있었지. 근육의 질 자체가 지구인과는 다른 것 같아. 정령의 가호도 있고 말일세. 가슴만 좀 작았으면 흠이 없는 전사가 됐을 게야."

가슴 얘기가 나오자 사만다는 부끄러움에 고개를 푹 숙였다.

치프는 그냥 웃기만 했다.

'목성 이주민 전체가 '스파르탄 프로젝트' 의 산물이거든. 그래서 피부색과 신진대사가 완전히 다르지. 뿐만 아니라 세대가 지날 때마다 신체 능력이 강화돼서 인간은 물론 호랑이나 사자 같은 맹수마저 육체적으로 초월하게 됐어. 사만다는 그 마지막 세대야. 사만다 이후의 목성 이주민들이 아이를 낳아도 지금 이상으로 강화되진 않지. 스파르탄 프로젝트의 최종 결과물이라는 뜻인데… 이걸 사만다한테 얘기했다간 난 영원히 미움을 사겠지.'

사만다에 대해 생각하던 치프가 고개를 갸웃했다.

'잠깐, 내가 태어나기 훨씬 전부터 진행된 프로젝트니까 내가 미움을 살 일은 없잖아? 나도 참 쓸데없는 걱정을 하는군. 나이가 들어서 그런가?'

이윽고 포프가 훈련장 안으로 돌아왔다.

"죄송합니다, 사장님!"

화장실에서 구토와 세수를 하고 돌아온 포프는 장갑의 전기충격기 기능을 껐다.

'마체테를 쓰려는 것 같군.'

치프는 허리춤에 끼워놓은 고무 나이프를 빼들었다.

'자동 개방형 칼집을 쓰고 있군. 자루를 잡기만 해도 칼집이 열려서 빠른 대처가 가능하지. 저거 꽤 비싼 건데, 누가 사준 거지?'

치프는 자신의 왼손을 폈다가 쥐었다.

'훈련용 권총이라도 챙길 걸 잘못했군.'

그는 나이프를 이리저리 움직이며 포프에게 손짓했다.

"시작하자, 포프."

"예, 사장님!"

포프가 용수철처럼 튕기듯이 치프에게 돌진했다. 등에 장비한 두 자루의 마체테 중 하나를 뽑는 것도 잊지 않았다.

'연습용 마체테니까 맞으면 아플 뿐이겠지.'

두 번의 베기를 피한 치프는 왼손으로 그녀의 오른쪽 손목을 받치듯 막아냈다. 뒤이어 그녀의 손목을 좌우로 크게 움직여 중심을 잃게 하고는 껴안듯이 하여 뒤를 잡았다.

"이건 대련이 아니라 그냥 주의사항을 알려주기 위함이야."

치프는 포프의 등에 매달린 마체테의 자루를 손으로 쳤다. 칼집은 그에 반응하여 개방됐고 칼집에 달려 있던 마체테는 힘없이 바닥에 떨어졌다.

"아!"

그걸로 무기 하나를 허무하게 잃은 포프는 크게 당황했다.

치프는 그녀의 손목을 놓아주었다.

"칼집에 생체 정보 등록을 안 했지? 현장 경험이 좀 있는 녀석들이었으면 아마 나처럼 대응했을 거야. 오늘 밤에 꼭 등록하도록 해."

"예… 사장님."

풀이 죽은 포프는 바닥에 떨어진 마체테를 집어 칼집에 수납했다.

그 광경을 본 젝스가 사만다의 옆구리를 팔꿈치로 건드렸다.

"저기, 정말 현장 경험만 있으면 아무나 저렇게 할 수 있는 거야?"

그녀의 질문에 사만다가 웃음을 흘렸다.

"나도 예전에 그렇게 믿었다가 깔끔하게 속았다는 걸 깨달았지. UNSMC 중에서 저게 가능한 사람은 아저씨와 안드레이 중사님뿐이었어. 안드레이 중사님은 신체가 좀 특별하니까 아저씨의 경우로만 한정해도 돼."

곁에 있던 헤이파가 말없이 끄떡거렸다.

'나도 자동 개방형 칼집에 저런 허점이 있다는 걸 지금 알았지. 정말 방심 못 할 남자로군.'

이후 포프와 치프의 나이프 파이팅이 화려하게 이어졌다.

포프는 마체테 두 자루를 동시에 움직여 치프를 노렸고 치프는 왼손으로 그녀의 손목을, 나이프로는 그녀의 손가락을 비겁할 정도로 집요하게 노렸다.

사만다는 아쉬운 표정으로 자신의 하얀 말총머리를 긁었다.

"아, 역시 환상종과 아저씨는 다르네."

"응. 최근까지 단련한 포프가 저렇게 일방적으로 밀리는 건 처음 봤어."

젝스는 가슴이 두근거렸다. 치프에게 도전해 보고 싶어졌기 때문이다.

"사장은 포프의 동작을 처음 봤을 텐데, 대체 무슨 재주로 우위를 놓치지 않는 거지?"

젝스의 말에 헤이파의 눈썹이 꿈틀거렸다.

"고민할 필요는 없단다. 그냥 사장이 강한 것일 뿐이야."

포프는 결국 왼쪽 팔목에 가해진 부담을 이기지 못하고 마체테를 놓쳤다. 오른손에 쥔 마체테 역시 고무로 된 칼날이 마체테의 도신을 타고 밀고 들어오자 놓을 수밖에 없었다.

치프는 마지막으로 그녀가 팔에 장비한 전기충격기를 고무장갑 벗기듯 간단히 빼버렸다.

치프는 무기뿐만 아니라 투지까지 잃은 포프를 보며 한숨을 쉬었다.

"과연, 뎃디가 감탄할 만해. 1년 동안 정말 열심히 했구나, 포프."

"환상종들과 싸울 때는 괜찮았는데……."

그녀가 분한 목소리를 내자 치프는 그녀의 더벅머리를 만지며 웃었다.

"너무 마음에 두지 마. 이기는 것은 물론 패배하는 것에도 적응해야 오래 살 수 있어. 즉사할 상황을 부상 정도로 끝낼 수 있지."

머리를 만져주던 손이 주먹으로 바뀌고는 포프의 이마를 톡 두드렸다.

"그보다 명심해. 왼손을 쓰는 방법에도 익숙해져 봐. 넌 이상할 정도로 오른손이 먼저 나가는 경향이 있어. 그 버릇이 네 목숨을 좌우할 수 있으니 가급적이면 오른손을 쓰는 빈도를 줄여봐."

"알겠습니다, 사장님. 감사합니다!"

포프는 큰 소리로 인사한 뒤 훈련장 밖으로 나갔다.

치프는 샤워실로 가는 그녀의 뒷모습을 계속 지켜봤다.

'사냥 기술에만 익숙해졌으면 싶은데… 과연 네 몸에 흐르는 피가 그걸 허락할지 모르겠구나, 포프.'

그는 나이프를 쥔 자신의 오른손을 봤다.

'소년병의 시체를 만들던 놈이 이제는 한 명의 암살자를 만들려 하고 있군. 과연 괜찮은 걸까?'

그때 치프의 앞쪽에서 인기척이 났다.

고무 나이프 두 개를 든 젝스가 모자까지 벗은 채 자세를 잡고 있었다.

"자, 사장! 이제 내 차례야!"

"…아, 방해했나 보네."

치프는 훈련장에서 내려가서는 고무 나이프를 원래 있던 곳에 꽂아두었다.

젝스는 당황했다.

"아니, 그게 아니야! 사장!"

"네가 훈련할 차례라며? 자리 빼앗아서 미안해."

"아니라고! 나랑 대련하잔 말이야!"

젝스의 외침에 치프의 표정이 흐려졌다.

"내가 질 게 뻔한데 너랑 왜 대련을 해? 신체 능력만은 네가 뎃디랑 맞먹는 걸 몰라?"

"아니야! 사장은 내가 모르는 미지의 영역을 열어줄 수 있어!"

"…날 잡아서 어딘가에 제물로 바치려고?"

"그런 식으로 넘기려 하지 마! 부사장님도, 사만다도 내 속을 풀어주진 못했어! 하지만 사장이라면 가능할 거야!"

"알케온도 있고, 파울라 장로님도 있고, 네 오빠도 있잖아?"

"그분들은 나를 상대해 주지 않아!"

"그건 좀 안됐군. 하지만 난 초인병사가 되기 위한 수술 따윈 받지도 않은 사람이라 너한테 스치기만 해도 몸이 분해될 거야. 해볼 필요가 없는 싸움이라고."

"……."

"여사님 모시고 잠이나 자, 젝스. 나도 피곤하니……."

치프는 말을 멈추고 몸을 틀었다.

고무 나이프를 휘두르며 착지한 젝스는 파란색이었던 눈을 루할트와 같은 붉은색으로 물들인 채 치프를 노려봤다.

"엠페라투스와 몇 번이고 맞선 자가 나를 거부하겠다고? 사장도 다른 사람들처럼 날 무시하는 건가? 내 나약함을 비웃는 거지? 대답하고 칼을 들어!"

그녀의 고무 나이프에 셔츠 소매가 잘린 치프는 어이가 없었다.

'오늘 하루가 왜 안 끝나는 걸까? 미치겠네.'

그는 이 상황을 어찌해야 할지 잠시 생각해 봤다.

'방황하는 청소년들은 일정한 주기로 내 앞에 나타나지. 난 청소년 상담센터 직원이 아니라 군인 아저씨인데 말이야.'

생각을 정돈한 그가 젝스 앞에 섰다.

"젝스. 네 동족들이 널 상대해 주지 않는 이유를 생각해 봤어?"

그의 질문에 젝스가 머뭇거렸다.

“사장은 이유를 알아?”

“당연히 알지. 네가 이미 다른 이들의 기대를 넘어서고 있어서야.”

치프를 돕기 위해 사만다와 함께 걸어가던 헤이파가 그 답을 듣고 걸음을 멈췄다. 사만다 역시 그랬다.

“내가 기대를 넘어서고 있다고?”

“우리 회사에서 헌터 랭크가 가장 높은 사람이 너라던데? 연맹 회장에게 굉장하다는 말을 듣는 포프보다 네가 더 랭크가 높으면 답은 나온 거야. 넌 이미 우리들 사이에 없어서는 안 될 존재라는 거지.”

치프는 오른손을 폈다.

“알케온, 루할트, 파울라 장로님…….”

그는 사람들의 이름을 부르며 손을 꼽았다.

“넌 그분들과 달리 스스로 빛을 내는 별이야. 너와 비슷한 위치에 올라가 보지 못한 세 명의 어른이 너에게 해줄 수 있는 건 그리 많지 않아. 그러니 자신감을 가져, 젝스.”

헤이파는 검지로 치프를 가리키며 사만다를 봤다.

“항상 느끼는 건데, 말이 그럴싸하군.”

“상냥한 꾸중이지요.”

사만다는 옛날 생각을 하며 웃었다.

치프를 포함한 어른들은 젝스가 거기서 납득을 할 거라 생각했다.

그러나 드래곤인 젝스는 인간과는 사고 체계가 약간 달랐다.

"사장도 똑같아."

"응?"

"뭐가 스스로 빛을 내는 별이야? 그럼 대답해 봐, 사장! 내가 빛을 잃는다면 어떻게 잃을지를! 사장이 포프에게 그랬던 것처럼 나에게 부족한 게 뭔지 알려달란 말이야!"

젝스가 치프의 셔츠를 붙잡았다.

"난 조셉처럼 허망하게 떠나고 싶지 않아! 다시 한 번 동족들과 함께 하늘을 날고 싶다고! 날개 달린 자로서!"

치프는 자신의 셔츠를 잡은 젝스의 손을 붙들었다.

"그럼 처음부터 그렇게 말을 했어야지?"

"……."

"뜬금없이 대련을 하자니, 미지의 영역이니 하면서 몰아붙이면 나보고 어쩌라고?"

"사, 사장이 보는 만화책의 연출이 항상 그런 식이었다고!"

"…내 책장의 책을 거꾸로 꽂아놓는 애가 너였구나?"

"……."

"하하, 미안하지만 오늘은 안 돼. 난 정말 지쳤어. 아침부터 너무 많은 일이 있었다고."

"그래?"

치프는 젝스의 등을 두드려 달래며 훈련장의 출입구 쪽으로 걸어갔다.

"빅시티에 도착하자마자 갈라트 회장에게 회장직을 맡아달라는 말을 들었는데, 몇 시간 뒤엔 콘서트홀에 설치될 뻔한 폭탄을 치웠지. 폭탄을 설치한 놈들에게는 내가 직접 따스한 대화를 해야 했어. 그리고… 그래, 안타까운 일이 하나 더 있었지. 그걸 다 처리하고 아까 후다닥 도착한 거야. 롸켓이 가속 페달을 거의 서서 밟았다고."

"정말 바빴네."

"그래, 이 아저씨에겐 너무 험한 스케줄이었지. 내가 호텔 뷔페에서 뭘 먹었는지 기억도 안 나. 그러니까 오늘은 좀 봐줘. 넌 서두르지 않아도 충분하니까."

치프는 젝스를 계속 토닥이며 훈련장을 나갔다.

젝스의 모자를 든 사만다는 그녀가 훈련용 고무 나이프를 그대로 들고 나간 것이 신경 쓰였지만 나중에 자신이 회수해서 되돌려 놓기로 마음먹었다.

"조셉이 정말 많을 걸 바꿔놨구나."

헤이파가 말했다.

"그렇게 느껴지십니까, 여사님?"

"모두가 조급함에 빠져 있지. 사만다, 너는 괜찮은 것이냐?"

헤이파는 오늘부터 말을 편히 하는 것으로 모두와 말을 맞췄다. 그래서인지 사만다는 헤이파와의 거리감을 어제보다 줄일 수 있었다.

헤이파의 질문에 사만다는 어떻게 말해야 할지 곤란한 표정을 지었다.

"어… 그러니까… 환상종들은 사실 우리의 적이 아니지요."

"음?"

"그들도 어찌 보면 피해자입니다. 브리치에 의해 고향에서 끌려 나와 이곳으로 오는 거니까요."

사만다의 개인적인 의견을 거의 들은 적이 없는 헤이파는 고개를 끄덕이며 그녀의 말을 기다렸다.

"우주연합 군부에 숨어 있다는 신들의 잔재도 위험한 적이라는 건 분명하지만 특별한 활동을 하지 않고 있기에 아직은 두려움을 느낄 수는 없습니다. 하지만 조셉 아저씨의 죽음은 다릅니다. 우리를 노리는 누군가가 이 행성 어딘가에 도사리고 있다는 사실이 모두의 피부에 와 닿았지요. 그것 때문에 분위기가 바뀐 겁니다."

"하지만 사장은 침착하더구나."

"아저씨는… 침착하시기도 하시지만 그보다는 익숙하시죠."

"전우의 죽음 말이구나."

"그렇습니다."

헤이파가 천천히 걸었다. 사만다는 그녀의 뒤를 따라가면서 젝스의 꼬깃꼬깃한 모자를 세심하게 펴주었다.

"나 역시 파병 생활을 하면서 수많은 전사를 잃었지. 그런데 왠지 사장과 사장의 전우들이 경험한 죽음은 내가 모르는 영역이었을 것 같구나. 포프와 겨룰 때 사장이 짓고 있던 표정은 정말 딱했거든."

"그럴 수밖에 없습니다."

"뭔가 특별한 경우라도 있니?"

"죠니 아저씨에게 들은 이야기입니다만, 아저씨께서 처음이자 마지막으로 당황하셨을 때가 자살폭탄 공격을 당했을 때였습니다. 뱃속에 폭탄을 넣은 아이들이 UNSMC의 진지를 향해서 무더기로 달려왔다고 하더군요. 해변에서 축구를 하는 애들처럼 말이죠."

"뭐라고?"

헤이파가 크게 놀랐다.

"그들은 정말 수단과 방법을 가리지 않았죠. 결국 아저씨는 그 상황에 딱히 대처를 하지 못하셨고, 그때 적지 않은 수의 UNSMC 대원이 그 아이들에 맞서 달려 나갔다고 하더군요. 아저씨와 다른 대원들은 살아남았고, 그 이후 아저씨는 총을 든 아이, 폭탄을 뱃속에 넣은 아이 등을 가리지 않고 사살하셨죠. 그 전에는 부상만 입히는 선에서 끝내셨지만 말이죠."

"……."

"사망한 아이들의 숫자가 불어날수록 소문은 나빠졌고, 결국 UNSMC는 인간 청소기라는 오명을 쓰게 됐습니다. 그럼에도 불구하고 아저씨는 일을 멈추지 않으셨죠. 제가 정말 놀랐던 건 아저씨께서 자신이 사살한 아이들의 숫자를 세고 계셨다는 사실이죠. 그 숫자는 3천 명이 넘었습니다."

사만다의 이야기를 들은 헤이파는 절로 한숨을 쉬었다.

"그런데 왠 여자아이가 싸우려 하는 걸 도운 것이로구나. 잠시나마 말이지. 왜 그런 얼굴이었는지 이해가 가는구나. 하지만 군이 거절하지 않고 진심을 다했으니 정말 대단한 정신력이 아닐 수 없군. 젝스의 응석도 잘 받아줬고."

"젝스가 포프보다는 여러 가지로 어린 면이 있습니다. 기본적으로 착하기도 하고요. 아까 억지를 부린 건 아저씨께 모든 걸 보여줄 수 있었던 포프가 부러워서 그런 게 아닐까요?"

"음……."

헤이파의 표정에 근심이 떠올랐다.

"내 딸은 왜 그렇게 복잡한 자와 얽혔을꼬."

"하하."

웃음을 터뜨린 사만다는 실내 훈련장의 불을 모두 끈 후 밖으로 나갔다.

45
지옥의 사냥개들

새벽 4시 반.

"후."

치프는 알람 소리를 끈질기게 내지르는 단말기를 멈추고 자리에서 일어났다.

"작년 이전에는 피로로 뻗었을 텐데 말이지."

속옷 상의를 벗은 치프는 왼쪽 팔뚝을 살펴봤다.

그는 깡마른 것 같으면서도 근육이 제법 있는 편이었다.

그의 왼쪽 팔뚝이 우측으로 움직이자 근육의 선이 마치 항구에서 쓰이는 밧줄처럼 뚜렷하게 드러났다.

어제 젝스의 나이프에 스쳤던 흔적이 아예 보이지도 않았다.

"피부가 긁힌 수준이긴 했지만 꽤 아팠는데… 이거 재생 능력이 더 좋아진 거 아냐?"

치프는 이러다가 영화에 나오는 괴물처럼 변하는 게 아니냐며 웃고는 샤워실로 들어갔다.

치프의 숙소는 기숙사와 떨어진 곳에 있었다.

지하 벙커처럼 생긴 그 작은 장소는 치프가 없을 때 땅속을 움직여서 불규칙적인 위치에 다시 자리를 잡는다. 회사의 장벽 가까이까지 움직여 출입구를 막는 바람에 치프가 난감해한 적도 있었다.

샤워실을 나온 치프는 무슨 옷을 입을까 고민했다.

"오늘 일정이… 외주 인원들에 대한 오리엔테이션을 간단히 한 뒤에 브리치 밑에 주둔 중인 고블린들을 잡는 건가? 보이스카우트 일정 같아서 보기 좋네."

그는 단말기를 두드려 알케온에게 통신 신호를 보냈다.

"나야, 알케온. 혹시 졸면서 하늘을 날고 있는 건 아니겠지?"

—날개 달린 자들은 수면욕 따위에 무릎 꿇지 않아.

"굉장히 졸린 것 같은데?"

—1년 동안 커피만 늘었지. 반년 전부터 내가 직접 원두를 구해서 굽고 있어.

"아, 그래서 식당에 있는 커피가 좀 특이했군. 그래도 무리하지 마. 뭔가 특이사항은 없어?"

—브리치 A가 어제 아침 6시 무렵부터 정지했어. 부사장에게

듣지 못했나?

“모르겠는데?”

—꿔다놓은 보릿자루 취급을 당하고 있군.

“커피만이 아니라 지구식 농담에도 익숙해졌네.”

—흠, 아무튼 브리치 A가 정지한 곳은 숲 바로 위쪽이야. 숲 속에는 고블린들과 오크들이 잔뜩 있지. 숲의 동물들을 사냥하면서 캠핑을 즐기고 있어. 무장 상태는 대단히 원시적이야.

“그건 좀 좋은 소식이군.”

—브리치 B는 꾸준히 이동 중이지만 브리치 A처럼 환상종들을 쏟아내진 않았어. 정확히는 쏟아냈다가 다시 빨아들였지. 그리고 오로지 느리게 비행만 할 뿐이야.

바지가 든 옷장을 살피던 치프가 의아해했다.

“쏟아냈다가 빨아들이는 게 항상 있던 일이야?”

—두 번 정도. 그런데 쏟아내자마자 빨아들인 건 이번이 처음이야. 느낌이 안 좋군.

“어제 뎃디도 그러던데?”

—그럴 수밖에. 무슨 일이 일어날지 모르거든.

“좋아, 그럼 조금만 더 힘내.”

—아, 사장.

단말기의 통신을 끄려던 치프의 손이 알케온의 말에 우뚝 멈췄다.

“왜?”

—우리 회사 직원들 외의 헌터들과 함께 행동해 본 적은 없지?

"저번에 벙커를 지킬 때가 유일했지."

—그럼 옷을 튼튼하게 입는 편이 좋아. 현장 상황이 항상 거칠거든.

"단순히 내 셔츠 차림이 싫은 게 아니고?"

—속옷 차림으로 회사에 돌아오고 싶다면 말리진 않을게.

"흠, 강력하게 고려해 보지. 그럼 나중에 보자고."

—알케온, 통신 종료.

통신을 끈 치프는 다시 옷장을 봤다.

"튼튼한 옷이라… 하긴, 조금 이따가 잭팟을 만나야 하니 할 수 없지."

그는 옷장에서 큰 금속 케이스를 꺼냈다.

"이걸 입는 수밖에 없겠군."

무광 은색의 금속 케이스는 대단히 거칠었다.

만듦새가 나쁜 것이 아니었다. IED, 즉 사제 폭탄에 쓰인 2.29㎜ 크기의 쇠구슬들이 남긴 흔적들은 원래 유광이었던 케이스를 무광으로 만들 만큼 사나웠다.

그 금속 케이스는 조셉을 데려가기 위하여 그라니트 행성에 왔던 UNSMC 대원들이 치프에게 건네주고 간 것이다.

치프는 그 케이스를 볼 때마다 추억을 억누를 수가 없었다. 하지만 그는 피하지 않고 케이스의 거친 표면을 만지며 '그때'를 떠올렸다.

그것은 치프가 금성의 위성궤도 식민지에 도착했을 무렵이었다.

식민지에 마련된 진지에 막 도착한 치프는 '마이클'이라는 이름의 병장 계급 병사와 함께 고향, 즉 지구에 대한 얘기를 나누며 피로를 풀고 있었다.

화제는 별것 아니었다.

마이클에게는 결혼하고픈 여자가 있었는데, 그는 UNSMC라는 자신의 소속이 걸림돌이라며 불만을 터뜨렸다.

치프에게는 흔한 이야기였다.

그는 여자에게 차이고 차인 끝에 결국 결혼을 포기한 죠니의 이야기를 해주며 입에 담배를 물었다.

당시 막사 안에서 담배를 자주 피웠던 치프는 마이클에게 제지를 당했다. 애인이 지구에서 사준 군용 케이스가 담배 연기에 찌든다는 것이 이유였다.

치프는 그 대단한 케이스를 좀 구경하자고 했고 마이클은 자랑스럽게 케이스를 건네주었다.

마이클은 다른 UNSMC 대원들처럼 치프를 희대의 영웅으로 생각하는 군인이었다.

마이클은 치프가 마이클 자신은 물론 그가 보는 앞에서 다른 UNSMC 대원들을 구해주는 모습을 한두 번 본 게 아니었다.

치프는 군용과 달리 깔끔하면서도 튼튼한 그 케이스의 내부를 구경하면서, 여느 때처럼 담배를 피우기 위해 라이터를 찾아 고개를 돌렸다.

그때 웬 어린아이가 막사 안으로 들어왔다.

식민지 아이들이 간식 등을 얻기 위해 여기저기서 숨어 들어오는 일은 당시만 해도 흔한 일이었다.

그러나 그 아이는 달랐다. 보온병처럼 생긴 사제 폭탄을 인형 대신 껴안고 있었고 안색 역시 팔에 난 주사바늘 흔적만큼이나 이상했다.

어른들에 의해 '그런 목적'을 갖고 접근하는 아이들은 진지에 다가오기 전에 치프나 죠니, 안드레이처럼 감이 좋은 자들이 다리 등을 쏴서 저지해 왔다.

하지만 하필 그 순간 치프는 라이터를 찾고 있었다.

죠니는 대형 막사에서 식사를 하는 중이었고 안드레이는 지구에 있었다.

마이클은 뒤늦게 아이를 껴안으며 치프로부터 등을 돌렸다.

폭탄은 터졌고 완전한 살상을 목적으로 폭탄에 섞인 엄청난 양의 쇠구슬이 사방으로 퍼졌다. 마이클이 만약 자신을 희생하지 않았다면 치프까지 가루가 됐을 상황이었다.

게다가 치프는 운이 좋게도 무릎 위에 케이스를 놓았을뿐더러 그것을 활짝 열어놓고 있었다.

방탄 처리가 된 그 금속 케이스의 표면은 마이클의 머리를 뚫고 치프의 가슴과 머리 쪽으로 날아온 구슬들을 모조리 막아주었다.

폭발 때문에 막사 밖으로 튕겨 나간 치프는 마이클을 살리겠다면서 손으로 막사 바닥을 긁고 진공청소기까지 들었다.

그는 어느 것이 마이클이고 어느 것이 어린아이인지 구별할 수가 없었다.

이후 치프는 담배를 피우지 않았다.

갖고 있던 여분의 담배와 라이터는 그 사건 직후 체포한 군벌 간부를 사료 기계에 넣을 때 함께 넣고 갈아버렸다.

다른 대원들이 함께 금연을 하겠다고 했을 때 치프는 왜 자신을 흉내 내려 하냐며 화를 냈다.

치프는 자신을 구해준 마이클의 유품, 즉 금속 케이스를 사지(死地)에 갈 때마다 챙겼다.

원래는 마이클의 애인에게 유품들이 전달돼야 했지만 그녀는 자신에게 유품을 전달하러 온 치프를 살인자라고 비난하며 쫓아냈다.

이후에 다른 사람을 통해서라도 유품을 전달하려 했으나 그녀는 유품의 수령을 철저히 거부했다.

결국 그 금속 케이스는 치프의 것이 됐고, UNSMC 사이에서 그 케이스는 '유골함'이라 불리게 되었다.

그리고 그 케이스는 조셉의 죽음 이후 그라니트 행성으로 오게 되었다.

치프는 머리를 세차게 흔들어 그때의 기억을 날려 버렸다.

'반달리온이 보여준 환각에 첫 번째로 나온 친구가 마이클이었지. 그건 내가 아니라 죠니가 봤던 마이클의 마지막 모습이었어. 이왕이면 멀쩡한 모습으로 보여주지 말이야. 잘생긴 친구였는데.'

치프는 케이스를 손으로 두드리며 추억을 마쳤다.

그는 케이스를 침대 위에 올려놓은 후 생체인식을 거쳐 케이스를 열었다.

그 안에는 그가 즐겨 입는 경장갑 전투복과 헬멧, 권총 몇 정과 각종 탄환, 그리고 검은색의 금속제 단말기가 단정하게 정리되어 들어 있었다.

전우들에게 그 모든 것을 주문한 치프는 먼저 검은색의 단말기를 꺼냈다.

"하아, 이 녀석의 크기로 봐서는 코피 좀 쏟겠군."

그는 단말기의 구석을 당겼다. 그가 당긴 부분은 전선이 연결된 집게였다.

그 집게로 자신의 귓불을 짚은 치프는 숨을 고른 후 단말기를 손으로 꽉 쥐었다.

—생체 데이터를 확인. 오리지널 알파 프로젝트 멤버 1730을 인식. 현재 시간은 그라니트 빅시티 표준시간으로 새벽 4시 43분. 좋은 아침입니다, A—1730원사.

기계가 만들어낸 여성의 목소리가 치프의 의식 속에 퍼졌다.

—UN 통합사령부의 허가에 따라 원사의 메모리칩에 보관된

표준 데토네이터 버전 1.3의 설계도를 버전 4.8로 업그레이드합니다. 더불어 CVSR—665 UNS 엔터프라이즈의 설계도를 보충하겠습니다. 10초 뒤에 데이터를 덮어씌울 예정이오니 충격과 고통, 출혈에 대비하시기 바랍니다.

치프는 손수건을 막대 모양으로 말은 뒤 입에 물었다.

'할 건지 말 건지 묻는 경우가 단 한 번도 없군. 누구는 목숨 걸고 업그레이드하는 건데 말이야.'

정확히 10초 뒤, 치프의 온몸에 힘이 들어갔다.

목에 힘줄과 근육, 혈관이 불거졌고 어깨와 팔도 마찬가지였다. 호흡조차 불가능할 만큼 팽창한 복근과 흉근이 분홍색으로 물들며 땀에 젖었다.

—데이터 업그레이드 완료. 행운이 있으시길 빕니다, A—1730원사.

"제길!"

손수건을 뱉은 치프의 코에서 피가 주룩 흘러나왔다. 자동판매기에서 쏟아지는 커피를 연상케 할 만큼 막대한 양이었다.

하지만 그는 출혈에 신경 쓰지 않고 그 검은색 단말기를 벽난로에 던졌다.

벽난로 안에 들어간 단말기가 불꽃을 뿜으며 타올랐다.

비밀 자료를 옮기는 장치들은 볼일이 끝나면 그런 식으로 처분되는데, 모르고 침대 위에 그냥 둔 채 기절했다가 화재로 목숨을 잃는 요원들이 종종 있었다.

치프는 손수건으로 코피를 닦으며 인상을 구겼다.

"페타바이트 단위의 자료를 받는 건 정말 힘들군."

그는 땀에 흠뻑 젖은 자신의 몸을 보고 한숨을 터뜨렸다.

"이럴 줄 알았으면 나중에 샤워를 할걸 그랬네."

투덜대며 샤워실에 들어갔다가 나온 치프는 수건으로 몸을 닦은 후 아직 열려 있는 금속 케이스에 다가갔다.

"역시 난 중장갑 전투복보다는 경장갑 쪽이 더 마음에 들어."

옷을 입고 군화를 신은 그는 합금 보호대를 몸에 착용했다.

"색은 회색과 검은색 조합으로 갈까? 아냐, 깊은 숲이라고 했으니 녹색 계열로 가야겠군."

단말기의 조작에 따라 그의 검은색 군복이 녹색과 검은색, 짙은 갈색이 혼합된 위장 패턴으로 바뀌었다. 더불어 군복 위의 합금 보호대 역시 무광의 짙은 갈색을 갖췄다.

헬멧까지 써볼까 했던 그는 아직 5시가 안 됐기에 그냥 전투복만 입고 밖으로 나가보기로 했다.

치프의 숙소는 야외 훈련장 바로 근처에 자리를 잡고 있었다.

문을 열고 나오자마자 훈련장 한가운데에서 벌어지는 상황을 본 치프는 입을 벌렸다.

헤이파와 데스디아, 탈리케이아가 책상다리를 한 채 공중에 1미터 가량 떠 있었다.

그들의 몸은 푸른색의 기운으로 둘러싸여 있었는데, 그 기운이 그녀들을 지상으로부터 밀어 올리는 힘의 근원이었다.

"탈리케이아, 이 행성의 정령들이 얼마나 강력한지 느껴지느냐?"

헤이파가 눈을 감은 채 물었다.

"예, 스승님."

탈리케이아가 답했다.

"우리의 힘과 육체도 그에 맞춰 강해진 상태이니 힘의 조절을 명심해라. 강풍 속에서 계곡에 놓인 외줄을 탔던 때를 떠올리려무나."

"알겠습니다, 스승님."

헤이파와 데스디아는 그런 식으로 탈리케이아의 적응을 돕고 있었다.

30분 전에 시작한 그 훈련으로 인해 가벼운 운동복을 입은 그녀들의 몸은 수영이라도 하고 나온 것처럼 땀에 젖어 있었다.

'강풍 속에서 뭘 탔다고? 외줄?'

치프는 뭔가 따지고 싶었지만 지구에도 맨손으로 고층 빌딩을 등반하는 사람들이 있기에 그냥 넘어가기로 했다.

조금 뒤엔 젝스와 포프, 사만다가 나와서 준비운동을 한 후 트랙을 뛰었다. 치프는 포프의 교과서적인 달리기 자세를 보고 밋밋하게 웃었다.

'왜 이곳에 온 건지 알 수 없었던 애였고, 난 그 재밌는 재능만 보고 입사시켰는데… 이젠 이곳에 있어야 할 숙명을 갖게 돼

버렸지. 저 정도면 고향에 가서 장거리 달리기 선수나 체조 선수를 해도 될 거야.'

그녀들의 뒤에 누군가가 따라붙었다. 얼마 전부터 회사에 신세를 지고 있는 키드였다.

키드의 운동복 차림을 처음 보는 치프는 인상을 심하게 구겼다. 그의 운동복은 전신 타이즈에 가까운 것이었다.

'저 녀석은 대체 어디까지 혐오스러워야 속이 후련한 걸까?'

회사 뒤편에 있는 정비창에도 불이 들어왔다. 그곳에는 롸켓은 물론 루할트의 회사에서 파견된 직원, 아니, 드래곤들이 수송기를 비롯한 각종 장비의 점검을 위해 일을 준비하고 있었다.

"이제 좀 시끌벅적하지 않습니까, 원사님?"

죠니가 스포츠 음료를 흔들며 다가왔다. 그 뒤에는 자동소총을 등에 장비한 딕슨이 서 있었다.

죠니가 던져준 음료를 왼손으로 가볍게 받은 치프는 음료를 시원하게 들이켰다.

"그래. 작년엔 나랑 뎃디, 셀레스티아뿐이었는데 말이야."

치프는 모래가 잔뜩 쌓여 있었던 식당을 떠올렸다.

'건조하지만 좋은 추억이지. 진공청소기로 마이클을 모으려고 했을 때와는 비교할 수 없잖아?'

그때, 흰색에 분홍색 줄무늬가 들어간 운동복을 입은 셀레스티아가 키드의 뒤를 이어 트랙에 들어갔다.

긴 머리를 바짝 땋은 그녀가 전력으로 질주하자 키드가 풍압에 밀려 옆으로 휘청거렸다.

"웬일로 운동이지? 표정도 좋은데?"

셀레스티아는 정말 진지하게 달리고 있었다.

그녀에게서 그러한 안정감을 느낀 적이 드물었던 치프는 그녀와 헤이파 사이에서 일어났던 일을 전혀 모르기에 그냥 웃기만 했다.

조셉의 죽음 이후 헬멧을 쓸 이유를 잃은 딕슨은 짧게 깎은 머리를 만지작거렸다.

"평화롭네요."

"응, 조금 이따가 어이없게 깨질 평화지. 다들 엄청나게 놀랄 거야."

"예, 원사님."

"그럼 우리가 지켜주자고. 저 모든 사람을 말이야."

치프의 말에 딕슨이 웃음을 터뜨렸다.

"그건 원래 우리가 해오던 일이지 않습니까?"

"응? 우리 본업은 청소잖아?"

"……."

"넋 놓지 마, 딕슨. 조금 이따가 해야 할 일을 잊은 건 아니겠지?"

"그렇습니다, 원사님."

딕슨은 손으로 얼굴을 쓸어내리며 감정을 조절했다.

그로부터 약 1시간 뒤, 키드의 파트너인 잭팟이 스포츠카를 몰고 회사에 들어왔다.

본관 앞 주차장에 차를 세우고 훈련장으로 달려온 잭팟은 치프와 죠니, 딕슨과 차례로 포옹하며 반가움을 나눴다.

"잘 지냈어, 잭팟? 보급 담당으로 우리 회사 일에 매번 참여했다면서?"

"예, 사장님."

잭팟은 치프를 보고 아쉬운 표정을 지었다.

"조셉 하사의 일은 정말 유감입니다."

"이봐, 잭팟. 그런 얘기는 딕슨한테 먼저 해야지."

"아, 그렇죠."

잭팟은 딕슨 쪽으로 돌아섰다.

치프는 자신에게 등을 보인 잭팟의 뒤통수에 권총을 댔다.

"인사하고 나서 대답해, 잭팟. 조셉은 왜 죽였지?"

잭팟은 치프에게 뒤를 보인 채 가만히 있었다.

죠니는 회사 본관 옥상에 장치한 원격조작식 저격 장치로 잭팟의 동체를 노렸고 딕슨은 안드로이드용 전기충격기를 준비하고 있었다.

하지만 잭팟 스스로가 별다른 저항을 하지 않았다. 그 자리에 있는 모두가 조용했기에 트랙을 달리는 사람들도 그들에게 신경을 쓰지 못했다.

치프가 잭팟에게 권총을 겨눈 모습을 목격한 사람은 데스디아 한 명이었다.

뭔가 감지한 게 아니었다. 그 모습을 볼 수 있는 자리와 방향이 그녀에게 운명처럼 주어졌을 뿐이었다.

데스디아의 정신 집중이 흐트러지자 헤이파가 눈을 떴다. 탈리케이아 역시 마찬가지였다.

헤이파는 데스디아에게 눈짓을 보냈다. 데스디아는 헤이파의 뒤쪽, 정확히는 치프를 본 뒤 눈을 감았다.

치프에게 뭔가 문제가 있지만 끼어들지 말자는 뜻이었다.

헤이파와 탈리케이아는 그녀의 의견을 존중하여 다시 눈을 감았다.

그러나 셋 모두 강렬한 위화감을 느꼈다.

안드로이드, 즉 생물이 아닌 잭팟은 그렇다 쳐도 치프와 죠니, 딕슨에게서 아무런 살기도 느끼지 못했기 때문이다.

느낌상으로는 지구인 남자 셋이 물건 구경을 하듯 모여 있을 뿐이었다.

이윽고 잭팟이 웃었다.

“세 분 모두 대단하네요. 안면 근육 변화를 읽어서 감정을 읽는 제 프로그램이 여러분을 위험 대상으로 지정하지 못하고 있어요. 간단히 표현하자면 감정을 읽을 수가 없군요.”

“훈련하면 가능해.”

치프가 대답했다.

“그런가요? 역시 인간은 굉장하군요.”

“칭찬은 됐으니 이제 대답을 해줘, 잭팟. 조셉을 왜 죽였지?”

“어떻게 저라는 사실을 아셨죠?”

“쯧.”

치프는 혀를 찼다.

훈련장에 두 발의 총성이 울렸다.

그것으로 회사의 평화로운 분위기는 완전히 뒤바뀌었다.

땅에 착지한 세 명의 알타이르 전사와 셀레스티아, 파울라, 젝스는 정말로 기겁했다.

치프와 죠니, 딕슨이 그 총성을 기점으로 지옥에서 올라온 사냥개들처럼 강렬한 살기를 발산했기 때문이다.

키드는 충격을 받아 주저앉았고 포프와 사만다는 나란히 뛰는 것을 멈췄다.

딕슨은 어느새 전기충격기 대신 소총을 들고 있었다.

치프는 미리 목에 찬 통신기를 눌렀다.

“모두 집중. 뎃디… 아니, 헤이파 여사님은 이쪽으로 와주십시오. 뎃디는 탈리, 젝스와 함께 정문을 봉쇄해. 롸켓은 잭팟의 차를 수송기로 끌어서 회사로부터 최대한 멀리 떨어뜨려. 폭발할 수도 있으니 목숨 걸고.”

—이런 XX, 오늘 금전 운이 있을 거라고 해서 기분 좋았는데 생명 수당이었잖아! 잘 쳐주시오, 사장!

“걱정하지 마.”

치프는 다리에 안드로이드 저지용 파열탄을 맞아 엎드린 잭팟에게 다시 총을 겨눴다.

잭팟은 무릎 아래를 잃은 상황이었다.

"원사님, 아직 정이 남으셨습니까?"

불만을 토한 딕슨은 두 번의 사격으로 잭팟의 양쪽 어깨를 날렸다.

"인공두뇌와 발성 장치, 보조 배터리 부분은 노리지 마, 딕슨."

"안드로이드 보호법을 지키시려는 겁니까?"

"마음에 안 들겠지만… 우린 녀석에게 기회를 줘야 해."

치프의 답을 들은 딕슨은 더 이상 대꾸하지 않고 잭팟의 허리 중앙을 겨눴다.

"잭팟, 왜 네가 조셉을 죽였다고 판단했는지 알고 싶다고 했지? 그럼 너뿐만 아니라 모두에게 들려줘야겠군."

치프는 통신기를 다시 눌렀다.

"넌 처음에 조셉의 성대를 태웠어. 그다음에 바로 머리를 쐈으면 됐을 텐데 넌 기계치고는 참 쓸데없는 행동을 했지."

"뭐죠?"

잭팟이 물었다.

"조셉을 향해 걸어간 거야. 조셉은 네가 걷는 소리를 알고 있었어. 너뿐만 아니라 이 회사와 관련된 모든 사람의 걷는 소리를 전부 기억하고 있었지. 그건 나도, 죠니도, 딕슨도 마찬가지야."

"하……."

"누가 슬리퍼를 신고 걸어오는지, 맨발로 걸어오는지, 운동화 뒤를 꺾어서 신었는지 어쨌는지 우리 모두가 분간할 수 있다고, 빌어먹을! 신경쇠약에 걸릴 짓을 하루 내내 해낼 수 있어야만 군복에 달 수 있는 게 UNSMC의 엠블럼이야!"

치프가 마지막에 분을 참지 못하고 목소리를 높였다.

"그게 제 소리라는 걸 어떻게 전달받으셨죠? 조셉 하사는 손가락도 까딱하지 못하는 상황이었을 텐데요?"

"조셉이 헬멧으로 바닥을 긁었어. 우리가 쓰는 헬멧은 바이저로도 콘크리트 바닥에 흠집을 낼 수 있거든. 모르스 부호로 J.P.T였지. 마지막 T는 좀 희미했지만."

"아, 그래서 그분이 마지막에 헬멧으로 발악을… 머리를 꿈틀거렸던 거군요. 처음부터 머리를 노렸어야 했는데 말이죠."

잭팟이 웃음소리를 냈다.

"그럼 그날 당장 저를 박살 내시면 될걸, 어째서 저를 여태껏 놔두신 거죠?"

"너랑 관계된 놈들이 누군지 알아내야 했거든. 조사 대상은 키드와 그 딸기코 할아버지, 그리고 너희 가게에서 피자를 시킨 모든 사람이었지. 너희 가게 피자는 정말 인기가 좋더군. 마음이 아플 정도로 말이야."

"그래서, 알아내셨습니까?"

"그래, 딱 한 명. 그 계집도 오늘 처리될 거야."

"…그럼 됐습니다. 수명을 연장하려고 그랬던 건데, 끝났군요."

치프는 권총을 거뒀다. 대신 딕슨이 잭팟의 머리로 총부리를 옮겼다.

"마지막 질문인데, 네 기억을 마지막으로 조작한 날 원망하나?"

치프가 묻자 잭팟은 바닥에 문지르듯 고개를 저었다.

"A—1730……. 저는 당신 덕분에 지구에서 가장 멀리 떨어진 장소에 도달한 안드로이드로서 기네스북에 올랐어요. 친구도 많이 사귀었고요. 남은 수명은 1년인데… 그 모든 것이 아까워서 그 여자와 거래했죠. 우주연합의 기술이라면 제 수명을 늘릴 수 있거든요."

"……."

"그런데 말이죠, A—1730. 처음부터 저를 믿지 않으셨죠?"

"난 기계 따윈 전기면도기조차도 안 믿어. 처리해, 딕슨."

치프는 차갑게 말했다.

치프에게 직접 받은 보복의 기회였다. 그러나 딕슨은 주저했다.

"원사님."

"왜?"

"제가 이 녀석의 마지막을 결정해도 되겠습니까?"

"…그래."

치프는 언제든 권총을 들어 쏠 준비를 하며 딕슨의 선택을 기다렸다.

총의 안전장치를 걸고 어깨에 걸친 딕슨은 훈련장 저편에 있는 키드에게 크게 손짓했다.

갑작스런 상황에 당황하고 있던 키드는 어찌해야 할 바를 몰랐다. 그런 그를 어느 틈에 나타난 딸기코의 나이트 스토커 스승이 두 손으로 붙잡아 일으켰다.

"네 친구의 마지막을 네가 정해야 할 것 같구나."

스승의 말을 들은 키드는 얼굴이 새파랗게 질린 채 잭팟이 있는 곳으로 걸어갔다.

그가 잭팟이 있는 곳에 도달했을 때, 롸켓이 탄 수송기가 치프의 지시대로 잭팟의 스포츠카를 그물로 끌어당겨 들어 올리고 있었다.

키드는 잭팟이 그렇게 아꼈던 차가 그물의 압력에 우그러든 채 회사의 장벽 밖으로 날아가는 모습을 복잡한 얼굴로 지켜봤다.

"딕슨, 왜 날 이곳으로 부른 거지?"

키드가 묻자 딕슨은 키드의 등판을 손바닥으로 쳤다.

"괜히 우리끼리 처분했다가 네가 원사님께 원한이라도 품으면 곤란하잖아? 그래서 기회를 주기로 했지. 내가 옛날에 기회를 얻었을 때처럼 말이야."

탈주 사건의 이야기였기에 치프와 죠니의 입꼬리가 씰룩 움직였다.

"잭팟은 이 행성에서 너를 감싸준 유일한 친구야. 그러니 나이트 스토커로서 결정해 봐. 뭔가 고귀한 답을 내놔야 하지 않겠어?"

딕슨이 말했다.

"……."

고개를 숙인 채 생각하던 키드는 쓰러져 있는 잭팟에게 손을 내밀었다.

"잭팟, 난 네가 없었으면……."

순간 잭팟의 몸이 튀어 올랐다.

늑골을 활짝 펼친 그 안드로이드는 치프의 머리를 그대로 감싸 우그러트리기 위해 공중에서 방향을 틀었다.

하지만 치프는 움직이지 않았다. 이미 가까이에 있던 헤이파도, 딕슨도, 죠니도 마찬가지였다.

키드의 손바닥에서 뿜어져 나오는 광선검이 안드로이드의 동력로를 정확히 꿰뚫고 있었다.

지네의 다리처럼 사납게 꿈틀거리던 늑골이 이내 힘을 잃고 늘어졌다.

"너와 우리의 피자는… 이걸로 의심받지 않을 거야."

잭팟의 턱이 까딱거리다가 멈췄다.

치프는 손으로 잭팟의 머리를 툭 쳤다.

"너답구나."

치프와 죠니, 딕슨은 그 자리를 떠났다. 헤이파도, 그리고 현장에 대기하던 모든 직원도 각자의 자리로 향했다.

"너답다니……?"

치프가 잭팟에게 한 마지막 말을 이해하지 못한 키드는 자신이 끝장낸 안드로이드를 땅에 주저앉은 채 지켜봤다.

"저 꼬마, 괜찮겠나?"

헤이파가 뒤에서 묻자 치프는 어깨를 으쓱했다.

"자기가 알아서 하겠죠. 못 하면 어쩔 수 없고요."

치프는 데스디아가 다가오자 크게 손짓했다.

"뎃디, 수습하고 오늘 일정 계속 진행하자고."

"일정? 분위기를 처엎어놓고 뭐가 어째? 나한테 미리 말이라도 해줬어야지!"

데스디아는 치프가 죠니와 딕슨하고만 얘기를 맞췄다는 사실에 대단히 분노하고 있었다.

그러나 치프도 할 말은 있었다.

그는 자신의 코앞까지 온 데스디아를 근엄한 표정으로 응시했다.

"이건 UNSMC의 문제야."

그 직후 멱살을 잡힌 치프는 좌우로 패대기를 당했다.

"멋대로 지껄이지 마! 조셉과 유대가 있는 게 당신네뿐인 줄 알아? 조셉과 우리 사이에 추억이 없는 줄 아냐고! 우린 이미 가족이나 마찬가지였어!"

"아니! 그게! 잠깐! 미안!"

죠니는 패대기를 당하는 치프를 보며 웃었고 딕슨도 약간은 후련한 표정을 지었다. 그들의 분위기 때문인지 다른 직원들의 분위기도 조금은 나아졌다.

그러나 데스디아의 분노는 여전했다.

"오늘 처리될 계집은 또 뭐야! 우린 몇 시간 뒤에 빅시티로 가서 헌터들을 거둬 가야 한다고! 그런데 내 앞에서 일정 타령을 해?"

"그쪽은! 처리할! 사람이! 따로! 있어!"

"또 UNSMC인가? 그런 거지? 이 빌어먹을 집단 같으니!"

데스디아의 패대기는 계속됐다.

구경하던 모든 이는 그렇게 패대기를 당하고도 목숨이 붙어 있는 치프의 내구력에 감탄했다.

*　　　*　　　*

같은 시각, 빅시티의 골목.

벽에 기댄 채 가만히 서 있던 진 플레커는 귀에 끼고 있던 헤드셋을 집어 던졌다.

"쯧, 고철 덩어리 같으니."

그녀는 붉은색의 우비를 걸치고 있었다. 모자와 안경은 그대로였지만 눈초리는 그라니트 용역에 있을 때와 완전히 달랐다.

그대로 골목에서 벗어나려 했던 그녀가 골목 밖을 나가지 못하고 우뚝 멈췄다.

스위트 베르자르, 즉 포프의 어머니에게 훈련받은 그녀의 초감각이 골목을 막고 서 있는 어떤 존재를 감지한 것이다.

"아하, 나를 잡아서 죽일 자신이 있으니 그 고철을 처리한 거구나? 헤에… 제법인데?"

진은 모자와 안경만을 남기며 사라졌다. 대신 두 개의 나이프가 사람의 가슴 높이로 날아들었다.

나이프들은 공중에 멈췄다. 나이프들 사이에서 튄 전깃불이 나이프들을 멈추게 한 장본인의 모습을 까발렸다.

검은색 코트에 선글라스를 쓴 남자, 안드레이 중사였다.

골목 위쪽의 어둠 속에서 동그란 렌즈의 붉은색 고글이 으스름하게 빛났다.

"UNSMC의 안드레이 오티스 중사. 외과 수술을 통해 몸의 80%를 기계로 바꾼 첩보 암살의 전문가. 하지만 당신의 기계 눈으로는 날 볼 수 없을 텐데?"

안드레이는 손가락으로 잡은 나이프들을 바닥에 떨구고 발로 밟았다.

"미스 타리시아, 스위트 베르자르가 키운 차세대 마스터 어쌔신. 한번 은신하기로 작정하면 그 누구도 눈앞에 있는 귀하를 인식할 수 없다고 전해지지. 전자장비는 물론 드래곤들마저도."

"그걸 알면서 나한테 도전하려는 거야?"

어둠 속에서 빛나던 붉은색 고글이 사라졌다.

안드레이는 선글라스를 벗어서 코트 안에 넣었다.

"귀하는 이 행성에서 딱 한 번 누군가에게 붙잡혔지."

"모르는 얘긴데?"

나이프들이 한 번 더 날아왔으나 안드레이는 곤충들을 걷어내듯 맨손으로 그것들을 튕겨냈다.

그는 뒤이어 자신의 뒤쪽을 향해 발차기를 했다.

발차기의 풍압에 진 플레커, 아니 미스 타리시아가 입은 붉은색의 옷이 터질 듯 펄럭거렸다.

제대로 맞춘다면 인간의 몸이 아니라 중형 승용차도 박살 낼 수 있을 만큼의 위력이 실린 공격이었다.

"작년이었나? 원사님 앞에서 잠자는 척을 했다지? 무례하게 말이야."

진 플레커는 고글을 얼굴에 쓰고 옷과 연결된 붉은색 후드를 머리에 덮고 있었다.

고글 밑으로 보이는 진의 입술이 비죽 튀어나왔다.

"그래, 차 안에서 자는 척을 했는데 녀석에게 붙잡혔지. 날 이불 채로 거칠게 내던지고 깔아뭉개서 좀 놀라긴 했는데… 그때 그놈이 나에게 뭔가 했나?"

"당시 땅에 떨어진 귀하의 체모와 피부 각질은 귀하를 추적할 수 있는 정보 자료로 전환됐지. 그 정보는 내 눈을 비롯한 모든 감지장치를 당신과 연결시켜 주고 있어. 체취를 봐서는 사흘 정도 목욕을 안 했군."

"쯧."

진의 소매에서 두 자루의 단검이 튀어나와 그녀의 손에 잡혔다.

단검의 칼날이 붉게 달아올랐다. 어제 전투경찰들을 살해하는 데 쓰였던 히트 블레이드였다.

"그 인간이 남을 신뢰하지 않는다는 사실은 작년에 알아차렸지만 그 정도로 철저할 줄은 몰랐네. 이봐, 안드레이. 당신은 그를 믿나?"

"원사님이 남을 믿지 않는다는 것은 인정하지. 하지만 귀하와 달리 우린 남이 아니야. 형제다."

인공안구를 통하여 그녀의 옷을 투시하여 무장 상태를 확인한 안드레이는 코트 안에서 손도끼 한 자루를 꺼냈다. 그리고 왼손에는 노이즈 캔슬러가 달린 권총을 들었다.

"형제? 같은 엄마의 뱃속에서 나온 것도 아니잖아?"

"다들 그와 비슷한 질문을 하더군. 살아서 대답을 들은 자는 없지."

진이 이를 빠득 갈았다.

"이 고철 쪼가리가!"

고함을 지른 그녀는 골목의 좁은 벽을 수차례 밟으며 안드레이에게 접근했다. 베테랑 군인이라고 해도 대처가 불가능에 가까울 만큼 빠르고 현란한 움직임이었다.

안드레이는 자신의 눈을 노리고 들어오는 히트 블레이드를 손도끼로 막았다.

히트 블레이드의 절삭력은 합금 도끼날조차도 종이처럼 자를 만큼 압도적이었다.

안드레이는 날이 절반이나 잘린 도끼를 다시 휘둘러 두 번째 공격도 막아냈다. 대신 도끼는 자루가 잘려 날아가고 말았다.

그가 방어 수단을 잃었다고 판단한 진은 몸을 좀 더 빠르게 움직였다.

'상대는 전투용 코트를 입은 사이보그야. 이 소형 히트 블레이드로는 한 방에 녀석을 무력화시킬 수 없어. 기껏 해야 손목을 자르는 정도?'

고민하던 진은 마치 신발에 바퀴라도 단 것처럼 뒤로 쭉 미끄러지는 안드레이를 보고 흠칫했다.

'그래, 일반적인 사이보그도 아니지. 녀석은 UNSMC의 첩보 암살 전문가라고.'

안드레이의 권총이 노이즈 캔슬러의 도움을 받아 소리 없이 발사됐다. 하지만 탄환들은 진이 미리 준비한 전자방어막에 막혀 튕겨 나갔다.

안드레이는 탄환이 막히든 말든 권총을 계속 쐈다. 방어막에 튕긴 탄환은 벽이나 철제 계단 등에 꽂혔지만 노이즈 캔슬러 때문에 아무 소리도 나지 않았다.

진은 잔업을 하는 회사원이 키보드를 두드리듯 무심한 표정으로 총을 쏘는 안드레이의 표정에서 위기감을 느꼈다.

'전문가가 탄환을 저따위로 낭비한다는 게 말이 돼?'

어느 순간 그녀는 반사적으로 히트 블레이드를 들었다.

사실 그녀에게 날아온 것은 탄환만이 아니었다. 탄환을 휘감은 노이즈 캔슬러의 효과가 그녀의 청각 등을 조용히 마비시켜 놨다.

그리고 무엇인가가 그 틈을 타서 그녀의 목을 휘감아왔다.

바로 암살용 와이어였다.

그 와이어가 방금 들어 올린 히트 블레이드의 칼날에 잘려 무력화됐다.

오른쪽 눈썹을 움찔한 안드레이는 오른손 검지에서 뽑아 날렸던 와이어를 수습했다.

"과연, 오파로아의 전제군주제 혁명을 저지한 마스터 어쌔신의 수제자답군."

안드레이는 진심으로 감탄했다.

진은 다시 이를 갈았다.

방금 그녀를 구해준 것은 그녀를 가르친 사람이자 그녀가 세상에서 가장 증오하는 존재, 스위트 베르자르가 정성껏 전수해 준 전투 경험이었다.

안드레이가 선글라스를 다시 끼고는 권총을 코트 안에 넣었다.

"아무튼 여기까지다, 미스 타리시아."

진의 팔다리에 엄청난 압박이 들어왔다.

"윽?!"

그녀는 붉은색 옷 안에 방어구 역할을 하는 전신 타이즈를 장비하고 있었는데, 소총 탄환은 물론 광선도 몇 번 막는 것이 가능한 그 옷이 이상한 소리를 내며 찢어졌다.

안드레이의 엄지와 중지, 약지, 소지에서 뻗어 나온 암살용 와이어가 그녀의 팔다리를 끊고 있었다.

'와이어가 네 개 더 있었다고?'

위기감을 느낀 진은 두 손에 든 히트 블레이드를 교차하듯 던져서 팔에 파고드는 와이어를 잘랐다.

이두근과 삼두근이 잘렸음에도 불구하고 그녀는 또 다른 히트 블레이드를 소매에서 떨궈 다리를 파고든 와이어까지 잘랐다.

그러나 거기까지였다.

뼈가 잘리기 직전까지 몰렸던 그녀는 그대로 주저앉았다.

안드레이는 오른손에 손도끼를 들고 그녀에게 다가갔다.

"이제 귀하를 체포하지."

출혈 때문에 정신이 아찔한 상태인데도 불구하고 진은 발악하듯 미소를 지었다.

"체포? 하하, 날 고문이라도 할 생각이야? 괴롭히다가 죽이려고? 아니면 성욕 해소용 변소로 개조시킬 건가? 그 조셉인가 뭔가 하는 녀석의 복수를 위해서?"

"귀하는 그것보다 더 가치 있는 일을 해줄 수 있어. 원사님이 이곳에 계셨다면 설명을 해주셨겠지만… 나는 말재주가 없어서 체포한다는 말밖에는 못 하겠군."

"웃기지 마!"

그녀가 쓴 고글의 주변에 바늘이 튀어나오더니 머리 부분을 깊숙이 찔렀다.

안드레이는 그녀의 부상이 모조리 재생되는 것을 목격했다.

그는 긴급히 대응하기 위해 왼손을 펼쳤다. 손바닥의 한가운데가 뒤집어지면서 입자광선을 발사하기 위한 장치가 드러났다.

하지만 진의 주먹이 더 빨랐다.

안드레이는 그녀가 맨손으로 자신의 왼팔을 완전히 부숴 버리자 오른팔을 분리시켰다.

분리된 오른팔은 클레이모어처럼 폭발하여 쇠구슬을 날렸는데, 진은 그 폭발보다 더 빠른 속도로 도약하고는 다시 지상에 내려왔다.

그녀의 오른발 돌려차기가 안드레이의 늑골 부위를 때렸다. 온갖 소재로 강화된 그의 몸통이 한순간에 대각선으로 찢겨지고 목까지 분리되며 폭발하고 말았다.

진의 고글에서 뿜어지던 붉은색 빛이 차츰 가라앉았다.

"제길! 제길, 제길, 제길! 그 X같은 사장 새끼랑 알타이르 창녀를 내 손으로 직접 박살 낼 수단이었는데, 이 새끼 때문에 싹 낭비해 버렸어!"

욕설을 날리는 그녀의 몸에서 아지랑이가 한참 올라오다가 사그라졌다.

몸에 들어간 약물의 영향으로 인해 그녀는 술에 취한 듯 비틀거리면서 '쓸데없는 말'들을 중얼거렸다.

"하하, 괜찮아. 스위트 베르자르의 핏줄을 말려 버리고 차선책을 쓰면 돼. 그 덜떨어진 드래곤들을 모조리 제거하고 둥지들도 내 손으로 박살 낼 거라고! 파울라, 그 멍청한 년이 나를 데리고 둥지란 둥지는 다 돌아다니며 위치를 가르쳐 줬잖아? 하하하하!"

머리와 목에 핏대까지 세우며 신나게 웃던 그녀가 입에서 핏물을 터뜨렸다.

"…오늘로 다 끝내는 거야. 그년의 첫째 딸도, 그년이 망가뜨린 내 인생도!"

진은 구급용 주사를 꺼내 몸에 찌르며 골목을 빠져나갔다.

하반신과 분리된 채 방치되어 있던 안드레이의 상체가 꿈틀거렸다.

광학위장으로 머리가 폭발하는 것처럼 꾸며 최악의 위기를 벗어난 안드레이는 상체와 함께 남은 왼손으로 땅을 쳤다.

"쓰레기같이 누워 버렸군."

한탄한 그는 즉각 머리에 내장된 통신장치를 작동시켰다.

"원사님, 안드레이입니다. 실패했습니다."

—자네가?

통신장치에서 들려오는 치프의 목소리에는 경악이 섞여 있었다.

"목표에게 미확인 약물을 쓸 기회를 주고 말았습니다. 처벌해 주십시오, 원사님."

—그럼 지구로 돌아가서 가족들과 유원지에 가.

"잔인하십니다."

—됐으니 자책하는 버릇 좀 고쳐. 많이 다쳤나?

"생명 유지에 이상은 없습니다. 긴급 복구 역시 가능합니다만 오늘 직접 나서서 도와드릴 수는 없을 것 같습니다. 하지만 미스 타리시아에게 얻은 정보가 있습니다."

—얻은 정보? 자네가 얻어낸 거야, 아니면 그 여자가 혼잣말이라도 한 거야?

"미확인 약물의 영향 탓인지 그녀가 혼잣말을 했습니다. 음성 분석 결과 어떤 의도가 깔린 거짓말일 확률은 1% 미만입니다. 또한 미스 타리시아의 현재 컨디션은 완전하지 않습니다."

—나쁘진 않은 상황이로군.

"긍정적이시군요. 미스 타리시아는 현재 포프 베르자르를 1순위로 노리고 있습니다."

—포프를?

"직접 제거할 생각인 것 같습니다."

안드레이의 하체에서 지네를 연상시키는 긴 끈이 나와서는 상체와 접촉했다.

상체와 하체가 응급복구를 위해 결합되는 와중에도 안드레이의 보고는 계속됐다.

—직접 제거? 포프가 어디로 이동할지 모를 텐데?

"새벽에 죠니 상사에게 그 브리치라는 것 중에 하나가 숲 위에 고정되어 있다고 들었습니다. 그 상황을 기초로 추론한 것입니다만, 아무래도 미스 타리시아는 브리치에 대한 제어 수단을 가진 것 같습니다."

—우리 회사 사람들이 하나같이 느낌이 안 좋다고 말하긴 했지. 좋아, 대비할게.

"포프 베르자르 제거 후 차선책을 쓰겠다는 얘기도 했습니다."

—차선책?

"어떠한 방법인지 정확히 듣진 못했지만 드래곤들과 둥지들을 모두 파괴할 수 있는 수단인 것 같습니다."

—전술 핵이라도 날릴 생각인가?

"우리가 아는 방법은 아닌 것으로 생각됩니다. 미스 타리시아 자신도 이번 일을 위해 목숨을 버릴 생각인 것 같습니다."

—음, 그럼 이쪽에서 나름대로 알아보도록 하지. 추가적인 정보를 얻을 수 있으면 즉시 보고해 줘. 나도 뭔가 이상한 점이 떠오르면 자네에게 연락하지.

"알겠습니다, 원사님. 안드레이, 통신 종료."

—무리하지 말고. 치프, 통신 종료.

통신이 마무리된 뒤, 몸을 확실히 이어붙인 안드레이는 상실된 기능을 복구하기 위해 가만히 앉아 시간을 보냈다.

"만약 잘못된다면 저세상에서 조셉을 볼 면목이 없겠군. 원사님을 믿을 수밖에."

안드레이는 침통한 표정으로 다시 땅을 쳤다.

* * *

빅시티로 가는 수송기의 조종석 내에서 안드레이와 통신을 한 치프는 조종석의 유리창을 손으로 가볍게 두드렸다.

조종간을 잡은 채 그의 통신을 모두 들은 알케온은 근심 섞인 눈빛을 그에게 보냈다.

"자네가 원한다면 내가 포프를 보호하겠네."

"음, 아냐. 괜찮아, 알케온."

"그럼 자네가 직접 포프를 보호할 건가?"

알케온이 묻자 치프는 고개를 갸웃했다.

"그럴 생각이긴 한데 어쩐지 그쪽이 그 기자 아가씨의 노림수일 것 같아. 안드레이와 달리 난 그 여자의 기척을 느낄 수가 없어. 뎃디와 여사님, 탈리케이아는 다르겠지만 어떻게든 포프에게서 떨어뜨리려 하겠지. 안드레이의 예상대로 그 여자가 브리치의 제어 수단을 갖고 있다면 무슨 일이 벌어져도 이상하지 않을 거야."

알케온은 고민하는 치프를 가만히 바라봤다.

"자네, 괜찮은가?"

"나? 왜?"

"잭팟의 일에 관한 얘기일세. 혹시라도 자네가 배신감에 휘말려 흔들린다면……."

"난 잭팟에게 배신당한 적 없어."

치프가 웃음소리를 섞어 말했다.

"무슨 소린가?"

"그 기계와는 처음부터 좋은 만남이 아니었어. 여태까지 자네들이 봤던 건 내가 금성에서 해킹한 덕분에 재구성된 녀석의 모습일 뿐이야. 처음부터 믿질 않았는데 배신당할 리가 없잖아?"

"하지만 자네는 잭팟에게 잘해주지 않았나?"

"그냥 친절히 대해준 거야. 애들도 아니고, 괜히 대립할 필요가 없잖아?"

그의 말에 알케온은 몇 번이고 눈을 깜박거렸다. 치프를 보는 그의 표정이 차츰 일그러졌다.

"그럼 자네는 나는 물론 우리 회사 사람들조차도 믿지 않는 건가?"

"갑자기 무슨 소리야?"

"자네가 우리에게 항상 보여주는 훌륭한 매너는 그저 어른스럽게 대립을 피하는 수단일 뿐인가? 잭팟을 대할 때처럼 말일세!"

알케온의 질문은 꽤 충동적이면서도 진실했다. 그는 그만큼 잭팟의 최후, 정확히는 '처리 방식'을 납득하지 못하고 있었다.

납득 못 하고 혼란스러워하는 자는 알케온만이 아니었다. 셀레스티아, 파울라, 젝스는 물론 키드까지도 제대로 집중하지 못하고 있었다.

"……."

치프는 시선을 위로 올린 채 가만히 있었다.

질문을 한 당사자인 알케온은 치프가 그렇게 정색을 하고 감정을 조절하는 모습을 별로 본 적이 없어서 자신도 모르게 숨소리를 죽였다.

얼마 못 가 치프는 조수석의 목 받침대를 손바닥으로 내려쳤다.

"빌어먹을! 혹시 내가 말한 적이 있던가? 내가 왜 개나 고양이 같은 걸 안 키우는지 말이야!"

"아, 아니, 자네가 애완동물들을 좋아할 거라는 생각조차 안 했네만……."

치프가 제대로 화를 내자 알케온의 표정과 자세가 움츠러들었다.

그 모습 때문에 화가 더 난 치프는 목소리를 한층 높였다.

"책임질 수 없어서야! 한 번은 본부 사무실 베란다에 화초를 키운 적이 있는데, 얼마 있다 보니까 화초는 죽어버렸고 베란다 밖에 피어 있던 잡초는 멀쩡히 자랐지! 웃기게 들리겠지만 그게 내 본성이라고!"

"본성?"

"난 내 곁에 있는 자들을 장난으로 대하지 못하는 성격이야! 내가 조금이라도 대충 행동해 버리면 주변 사람들이 어김없이 그 화초처럼 죽어버렸다고! 혹시 내가 너희들을, 아니 알케온 널 가볍게 다뤘었나? 단 한 번이라도!"

"……."

"저번에 나한테 소년병들을 처음 쐈을 때의 기분을 물었었지? 그건 심심풀이로 한 질문이었어? 그 질문에 대한 내 대답은 어땠지? 어디 캠핑장에서 놀다 온 경험담처럼 들렸나? 시간 없으니 당장 대답해!"

알케온은 정말 화가 난 얼굴로 자신에게 소리치는 치프의 얼굴을 보고 가슴이 떨렸다.

"미, 미안하네. 내가 잭팟과의 추억에 취해 버렸나 보군."

"…사과할 필요 없어. 네가 날 이상하게 보는 게 정상이니까."

치프는 오른손으로 얼굴을 가리며 괴로운 투로 말했다.

"치프?"

"내가 20년 넘게 해온 일이 그런 거야. 대테러 전투, 인간 청소, 고문, 기타 등등. 너희 드래곤들이 1년 전까지만 해도 상상조차 못 했던 것들이지."

"……."

"소리 질러서 미안해. 나중에 저녁 식사 크게 사지. 난 포프에게 가볼게."

"음, 아……."

알케온은 뭐라 말을 하려 했으나 치프는 뒤도 안 보고 조종석 문을 연 뒤 그곳을 나갔다.

조종간을 오른손으로 잡은 알케온은 멍하니 앞만 바라보다가 왼손으로 자신의 이마를 눌렀다.

'아, 또 저질러 버렸군. 난 왜 이 모양이지? 나란 존재의 그릇은 겨우 이 정도인가? 밑바닥에서 헤어나질 못하는 것 같아.'

그의 왼손 손톱이 이마의 피부를 눌렀다.

'치프가 밑바닥에서 사는 존재이기에 그럴지도? 심연 속의 존재처럼 나를 묶고 있는 걸지도 몰라.'

알케온은 탑승실에 연결되는 마이크를 켰다. 치프가 과연 포프에게 무슨 얘기를 할지 궁금했기 때문이다.

치프는 탑승실에서 전투복을 입고 준비 중인 포프에게 다가갔다.

"이야, 이거 또 나랑 함께 비행기를 타버렸네?"

"사장님보고 빅시티까지 뛰어오시라고 할 수는 없잖아요."

나름 재치를 부린 포프는 미지근하게 웃고는 금방 어두운 표정을 지었다.

그녀 역시 잭팟의 일로 인해 혼란을 겪고 있었다.

탈리케이아, 헤이파와 함께 포프의 맞은편에 앉은 데스디아는 단말기로 게임을 하는 모친을 잠시 바라보다가 치프 쪽으로 눈을 돌렸다.

'치프는 분명 무슨 연락을 받았어. 분위기가 미세하게 달라. 하지만… 모르겠군.'

데스디아는 그의 속을 알 수가 없어 답답했다.

그녀는 어제 치프와 함께 테러를 막자마자 엽기적인 살인 현장을 봐야 했다. 그리고 오늘 아침에는 잭팟과 그의 스포츠카가 고철로 변하는 것을 봤다.

사람들은 충격을 받았지만 치프는 그대로였다.

탈리케이아에게 말했던 밀물썰물 이야기가 그녀의 머릿속에 다시 떠올랐다.

'분명 큰일이 터질 거야. 오늘은 정말 집중해야겠군.'

굳게 다짐하는 데스디아의 귀에 헤이파가 즐기는 게임의 소리가 들려왔다.

그녀는 덤덤한 표정의 모친을 살짝 봤다.

'아까 치프가 나보다는 어머님을 먼저 찾았지.'

데스디아는 잭팟을 마무리할 때 있었던 그 일이 섭섭했으나 딱 그뿐이었다.

헤이파가 그녀 자신보다 훨씬 더 냉정하고 각종 상황에 대한 대처 능력이 뛰어나다는 사실을 인정하기 때문이었다.

치프가 포프 옆에 앉았다. 데스디아의 시선이 그를 따라 움직였다.

"자, 어쩌지? 오늘도 우리한테 무슨 일이 벌어지는 게 아닐까?"

그가 묻자 포프는 표정을 바꿨다. 그가 바라는 대로 잭팟의 일을 마음의 저편에 밀어두기로 한 것이다.

데스디아의 눈에는 그 소녀의 표정 변화가 너무나 어른스러워 보였다.

"사장님, 사만다 언니가 왜 사장님을 좋아하는지 아세요?"

파울라와 나란히 앉아 포프를 걱정하던 사만다는 그 순간 얼굴이 달아올랐다.

"내가 좀 믿음직하잖아?"

치프는 사만다의 반응을 볼 수 없는 자리에 앉았기에 농담하듯 말했다.

그의 대답을 들은 포프는 밝게 웃었다.

"최악의 상황에서 사장님의 모습을 봤기 때문이에요."

부끄러움에 우왕좌왕하던 사만다는 포프의 말을 듣고 '그때'를 떠올렸다.

자신 위에 쌓인 건물 파편이 치워지고, 뒤이어 헬멧을 쓴 남자가 빛과 함께 자신의 눈에 들어오는 그 모습은 사만다가 아직도 잊지 못하는 치프와의 첫 만남이었다.

"그리고 저도 마찬가지고요."

포프가 멋쩍게 자신의 코밑을 만졌다.

"이곳에서도, 그리고 지구에서도 사장님은 항상 제가 원하는 곳에 나타나 주셨어요. 아니, 저뿐만이 아니라 많은 사람이 누군가를 원할 때 그 자리에 계셨죠."

"……."

"죠니 팀장님이랑 조셉 아저씨, 딕슨 아저씨가 항상 그러셨어요. 사장님께서 싸우시는 모습을 볼 기회는 최악의 상황일 때뿐이라고요. UNSMC분들이 목숨을 걸고 사장님을 신뢰하는 이유도 그것 때문이 아닐까요?"

그녀의 말에 탑승실 구석에 앉아 있던 죠니가 자신의 큰 턱을 만지며 미소를 지었다.

"글쎄? 하하."

웃는 치프의 목에 포프가 매달리듯 안겨왔다.

"누군가가 저를 노리는 거죠? 동생들이 이곳에 왔을 때 왠지 그럴 것 같다는 느낌이 들었어요. 어젯밤에 사장님께서 저를 봐주신 것도 그렇고요."

"…음."

치프는 팔을 들어 포프의 등을 토닥였다.

"혹시라도 사장님께서 저를 또 미끼로 쓰신다 해도 상관없어요."

포프의 입에서 미끼라는 말이 나오자 치프는 토닥이는 것을 멈추고 그녀의 등과 머리를 만져주었다. 그것은 사과의 뜻이었다.

그 소녀는 자신과 헤이파가 지구에서 붙잡혔던 것이 적들의 일망타진을 위한 치프의 작전임을 눈치채고 있었다.

"각오는 했어요, 사장님. 전 괜찮아요."

"물러나지 마, 포프. 네 눈앞에 누가 나타나더라도 말이야."

"명심할게요."

포프는 자리에 똑바로 앉은 후 눈을 감고 호흡을 조절했다.

묵묵히 게임만 하던 헤이파가 단말기 너머로 포프를 흘끔 봤다.

'이젠 꼬마가 아니라 처녀로군. 설마 우리 딸과 경쟁할 생각은 아니겠지?'

헤이파는 다시 단말기를 봤다.

포프의 머리라도 쓰다듬어 주고 일어나려 했던 치프는 그냥 조용히 일어나 자리를 옮겨 앉았다.

'여자애가 어른이 되는 걸 두 번이나 보네. 아, 우울해.'

생각은 그렇게 했지만 포프의 각오를 들은 치프의 마음은 한층 더 안정되었다.

조종석의 알케온은 마이크를 껐다.

"많은 사람이 원하는 그 자리에 있는 자라……."

그는 자신이 포프에게 추월당했다는 사실을 무겁게 받아들였다.

"내 자리는 어딜까?"

혼잣말을 한 알케온에게 들려오는 것은 아무것도 없었다.

46
하늘로 향하는 작은 손

치프와 헤이파, 탈리케이아는 수송기의 날개 그늘 아래에 나란히 앉아 있었다.

그들은 죠니가 근처 카페에서 사 온 음료를 마시며 데스디아를 구경하는 중이었다.

허리에 소형 스피커를 찬 데스디아는 연단에 서서 오늘 모인 헌터들에게 이것저것 이야기를 하느라 매우 바빴다.

"다시 말하지. 사냥감은 고블린과 오크, 오우거 다수이며 지역은 숲이다. 특히 고블린들의 경우에는 어제 관측된 것과 다르게 머릿수도 늘었고 장비의 수준 역시 아주 좋은 것으로 재확인됐다. 고블린들이 집중된 지역은 나무의 간격이 좁아서 건하운드와 같은 대형 무장을 쓸 수 없으니 선발대에 참여할 자들은 자신의 주제를 잘 파악하도록. 대신 선발대에게는 다른 지역을 맡을 헌터들보다 세 배 높은 금액을 지불하지."

생각보다 많이 모여든 헌터들의 앞줄에는 갈라트가 보낸 베리몬 가문의 헌터들이 후원자로서 버티고 있었다.

갈라트를 따라 온갖 행성을 떠돌며 사냥을 해온 베리몬 가문의 헌터들은 가장 어린 자의 경력이 30년을 넘을 정도의 최정예이며 그들의 얼굴과 이름은 헌터들 사이에서도 유명했다.

그들이 데스디아를 도와 헌터들을 정렬시켜 준 덕에 아직까지 큰 소란은 없었다.

데스디아를 돕는 헌터는 그들만이 아니었다.

악어 머리 켐리도 단말기를 흔들며 헌터들 사이를 돌아다니고 있었다.

"지역 지도를 못 받으신 분, 어서 손 드세요! 제가 보내 드리겠습니다! 지도가 없으면 앞사람만 따라가다가 크게 다치니 조심하세요!"

그 청년은 벙커 방어 전투 이후 허풍이나 허세를 집어치우고 성실한 태도로 일하고 있었다. 켐리를 아는 사람들 모두가 벙커 방어전 때 머리라도 맞았냐며 걱정할 정도였다.

켐리를 변하게 한 장본인인 치프는 자몽소다를 마시며 혼자 걱정을 달랬다.

"흠, 치프."

헤이파가 그를 불렀다. 그녀는 회사에서 출발할 때 이미 알타이르의 전투복으로 갈아입은 상태였다.

어깨 한쪽에 두른 망토는 데스디아나 탈리케이아의 것과 조금 달랐는데, 색깔은 검은색으로 동일했으나 망토 한가운데에 브라토레 가문의 문장인 천마(天馬)가 짙은 회색으로 수놓아져 있었다.

"말씀하세요, 여사님."

"자네 취향이 설마 어린애는 아니겠지?"

하마터면 사레가 들릴 뻔한 치프는 기침을 한 번 크게 하고는 무슨 소리냐는 눈빛으로 헤이파를 돌아봤다.

"어린애라뇨? 큰일 날 말씀을……."

"아까 포프를 다독여 주는 모습도 그렇고, 사만다가 아직 어렸을 때는 자네에게 그렇게 귀여움을 받았다던데… 왜 우리 첫째는 여자 취급도 안 하는 건가?"

"무슨 말씀이신지 전혀 모르겠는데요?"

"혹시 여자에 관심이 없나? 여성 기피증이라도?"

"전 아주 건강하고 위아래 전부 문제없어요."

"그럼 한 번이라도 아래쪽을 시험해 봤다는 뜻이로군."

"…죄송한데 오늘은 농담할 기분이 아니에요."

그러자 탈리케이아가 고개를 불쑥 내밀었다.

"치프, 그렇다면 정……!"

정자 채취 얘기가 나오기 직전에 헤이파의 손이 탈리케이아의 입을 덮었다.

"나한테 농담할 기분이 아니라고 하는 걸 보니 포프의 문제 말고도 큰일이 있는 게로군."

헤이파가 날카롭게 질문을 던지자 치프는 어깨를 으쓱했다.

"미래는 아무도 모르죠."

치프는 그렇게 넘어가려 했다.

"실은 어제 엠페라투스가 우리 회사에 들렀다네."

헤이파의 말을 들은 치프는 뒷목을 묵직하게 맞은 사람처럼 눈을 감고 고개를 들어 뒤통수를 수송기 동체에 댔다.

잭팟과 관련된 얘기가 나올 거라 예상하고 대비했던 그에게 있어서 엠페라투스의 방문 소식은 그만큼 충격적인 사건이었다.

"…밥 먹으러 온 건 아니었죠?"

"별 얘기를 다 했네만 지금 이 상황에서 가장 쓸모 있는 정보는 브리치들의 패턴에 관한 것이었네. 자신이 과거에 신들과 싸울 때도 지금과 같은 패턴은 없었다고 하더군."

"그 패턴이라는 게 브리치들의 움직임이라는 뜻이죠?"

"그렇다네. 실제로 하나는 숲 위에서 꼼짝도 안 하고 다른 하나는 천천히 이동 중이지 않나?"

"그렇죠. 음… 그래도 포프가 더 큰 문제일 수도 있어요."

"그렇게 생각하는 근거는?"

치프는 일단 소다를 한 모금 마셨다.

"포프가 자유의 어둠을 이은 자라고 불렀잖아요?"

"그렇지."

"과연 그게 엠페라투스의 부활과 함께 증발되어 버린 요소일까요?"

"……."

헤이파가 침묵하는 사이 데스디아가 선발대에 관한 공지를 외쳤다.

"선발대 인솔 및 책임자는 우리 회사의 포프 베르자르다. 선임자는 카발리오 베리몬이니 선발대 지망자들은 그들 뒤에 서도록. 시간 없으니 어서 움직여!"

포프가 대장이라는 말에 포프에 대해서 잘 모르는 헌터들은 사기당하는 거 아니냐는 표정을 지었으나 켐리처럼 그라니트 용역 외주에 몇 번 참여해 본 자들은 토를 달지 않았다.

마침 그 모습을 본 치프는 깔끔히 비운 자몽소다의 텀블러를 바닥에 내려놨다.

"해군 정보부 애들들 얘기로는, 오파로아 사람들이 은신에 대한 잠재 능력에 완전히 눈을 뜨려면 최소 3년 정도 집중적으로 육체와 정신을 단련해야 한다고 하더군요."

"음, 그렇지."

파병 생활을 할 때 얻은 지식 덕분에 헤이파도 그에 대해서는 잘 알고 있었다.

"그런데 1년 전의 포프는 한 20분만 트랙을 뛰어도 토하네 마네 할 만큼 몸이 허약했던 애였어요. 집중 훈련은커녕 집 밖에 나가본 적은 있는지 의심스런 상황이었죠."

헤이파의 안색이 바뀌었다.

"그렇다면 혹시……?"

"예. 어머니의 죽음으로 인해 강제로 물려받은 능력, 즉 자유의 어둠이 포프를 단기간에 성장시켰겠죠."

치프는 실전용 마체테 두 자루와 각종 단검, 손과 팔뚝에 연결된 고출력 전기충격기, 그리고 방진용 마스크로 입가를 덮은 포프를 봤다.

그녀는 한 명의 어엿한 헌터였다.

"포프의 은신 능력은 뭔가 다릅니다, 여사님. 저 애는 자신의 어머니만큼이나 강력한 헌터… 내지는 암살자로 성장할 거예요. 말리고 싶지만요."

"음, 과연."

헤이파가 팔짱을 꼈다.

좀 떨어진 곳에서 롸켓과 함께 담배를 태우고 돌아온 죠니가 마침 그 얘기를 듣고 그들에게 다가왔다.

"포프의 운동 능력은 1년 만에 다듬어진 거라고 생각하기 힘들 정도였습니다, 원사님."

"그래?"

"아시겠지만 아주 어렸을 때부터 몸을 만든 사람과 성장기가 거의 끝날 무렵에 몸을 만든 사람은 차이가 크죠. 포프는 대여섯 살 정도부터 운동을 해왔던 아이처럼 금방 몸이 좋아졌습니다."

"음, 어제 내가 직접 확인했지. 골격과 인대는 튼튼했고 근육의 질이 좋았어. 자네 말대로 아주 어렸을 때부터 단련된 게 아닐까 싶을 정도였지. 순발력도 훌륭했고 신체 전반이 올림픽 메달리스트 수준의 체조 선수처럼 밸런스가 잡혀 있더군. 정말 놀랐어."

"예, 원사님."

죠니가 턱을 만졌다.

"포프의 기본 트레이닝은 저와 사만다, 부사장님이 번갈아 맡았습니다. 몸이 완성되어 가는 과정이 너무 빨라서 믿을 수 없었죠. 혹시 그것도 원사님께서 말씀하신 자유의 어둠과 관련이 있는 걸까요?"

"관련이 있으면 정말 다행이지."

"예?"

"운동 한 번 제대로 안 해본 촌뜨기 여자애를 저렇게 성장시킨 원천이 자유의 어둠이라면 그 힘이 오늘 포프를 지켜줄 거야."

치프는 바닥에 내려놨던 텀블러를 들고 일어났다.

"하지만 기분은 언짢군. 평범하게 살아가면 안 되나?"

말은 그리했지만 정작 치프가 수송기에 들어가서 갖고 나온 것은 아주 작은 금속 케이스였다.

그 안에 뭐가 들었는지 알고 있는 죠니는 쓴웃음을 지었다.

"그래도 오늘 하루만큼은 평범해선 안 되죠."

"알아. 그게 싫다고, 그게."

치프는 케이스를 열었다.

안에 든 것은 옅은 청색을 띤 군용 나이프와 검은색의 권총한 자루였다.

"내가 내 손으로 애한테 총을 쥐여줄 날이 올 줄은 꿈에도 몰랐군. 이게 불교에서 말하는 업보라는 건가?"

치프는 총을 분해하여 점검했다. 지구에서 불과 2년 전에 나온 신형 권총이었기에 치프가 들고 다니는 구식 제품의 복제 강화판과 달리 여러 가지 면에서 깔끔했다.

"업보는 무슨, 걱정이지."

치프를 바라보던 헤이파가 웃음소리를 섞어 말했다. 놀리기 위한 행동이 아니라 응원이었다.

"사만다도 그렇고, 포프도 그렇고… 하아, 애들의 성장은 적응이 안 되네요."

치프는 중얼거리면서 열심히 권총을 닦고 청소했다.

헤이파와 탈리케이아, 죠니, 좀 이따가 온 롸켓, 그리고 셀레스티아와 파울라, 알케온까지. 모든 이가 권총을 점검하는 치프의 모습을 한곳에 모여앉아 구경했다.

탈리케이아는 다른 알타이르인들과 마찬가지로 총이라는 물건을 그리 좋아하지 않았다.

공장에서 별다른 수고 없이 찍어낸 살인도구라는 인식부터 지나친 편리함과 위력, 사용처, 그리고 사용자에 대한 반감 때문이었다.

하지만 치프가 총을 점검하는 모습은 꽤 신선했다.

탈리케이아가 속한 클라두스 가문은 상당한 명문이었다.

물론 탈리케이아라는 워치프를 배출한 것만으로 명문이라 인정된 가문은 아니었다. 그들은 1만 년 가까이 대대로 도검을 벼려온 도검 장인의 명가였다.

탈리케이아는 쇠를 두드리고 칼날을 세우는 증조모, 조모 등의 어른들을 평생 봐왔다. 몇 개월 동안 문질러 세운 칼날이 마음에 안 든다며 부러뜨리는 광경도 종종 목격했다.

그런데 지금, 칼날을 세우는 어른들의 모습과 총을 점검하는 치프의 모습이 그녀의 눈에 언뜻 겹쳐 보였다.

"치프는 총을 어렵게 다루네?"

탈리케이아가 치프에게 물었다.

"다루기 쉬운 만큼 배신당하기도 쉽거든. 제아무리 신형이라고 해도 정성을 다하지 않으면 의미 없어."

총의 점검을 마친 치프는 이어서 나이프를 꺼내 들었다.

나이프는 헤이파와 탈리케이아의 눈길을 끌었다.

"그 칼은… 날이 서 있지 않군?"

"칼 모양을 한 쇠막대죠."

헤이파의 질문에 대답한 치프는 맨손으로 칼날을 잡아 흔들기도 했다.

"칼날은 프라이팬의 계란도 뒤집을 수 있을 만큼 넓고 코등이는 글러브나 다름없죠. 이건 특별한 상황에 대응하기 위해서만 제작된 도구예요."

"의장용 물건인가?"

"아뇨, 특수합금을 적층 방식으로 쌓아 만든 거라서 단분자 방식 절삭도구의 수명을 극단적으로 줄여 버리죠. 전기톱 방식의 단분자 절삭기 따위는 여기에 닿으면 한 방에 수명이 끝나요. 물론 전 한 번도 안 써봤지만요."

"안 썼다고? 어째서?"

"휴대용 단분자 절삭기 한 자루의 값이 최고급 자동차 한 대 값이거든요. 갖고 다니는 놈들이 없어서 써볼 기회가 없었죠."

"아, 흠."

헤이파는 맥이 좀 빠졌다. 그러나 그녀는 얼른 생각의 방향을 바꿨다.

"그럼 포프가 그런 걸 다루는 자와 싸울지도 모른다는 건가?"

"부정하진 않을게요."

치프는 단검과 권총을 케이스에 넣었다.

"가급적이면 충돌 전에 막고 싶지만… 어쩔 수 없죠. 권총이든 뭐든 애한테 무기를 쥐여주는 건 끔찍하게 싫은데 포프의 시체를 치우는 건 더 싫으니 준비시켜야죠. 잭팟을 유혹해서 조셉을 죽이게끔 만든 자가 포프까지 노리고 있어요. 보통 일이 아니라고요."

"우리가 전담해서 막으면 되지 않나?"

헤이파가 벌떡 일어나자 파울라가 그녀에게 질 수 없다는 식으로 치프의 앞에 섰다.

"내가 포프를 맡겠네, 사장! 그 누구도 그 애한테 접근하지 못하도록 만들겠네!"

"그게 확실히 가능하고 효율적이기까지 했다면 분명 부탁드렸을 거예요. 하지만 아니에요."

치프는 고개를 저었다.

"오히려 그편이 포프를 더 위험하게 만들 수도 있어요."

"어째서 그렇게 생각하는가?"

파울라가 약간 자존심이 상하여 물었다.

"지금 포프를 노리는 자는 포프를 자기 손으로 직접 조각내고 싶어서 정신이 나간 자예요. 그런 자들은 목표물의 곁에 자신이 감당 못 할 존재가 있다면 분명 암습을 할 겁니다. 그게 더 위험해요."

그는 손에 든 케이스를 땅에 놓은 뒤 파울라의 근육질 어깨를 양손으로 각각 잡았다.

"절 믿지 못하시겠다면 어쩔 수 없지만 포프만은 믿어주세요, 장로님. 포프는 잘해낼 거예요. 잘해내고 장로님 곁으로, 그리고 동생들 곁으로 돌아올 겁니다."

"…이번에도 자네의 예상이 맞길 바라겠네. 하지만 이 무력감은 주체할 수가 없군. 자네와 그라니트 용역에게 있어서 나란 존재는 과연 무엇이란 말인가?"

파울라의 질문은 셀레스티아와 알케온의 마음을 흔들었다. 둘 다 파울라와 마찬가지로 자신들의 존재 가치를 의심하고 있는 입장이었기 때문이다.

그녀가 셀레스티아를 낳은 장본인임을 들었던 헤이파는 파울라의 그런 혼란을 이해는 했으나 굳이 변호해 줄 생각은 없었다.

치프는 파울라에게서 손을 뗀 뒤 주먹을 가볍게 쥐고 시선을 다른 곳에 두었다.

알케온은 그가 감정을 자제하고 있음을 느꼈다. 치프가 아까 조종석에서도 지금과 비슷한 분위기를 내다가 폭발해 버린 것을 봤기 때문이었다.

치프는 단말기를 꺼낸 뒤 사진이 든 앨범을 열며 말했다.

"장로님, 싸움은 정말 고약한 녀석입니다. 용감하게 맞서 싸워도 그렇고, 싸움을 포기하거나 피해도 일단 싸움을 치른 사람의 마음은 망가져 버리죠. 사람의 감정이란 게 그렇거든요."

치프는 자신의 단말기 화면을 파울라에게 보여주었다.

단말기의 화면에는 빅시티에 하나밖에 없는 유원지에서 포프와 파울라, 젝스가 찍힌 사진이 떠 있었다.

그것은 포프가 자신의 단말기를 이용해 찍은 셀프 사진이었고, 치프가 우주연합 수도에 갇혀 있을 때 검열을 통과한 몇몇 파일 중에 하나이기도 했다.

"장로님은 포프를 소중하게 생각하시나요? 사진을 보니 분명 그런 것 같군요. 그렇다면 포프 역시 장로님을 소중하게 생각할 겁니다. 그리고 싸움으로 망가진 자신의 마음을 치유하거나 달래기 위해 당신의 곁을 찾겠지요. 포프에게 있어서도 당신은 소중한 존재입니다."

치프는 단말기를 내렸다.

"그런데 장로님이 이제 와서 스스로를 의심하시면 포프는 뭐가 됩니까?"

"……."

때마침 데스디아가 헌터들에게 장비 점검 및 수송기 탑승 준비를 지시했다.

포프는 당연히 회사 사람들이 있는 곳으로 돌아왔고 그로 인해 치프와 파울라의 대화는 어설프게 끝나고 말았다.

파울라는 슬그머니 다른 곳으로 이동했고 치프는 포프에게 손짓했다.

"이리 와봐, 포프."

얼굴에 쓴 방진용 마스크를 내리며 그에게 다가가던 포프는 치프의 손에 들린 금속 케이스를 보자마자 걸음을 늦췄다.

"그거… 조셉 아저씨의 총이잖아요?"

"케이스만 봐도 아는군. 맞아. 딕슨이 너에게 주라고 했어."

치프는 케이스를 연 뒤 아직 탄을 넣지 않은 권총을 포프에게 내밀었다.

"물리적 소음기가 아니라 노이즈 캔슬러가 달린 신형 권총이야. 네 시신경에 직접 조준선 연동을 해주기도 하지. 난잡할 수도 있고 연동 정보를 해킹당할 수도 있으니 맹신하지는 마. 신체 정보를 등록하면 네 몸에 맞게 영점 조절도 되니 굳이 쏴볼 필요는 없어."

포프는 그 권총을 물끄러미 바라봤다.

"괜찮으시겠어요, 사장님?"

그녀는 소년병과 관련된 치프의 일이 마음에 걸렸다.

"아, 기분은 정말 더럽지."

치프는 빙긋 웃었다.

"하지만 내가 선택한 과거고 피할 생각은 없어. 넌 이 총을 올바르게 사용할 수 있도록 배운 아이야. 조셉이 이 총과 함께 널 지켜줬으면 좋겠어."

끄덕거린 포프는 총을 받은 뒤 케이스도 넘겨받았다.

"일이 끝나면 딕슨 아저씨에게 돌려 드릴게요."

"천천히 생각해도 돼."

치프와 마주 웃은 포프는 고개를 움직여 파울라를 찾았다. 어렵지 않게 그녀를 찾아낸 포프는 파울라의 넓은 품에 안겨 마음을 진정시켰다.

곁에서 보고 있던 데스디아가 치프의 어깨에 손을 얹었다.

"당신도 결심했나 보군."

"결심은 누구나 할 수 있는 거야. 중요한 건 실행이지."

"흠… 그보다 괜찮겠어? 헌터 면허가 없는 당신이 포프가 지휘할 선발대에 참여했다가 잘못되면 법의 저촉을 받게 될 텐데?"

데스디아의 걱정에 치프가 그녀 쪽으로 고개를 돌렸다.

"경호원 자격으로 참가하는 거잖아? 돈을 받는 것도 아니고."

"누군가가 앙심을 품고 고발하면 레투가도 어쩔 수 없이 당신을 처벌해야 돼."

"그래? 징역형이라도 받나?"

"지구 돈으로 환산해서 100달러 이하의 벌금형이야."

치프와 데스디아가 서로를 한참 바라봤다.

"네가 나한테 했던 농담 중에서 지금 게 제일 웃겼던 것 같아."

"후후."

나름대로 장난스럽게, 하지만 중후하게 웃은 데스디아는 치프 쪽으로 돌아섰다.

그녀는 치프의 군복 곳곳을 손으로 만져서 잘 펴주었다.

군복에 그러는 것은 그다지 의미 없는 일이었지만 그녀는 어떻게든 그의 모습에 자신의 흔적을 남기고 싶어 했다.

"인정하긴 싫지만 역시 당신한테는 군복이 제일 잘 어울려. 군복 차림의 당신 첫인상이 내 머릿속에 남아 있어서 그런 걸까?"

"난 네 전통복 차림을 보고 싶은데 말이지."

"기억해 두지. 포프와 선발대를 잘 부탁해."

"선발대 책임자는 포프잖아?"

"아무도 그렇게 생각하지 않을걸?"

서로 팔을 뻗어 손을 마주친 둘은 콰켓과 알케온, 죠니가 담당한 수송기들을 향해 각각 움직였다.

*　　　*　　　*

죠니가 모는 수송기 안에서, 치프는 붉은색 머리카락과 수염을 여러 갈래로 딴 듀베리아 행성인과 굳게 악수를 나눴다.

"카발리오 베리몬이오. 이렇게 함께해서 영광이오, 사장."

"그냥 치프라고 불러주세요. 반갑습니다."

선발대 헌터들은 치프 앞에서 전혀 위축되지 않는 카발리오의 모습에 감탄했다. 하지만 카발리오의 왼손은 바지 주머니 속에서 달달 떨리고 있었다.

그래도 치프와 인사를 나눈 뒤엔 안정감을 되찾았다. 카발리오뿐만 아니라 다른 헌터들도 약간 안도했다.

치프는 그들에게 있어서 그만큼 미지의 존재였다.

"포프를 이끌어주셨다고 들었습니다. 정말 감사합니다."

"오, 아니오. 오히려 포프가 나서서 혼란 상황을 수습한 일이 많소. 내가 괜히 선임으로서 포프를 보조하는 게 아니라오. 포프는 내 경력을 1년도 안 되어 능가한 재주꾼이오."

"그래도 꾸준히 선임을 맡아주시는 게 어디예요?"

"그게… 포프를 애라고 무시하는 놈들이 워낙 많아서 말이오. 그 꼴을 보느니 내가 그 아이의 밑에서 그런 놈들을 막아주기로 했다오. 머저리들의 멍청한 기준에 포프의 재능이 묻히는 건 볼 수 없지 않소? 보면 볼수록 듬직해지는 그 아이의 모습은 날 뿌듯하게 만든다오."

"애들 커가는 모습이 정말 놀랍죠. 하지만 귀여움이 좀 희석된 건 아쉬워요."

"인정하오. 하하하!"

치프와 카발리오가 껄껄 웃었다.

둘을 앞에 두고 앉아 있는 포프는 그 적나라한 칭찬으로 인한 부끄러움 때문에 고개를 들지 못했다.

"사장님, 근데 이쪽 일에 끼셔도 괜찮으세요?"

질문한 사람은 악어 머리 켐리였다.

"이쪽? 면허 때문에 그런가? 그건 벌금 좀 내면 된다던데?"

"벌금이 문제가 아니라, 대규모 사냥의 선발대 경험은 없으시잖아요? 현장 분위기가 얼마나 험한지 아세요?"

"모르지. 그러니 내가 다른 사람들한테 폐 끼치지 않도록 네가 좀 도와줘."

할 말을 잃은 켐리는 몸에 비스듬히 걸친 산탄 보관용 탄띠를 만지작거리며 무안함을 달랬다.

마이크와 CCTV를 통해 탑승실의 그 상황을 보고들은 죠니는 피식 웃었다.

"저 햇병아리 악어 머리를 어떻게 할까? 원사님이랑 안면 좀 텄다고 저러네?"

—지갑으로 만들어 버릴까요?

—난 어렸을 때부터 가죽 부츠를 신고 싶었어.

—그 흰색 부츠? 그거 뱀 가죽이잖아? 저놈은 악어라고.

—저놈도 뱃가죽은 밝은 색이겠지. 아닌가?

남자들의 목소리가 죠니의 헤드셋 안에서 울렸다.

"좋아, 그만. 원사님께서 부르시기 전까지 다들 간식이나 먹고 있어."

—옙.

그런데 '그들'을 자극할 만한 이야기가 죠니의 헤드셋에 들어왔다.

탑승실 내부의 CCTV 카메라가 구석에 선 남자 두 명 쪽으로 움직였다.

"…그래, UNSMC. 난 당시에 목성에 있었어. 다른 친구들과 함께 궤도 식민지의 인공태양을 수비하는 역할이었지."

"자네가 UNSMC였다고?"

약간 둔한 표정의 헌터가 상대의 말을 듣고 놀랐다.

"아니, 난 그냥 민간 군사기업 직원이었지."

"용병이었군."

"아무튼 우리를 향해서 군벌 놈들 소유의 전투헬기 세 대가 왔어. 놈들이 미친 듯이 기관포를 갈겨대서 우린 엄폐물 위로 고개도 못 내밀었다고."

"그런데?"

"중장갑 전투복을 입은 UNSMC 병사 한 명이 미사일 같은 것을 타고 헬기 쪽으로 날아가더니 옆으로 달라붙더라고! 문짝을 뜯어내고 조종사를 밖으로 던져 버리더군! 그러고는 자신이 헬기를 조종해서 다른 두 대를 격추시키고 우리 앞에 착륙했지! 헬기에서 내린 그 병사는 뒤이어 나타난 다른 UNSMC 병사들에게 지시를 내렸어. 겁나 멋있었다고! 분명 그 미친 병사가 저 치프일 거야!"

"굉장한데? 미사일을 탔다고? 끝내주잖아!"

거기까지 얘기가 나오자 죠니의 헤드셋이 다시 시끄러워졌다.

—저때 원사님이 그런 짓을 하셨나? 그냥 헬기 로터에 우주승강기용 와이어를 걸어서 떨어뜨리셨을 텐데?

—인공태양 관리소 앞은 헬기 따위가 착륙할 공간이 없었지. 세발자전거 정도만 세울 수 있었다고.

—뭐, 원사님이 미쳤다는 말은 사실이니까 그러려니 하자고.

죠니가 헤드셋을 검지로 두드렸다.

"됐으니까 저 녀석을 수송기가 착륙할 때 확보해. 저 녀석, 몸 상태가 좀 이상하군."

—예, 상사님.

그로부터 약 1시간 뒤, 수송기 탑승실의 스피커가 울렸다.

—도착 10분 전. 치프, 오줌 지린 사람 없습니까?

죠니는 치프를 별명으로 불렀다. 뭔가 문제가 있어서 그런 것이 아니라 제3자들 앞에서 대놓고 그를 원사라 부를 수는 없었기 때문이다.

치프는 헌터들 사이에 있는 켐리를 봤다.

"숲을 누빌 선발대치고는 덩치가 너무 큰 친구가 있는데?"

—두고 내리시면 제가 탁아소에 놓고 오겠습니다.

헌터들이 가볍게 웃었다. 켐리는 뒷목을 만지며 멋쩍어했다.

치프가 헬멧을 쓰고 전술정보 기록 장치를 켰다.

그의 옆에 방진용 마스크와 헬멧, 고글 등을 단단히 착용한 포프가 자리를 잡았다. 치프는 그녀를 휙 들어 자신의 앞에 세웠다.

"네가 책임자잖아? 위엄을 보여야지."

"네? 음… 그렇죠."

내리다가 혹시 무슨 일이 있을까 봐 그의 옆에 섰던 포프는 방진마스크 밖으로 한숨을 내쉬었다.

이윽고, 수송기의 후방 문이 열렸다. 빛과 숲의 냄새가 수송기 안으로 쏟아져 들어오자 소녀의 눈빛은 사냥을 위한 집중력으로 날카로워졌다.

포프가 손을 들고 움직였다.

"선발대, 지상으로."

포프를 선두로 한 선발대 헌터들이 건하운드 대신 개인화기를 든 채 수송기에서 빠르고 차분히 내렸다.

그들은 자신들 가운데 한 명이 마치 유령에게 끌려가듯 수송기 밖으로 나오지도 못하고 잡혀 들어가는 것을 눈치채지 못했다.

—목표 확보.

"잘했어."

죠니는 약간 빠르게 후방 출입구를 닫으며 상승했다.

그 타이밍에서 이상함을 느낀 치프는 주변을 둘러봤다.

“죠니, 한 명이 안 보이는데?”

—한 놈이 이상해서 확보했습니다. 현재 심문을 하려고 준비를……

“그놈 당장 수송기 밖으로 던져! 수송기는 전속으로 상승시키고!”

—예?

“실행해, 당장!”

헬멧의 방음 기능 덕분에 치프의 고함을 들은 사람은 없었다.

전속으로 상승한 수송기 밖으로 목성 식민지 관련 무용담을 늘어놨던 헌터 한 명이 내던져졌다.

헌터들은 숲을 앞두고 다들 긴장한 터라 아무도 그 상황을 보지 못했다.

낙하산 없이 허공에서 허우적대던 그 용병 출신 헌터는 일정 고도 이하로 내려가는 순간 대폭발을 일으켰다.

40명이 넘는 헌터가 반사적으로 몸을 숙였다. 아예 땅에 엎드리는 자도 있었다. 혼자 덜렁 서 있던 치프는 어쩔까 하다가 분위기를 맞춰주기 위해 천천히 몸을 숙였다.

—원사님, 어떻게 된 겁니까?

통신에 들리는 죠니의 목소리는 격앙되어 있었다.

“자네들보고 일부러 잡으라고 심어놓은 녀석이겠지. 역시 몸속에 폭탄을 넣고 있었어.”

—어떻게 아셨습니까?

"녀석은 약을 의심케 할 만큼 흥분한 상태였잖아? 말하는 꼴을 보니 완전히 맛이 갔던데? 게다가 아까 수송기에 타는 꼴을 보니 왼쪽으로 몸을 굽히지 못하더군. 외과 수술용 접착제를 과하게 쓰면 절개 부위의 근육이 마비되어 그런 꼴이 되지."

—예, 그렇죠.

죠니도 CCTV로 그 상태를 보고 확보하라는 지시를 내린 것이었다.

"무엇보다 난 그때 목성 식민지에서 저렇게 생긴 용병을 본 적이 없어."

죠니는 당황했다.

—그때 그 지역에 있었던 용병들의 얼굴을 기억하십니까?

"난 자네들도 기억하고 있어서 놈을 의심한 줄 알았는데?"

—예, 하마터면 저희가 죽을 뻔했군요. 하지만 미리 말씀해 주셨으면 더 좋았을 것 같습니다만…….

"기분 상했다면 미안해. 사탕이라도 찾아 먹으면서 기분 풀어. 통신 종료."

—사탕이요? 아, 사탕 좋죠. 알겠습니다, 원사님. 통신 종료.

조종석에 사탕, 즉 도청장치가 있을 거라는 암시를 주는 것으로 죠니와의 통신을 몰래 끝낸 치프는 허리를 두드리며 일어났다.

"어이쿠, 현장 분위기는 정말 험하네요."

그는 모든 헌터가 자신을 바라보자 어깨를 으쓱했다. 아까 현장 분위기의 험함을 강조했던 켈리는 공중 폭발로 시작한 경우가 처음이었기에 마음이 복잡해졌다.

"혹시 수송기에 이상한 거 놓고 내리신 분?"

치프의 질문에 헌터들이 수군거렸으나 답은 나오지 않았다.

치프의 그런 여유로부터 방금 엄청난 문제가 있었음을 역으로 느낀 포프는 마음을 더욱 단단히 먹었다.

"여러분, 방금 있었던 일 때문에 숲속의 상황이 바뀌었을 겁니다. 감지기 설치를 위한 정찰팀을 뽑겠습니다. 정찰팀 자원자분들은 앞으로 나와주시고 카발리오 아저씨께선 감지용 드론을 준비해 주세요."

포프가 헌터들에게 말했다.

"오우."

엄지를 든 카발리오에 이어 제법 날랜 몸집을 가진 헌터 몇명이 무리에서 걸어 나왔다. 그들 모두 포프와 알고 지내는 사이였기에 간단한 손짓과 가벼운 포옹 등으로 그녀와 인사를 나눴다.

치프는 정찰팀에 끼었고 카발리오 베리몬은 소형 드론을 무수히 띄우며 포프가 설치할 감지장치를 통해 숲속 상황을 파악할 준비를 했다.

포프와 치프를 포함한 정찰팀 총 아홉 명이 숲으로 들어갔다.

"사장님께선 대열의 6시를 맡아주세요."

최후방을 맡아달라는 의미였다.

작년에 포프가 6시라는 말을 듣고 허둥댔던 것을 떠올린 치프는 헬멧 속에서 미소를 지으며 왼손 엄지를 들었다.

여덟 명의 헌터와 한 명의 군인이 숲속을 빠르게 움직였다. 치프는 헬멧이 제공하는 숲의 정보와 헌터들의 움직임을 모두 확인하며 헌터들을 뒤쫓았다.

포프가 선두에 섰고 그녀의 바로 뒤쪽은 뱀 머리의 헌터가 맡았다.

머리 전체를 마스크로 감싸고 있었기에 노골적으로 뱀의 머리를 한 것처럼 보이진 않았지만 나뭇가지 사이를 지나는 유연한 몸짓은 인간과 많이 달랐다. 척추가 너무 유연한 나머지 상체와 복부, 하체가 따로 움직이는 것처럼 보였다.

그는 20년 넘게 사냥을 해온 자였고, 특히 숲에서의 사냥은 그의 전문이었다.

그런 그에게 있어서 자신을 앞서가는 포프의 모습도 놀라웠지만 뒤에서 온갖 것을 살피며 따라오는 치프의 모습도 거짓말 같았다.

'역시 보통 사람이 아니군. 이러한 환경에까지 익숙하다니, 믿을 수 없어.'

그를 비롯한 헌터들 전부가 포프의 손짓에 맞춰 몸을 숙이고 발소리를 낮췄다.

수풀 안으로 들어간 그들은 고철에 가까운 장비들을 껴입은 고블린 무리를 발견했다.

주둥이가 앞으로 불쑥 튀어나온 그 환상종들은 가진 장비 모두가 원시적이었지만 신체 상태만은 훌륭했다. 게다가 하나같이 눈이 초롱초롱했다.

—보통 놈들이 아니에요.

포프의 작은 목소리가 정찰팀 헌터들의 헤드셋에 들어왔다.

—신체 상태가 좋고 장비도 나쁘지 않아요. 지금까지 만난 고블린 가운데 가장 강한 놈들일지도 몰라요.

—놈들의 숫자는 열하나야, 포프 리더. 어쩌지?

뱀 머리의 헌터가 통신기를 통해 물었다.

—제가 직접 목표 지정을 하겠습니다. 사장님도 준비해 주세요.

—응.

치프는 노이즈 캔슬러를 장착한 소총을 들었다.

정찰팀 전원은 고글을 쓰거나 지향성 시각 보조 장치를 갖고 있었는데, 그들의 눈에 비친 고블린들의 머리 위에 붉은색 역삼각형과 헌터들의 이름이 떴다.

—아, 사장님은 어떻게 표시해 드릴까요?

포프가 물었지만 치프는 대답이 없었다. 불안감을 느낀 포프가 고개를 움직일까 하려던 찰나, 포프의 통신기가 울렸다.

—아, 미안. 잠깐 딴짓을 했어.

—하아… 사장님.

—하하, 난 그냥 치프라고 표시해 줘.

—알겠습니다.

치프의 목표까지 지정해 준 포프가 이윽고 수풀 밖으로 사라졌다. 그 시점부터 그 누구도 포프의 기척을 느끼지 못했다.

—셋, 둘, 하나.

포프의 카운트가 끝나자마자 헌터들의 석궁과 소음기 달린 사냥용 총이 일제히 탄체를 날렸다.

열한 명의 고블린 중에 여덟 명이 일제히 머리가 뚫리거나 화살이 박히며 쓰러졌다. 당황한 나머지 세 명의 고블린 위로 포프가 떨어져 내렸다.

양손에 든 전기충격기로 둘의 머리를 짚어 즉사시킨 포프는 나머지 한 마리의 얼굴에도 손을 뻗어 전기 쇼크를 먹였다.

"역시 포프 리더는 대단하군. 귀신같은 솜씨야."

뱀 머리의 남자가 수풀에서 일어났다.

포프를 본 그는 포프가 자신의 뒤편을 향해 눈을 휘둥그레 뜨고 있자 흠칫하여 뒤로 돌아섰다.

헌터들이 있는 장소 바로 몇 미터 뒤에 창칼을 쥔 고블린 열다섯 마리가 있었다.

그들의 접근을 몰랐던 헌터들은 긴장했지만 무기를 사용하는 자는 없었다.

그 고블린 모두가 머리에 구멍이 난 채 죽어 있었기 때문이다.

"녀석들 전부 구덩이에 숨어 있던데? 고블린이라는 놈들이 미끼를 던지고 매복한 경우는 없었나 봐?"

치프는 손에 든 소총의 탄창을 갈아 끼웠다.

"…예, 사장님."

포프는 아까 치프가 말했던 '딴짓'이 매복한 고블린들의 처리임을 깨닫고 안도의 한숨을 내쉬었다.

귀신같은 솜씨라며 포프를 칭찬했던 뱀 머리의 헌터는 진짜 귀신이라도 본 듯한 눈으로 치프를 쳐다봤다.

"감지기를 설치하겠습니다."

포프는 등에 멘 배낭에서 작은 막대를 꺼내 땅에 박았다.

감지기 설치를 끝낸 포프는 즉시 몸을 숙이고 기척을 숨겼다.

다른 헌터들도 자신들 뒤에서 고블린들이 죽었다는 사실 때문에 긴장하여 수풀 밖으로 고개를 내밀지 못했다.

'이 고블린들, 여태까지 나타났던 엉터리가 아니야. 매복 및 기습을 깨끗하게 성공시킨 병사들이라고!'

포프는 그렇게 판단했다. 그녀뿐만 아니라 정찰팀 헌터들 전원이 그 고블린들의 정체를 직감하고 바짝 긴장했다.

헌터 중 한 명은 숲의 상공에 떠 있는 저주스런 구조물, 브리치를 원망의 눈빛으로 올려다봤다.

—사장님, 어서 숨으세요!

포프는 나무에 기댄 채 서 있는 치프의 모습에 놀라 통신을 보냈다.

하지만 치프는 답신 대신 소총을 슥 들고 어딘가에 총을 쐈다. 소총에 붙은 노이즈 캔슬러의 기능 때문에 발사음은 물론 탄피가 땅에 떨어지는 소리조차 나지 않았다.

다음 순간 포프는 나무 위에서 노란색 물체가 툭 떨어지는 것을 봤다.

그것은 동물의 뿔을 깎아서 만든 신호용 나팔이었다.

포프와 헌터들은 모두 나무 위를 봤다. 머리에 총을 맞아 목 아래쪽만 남아버린 고블린이 나뭇가지 위에서 비틀거리다가 땅으로 떨어졌다.

치프는 그 뒤에야 수풀 속에 천천히 들어갔다. 그 느긋함은 괜한 멋이나 여유가 아니라 수풀과 옷이 마찰할 때 날 소리를 줄이기 위한 전술적 행동이었다.

'뎃디 부사장과는 다른 느낌으로 무서운 자로군.'

치프의 느슨한 모습에서 서늘함을 느낀 헌터들은 치프처럼 서서히 수풀 속에 숨었다.

—포프, 감지장치와 드론들 사이에 잡힌 데이터를 확인해.

치프가 그녀에게 통신을 보냈다.

—예, 사장님.

—일하는 중에는 간단히 치프라고 불러. 오파로아 언어로 '사장님'이라는 단어는 아홉 음절이라서 네 시간이 낭비되거든. 편하게 가자고.

—네, 치프.

그를 처음으로 치프라 불러본 포프는 가슴이 두근거렸다. 하지만 고글에 떠오른 감지 결과를 무시할 만큼 정신을 놓진 않았다.

그녀는 감지 결과를 이해할 수 없었다. 이상하게 수가 적었기 때문이다.

—고블린의 숫자가 스물이 안 돼요, 사장님. 아니, 치프! 이상해요!

—지금 감지기의 감지 방식이 뭐지?

—열 감지입니다!

—심박 감지 방식으로 즉시 변경.

방금 치프의 어투는 차가웠다. 그 차가움이 포프를 비롯한 정찰팀 헌터 전원의 정신을 환기시켰다.

—그러면 야생동물들의 신호를 거르기가 힘든데요?

—고생한 만큼 보람이 있을 거야.

—알겠습니다!

치프를 믿지 못할 이유가 없는 포프는 팔 보호대에 넣은 단말기를 조작하여 감지 방식을 바꿨다.

그 결과 아까보다 훨씬 많은 감지 신호가 감지됐다.

—이거 눈이 어지러울 정도군.

뱀 머리의 헌터가 통신채널 안에서 중얼거렸다.

—하지만 당신이 왜 심박 감지 방식을 택했는지 알 것 같구려, 사장. 야생동물들이 저렇게 대열을 맞춰 대기하거나 살살

이동하진 않으니까.

정찰팀 헌터들은 규칙적으로 배치된 신호들을 걸러서 보다가 한숨을 쉬었다.

—숫자가 못해도 60마리 이상이군. 그것도 감지 범위 내에 있는 녀석들만 따져서 말이야.

뱀 머리 헌터가 다시 중얼거렸다.

—포프 리더, 어쩌지?

뱀 머리의 헌터는 치프에게 할 뻔했던 질문을 포프에게 던졌다.

헌터들 사이에 존재하는 공동 사냥의 불문율에 따라 팀의 리더인 그녀를 존중하기로 한 것이다.

—사냥감의 규모와 특성이 예상에서 아예 벗어난 건 아니에요. 선발대 책임자로서 총책임자께 현재 정보를 전달하겠습니다.

—좋아. 그럼 다른 사람들은 주변 경계에 들어가세. 포프 리더, 잠깐 기척을 드러냈으면 좋겠는데?

—알겠습니다.

포프가 힘을 조절하여 기척을 드러내자 헌터들은 물론 전자기기들까지 포프를 인식했다. 포프의 어깨에 올라앉아 쉬던 날벌레까지 깜짝 놀라 날아올랐다.

뱀 머리 헌터가 정찰팀 차석으로서 다른 헌터들과 함께 포프를 감싸는 식으로 자리를 잡았다. 치프도 그들의 움직임에 맞춰 자리를 옮기고는 주변을 경계했다.

그때 치프가 숨은 수풀의 뒤쪽을 붉은색 옷차림의 미스 타리시아, 진 플레커가 사뿐사뿐 지나갔다.

마치 시간이 정지한 듯한 광경이었다. 그 어떤 헌터도 그녀를 감지하지 못했다. 그녀가 코앞을 지나가는 것마저 알아차리지 못하는 자도 있었다.

치프도 그냥 앞만 보고 있을 뿐이었다.

포프와의 거리가 가까워지면 가까워질수록 진의 독악한 미소가 더욱 진해졌다.

—선발대 책임 포프 베르자르가 총책임께 보고합니다. 현장 자료를 전송하겠습니다.

—음, 포프. 즉시 전송해.

데스디아의 목소리가 통신채널 안에 들렸다.

포프의 바로 뒤쪽에 자리 잡은 진의 소매에서 특수합금 소재의 쇠사슬이 내려왔다.

* * *

헤이파, 탈리케이아를 뒤에 앉힌 채 숲의 건너편에서 주력 공격대를 준비시키던 데스디아는 작은 전기밥솥처럼 생긴 플라즈마 프로젝터의 전원을 켰다.

공격대의 모든 헌터가 자료를 살필 수 있도록 돕기 위함이었다.

포프가 보내준 감지 장치의 결과물이 허공에 떠오르자 헌터들이 웅성거렸다.

"뭐지? 열 감지 자료가 아니잖아?"

"어떻게 구분하라는 거야? 어떤 게 야생동물이고 고블린인지 분간이 안 되는데?"

몇몇 헌터의 투덜거림을 깨끗이 무시한 데스디아는 팔짱을 낀 채 그 자료를 이리저리 살폈다.

"심박 감지 자료로군."

—예? 아, 네! 부사장님!

심박 감지 자료임을 얘기하려다가 데스디아에게 추월당한 포프는 반가운 목소리로 대답했다.

"감지 영역 내에 잡힌 고블린의 숫자는 정확히 64마리야. 하지만 지금 눈에 보이는 숫자는 의미 없지. 배치된 모습을 따졌을 때 녀석들은 숲에 익숙한 군대일 뿐만 아니라 훈련도 잘됐고 숫자도 적지 않아. 흠……."

데스디아의 허스키한 숨소리가 통신채널 안에 울렸다. 채널에 귀를 기울이던 헌터 중 몇몇이 바로 이 소리를 기다렸다며 속으로 기쁨을 토했다.

"저건 소수의 적 부대를 유인하여 포위하기 위해 사용하는 진형이야."

데스디아가 설명하면서 자신의 단말기를 만지작거렸다.

"우리 선발대를 자신들 틈으로 유인하여 가위처럼 조여들 준비를 하고 있는 거지. 우리 주력이 돕기 전에 격파하기 위해서 말이야."

—큰일 날 뻔했네요, 부사장님.

"그래, 더불어 녀석들은 우리 선발대의 머릿수와 진입 방향을 잘 아는 것 같군. 그걸 모르면 저렇게 대놓고 진을 짜진 못하지. 흥미로운데?"

—저 정보들만으로 그런 게 보여? 내 눈엔 그냥 점들이 무수히 찍힌 걸로 밖에 안 보이는데?

통신 채널 안에서 질문한 사람은 치프였다.

치프는 시가전이나 건물 제압 등의 소규모 전투에 익숙했다.

대규모라고 해도 기갑 전력과 항공 전력 등이 동원되는, 어찌 보자면 부자들이 가난한 자들의 하늘부터 틀어잡고 들어가는 분위기만을 알고 있었다.

그러나 데스디아는 칼과 창, 방패, 활, 그리고 기병 등이 동원되는 고대 방식의 대규모 전쟁에 익숙했다.

데스디아는 대답에 앞서 헤이파, 탈리케이아와 시선을 각각 마주한 뒤 손가락 두 개를 숲의 동쪽을 향해 뻗었다.

플라즈마 프로젝터가 뿌려주는 영상에 눈이 팔린 헌터들은 두 명의 전, 현직 워치프가 자신들 곁에서 홀연히 사라지는 것을 눈치채지 못했다.

"난 군단 단위의 전사들을 지휘해 본 적이 많아서 익숙해. 워치프라는 자리 자체가 군단장이잖아?"

—그럼 그 고블린이라는 놈들이 대체 몇 마리나 있을 것 같아?

플라즈마 프로젝터에 숲의 전체 지도가 떠오른 뒤 포프가 보낸 자료와 겹쳐졌다.

"정말 푸짐하게 쳐주면 500마리겠지. 이 숲의 규모로 봐서는 그게 한계야. 그 이상이 들어 있다면 병력의 움직임을 감출 수가 없어."

—그럼 열 감지에 걸리지 않는 놈들은 뭘까?

"땅속에 숨어 있을 거야. 놈들은 매복을 간단히 할 만큼 숲에 익숙한 놈들이지. 녀석들의 터전이 분명할 대형 숲… 그래, 강을 낀 정글이라고 하면 당신에겐 설명이 쉽겠군."

데스디아는 지구의 자연환경을 참고하여 계속 설명했다.

"그런 장소에는 시력보다는 열 감지 능력에 의지하는 중대형 동물이 많지. 그런 놈들을 피하거나 사냥하기엔 땅굴을 파는 능력만큼 좋은 게 없어."

—과연!

치프가 진심으로 감탄했다. 통신채널에서 그들의 대화를 듣던 헌터들은 치프가 그런 걸 정말 몰랐다는 사실이 잘 믿겨지지 않아 서로들 웅성거렸다.

"후후, 이제 좀 편하군."

—왜?

"요 며칠간, 그러니까 오늘 아침까지도 당신을 대하기가 불편했어."

—하, 내가 요즘 정 떨어질 짓을 좀 했지.

"아니. 더운 날에 생리 터진 여자애 같았거든."

통신채널을 듣던 공격대 헌터들이 순간 터지는 웃음을 필사적으로 참았다.

—그, 그래도 네가 그런 짓을 하는 것보다는 내가 하는 게 낫잖아?

치프가 말한 '그런 짓'은 고문과 잭팟의 기습적인 처리 등이었다.

"당신이 날 그렇게 아껴주는 줄은 몰랐네? 내가 파병 시절에 어떤 놈 눈알을 뽑고 그 자리에 고환을 대신 끼워줬다는 얘기를 했던가?"

통신채널과 공격대 헌터들 사이로 싸늘함이 스쳐 지나갔다.

—그거 설마 고문이었어?

"아니, 녀석은 입맛이 좀 각별한 전쟁 범죄자였지. 12세가 안 된 어린애의 살갗을 베이컨처럼 처먹는 놈이었어. 먹고 남은 부위는 내일 자신이 먹을 사람들한테 줬고."

—듣기만 해도 열이 오르는군.

"흠, 그보다… 다들 조용히 해."

데스디아는 왼쪽 귀에 낀 헤드셋의 볼륨을 최대로 높였다.

눈을 감고 숲의 소리를 듣던 그녀가 이윽고 눈을 부릅떴다.

"치프, 선발대 전체의 지휘 권한을 당신에게 넘겨주면 제대로 지휘할 수 있겠어?"

—헌터들의 지휘에는 자신 없는데? 난 이 사람들의 능력을 몰라.

"그럼 그 기자 계집년을 막아! 포프 바로 옆에 있어!"

*　　　　*　　　　*

데스디아의 고함에 치프는 소총을 들며 돌아섰다.

통신을 함께 듣고 있던 주변의 헌터들도 깜짝 놀라 포프 쪽으로 무기를 내밀며 일어났다.

그들은 포프를 쇠사슬로 묶은 진이 전력으로 질주하는 모습을 목격했다. 사슬에 몸은 물론 목까지 감긴 포프는 그녀와 함께 숲속으로 사라졌다.

둘의 기척은 금방 사라지고 말았다.

"젠장, 방금 뭐였지? 포프 리더를 구해야 하오, 사장!"

헌터들이 외치자 치프는 옆으로 돌아서면서 담뱃갑처럼 생긴 녹색 물체 10개를 서쪽으로 멀리 던졌다.

"지금은 우리 앞가림부터 하죠."

"사장?"

포프 걱정에 정신이 없던 뱀 머리 헌터가 그의 태도에 당황했다.

그러나 그는 치프를 탓하거나 뭔가 질문할 틈을 갖지 못했다. 20여 마리의 무장한 고블린이 서쪽 저편에서 괴성을 지르며 달려왔기 때문이다.

치프가 왼손에 작은 장치를 들고는 안전핀을 젖혔다. 군 경험이 없는 헌터들은 눈을 멀뚱거렸으나 그렇지 않은 자들은 기겁하여 귀를 막았다.

"주의! 격발!"

치프가 외치며 손에 든 격발 장치를 눌렀다.

그러자 그가 숲에 뿌렸던 담뱃갑들이 일제히 사람 허리 높이로 떠오르고는 고블린들을 향해 방향을 조절하더니 폭발했다.

그 녹색 상자들은 지향성 도약 지뢰로서, 아군이 아닌 존재들을 향해 방향을 맞춰 폭발하고 쇠구슬까지 뿌리는 살상 병기였다.

폭발과 동시에 터진 쇠구슬들이 고블린 대부분은 물론 숲의 일부까지도 쓸어버렸다.

고블린은 두 마리 정도만 멀쩡했고 그나마 숨이 붙어 있는 고블린들은 팔다리나 신체 일부를 잃어 병사로서의 의미를 상실한 상태였다.

격발장치를 땅에 버린 치프는 혼비백산한 고블린 생존자들의 머리에 소총탄을 박아 넣었다.

치프는 포프를 쫓을까 하다가 멀리 보이는 나무들이 인위적으로 움직이는 것을 보고 생각을 바꿨다.

"카발리오! 카발리오 베리몬 씨! 들립니까?"

—잘 들리오, 치프! 선발대 전원이 준비하고 있으니 뭐든 말하시오!

"지금 고블린 다수가 움직이고 있습니다! 정찰팀과 함께 후퇴해서 선발대와 합류하겠습니다!"

—잠깐, 포프는? 포프는 당신 곁에 있소? 우리가 당장 그쪽으로……!

"선발대가 대책 없이 이곳으로 들어오면 매복에 걸려서 다 죽습니다! 아저씨는 드론들을 더 풀어서 숲의 정보 수집에 주력하시고 우리가 갈 때까지 기다리세요! 포프를 믿으시고요!"

—아, 알겠소!

"정찰팀, 이동! 신발 밑에 동전이라도 숨겼나요? 어서 움직여요!"

정찰팀에게 소리친 치프는 숲을 달렸다. 모든 헌터가 주변을 살피며 그를 따라 뛰었다.

한편, 진의 사슬에 묶인 채 끌려가던 포프는 엮이기 직전에 반사적으로 꺼내 든 암살용 송곳 두 개를 사슬 사이에 찔러 넣고 비틀었다.

사슬이 끊김과 동시에 포프의 탈출을 알아챈 진은 바로 돌아서서 히트 블레이드를 꺼내 들었다.

포프 역시 송곳을 내려놓고 치프에게 받은 권총과 합금 적층식 나이프를 들었다. 나이프를 든 왼팔로 권총을 든 오른손을 받친 그녀의 자세에 진이 씩 웃었다.

"뭔가 UNSMC스럽네? 난 널 그렇게 가르친 적이 없었는데?"

"캠핑할 때 유용한 기술이라고 하셔서 때려쳤어요, 기자님. 아니었나요?"

진은 자신을 보고도 전혀 당황하지 않는 포프의 모습에 뭔가를 느끼고는 곧장 정색했다.

"작년에는 그냥 촌티 나는 계집애였는데 이젠 모든 게 네 엄마랑 똑같구나."

진이 눈에 쓴 붉은색 렌즈의 고글이 살기를 품고 빛났다.

"신장, 몸집, 그리고 그 집중된 눈빛… 하하, 토악질이 날 정도야!"

진의 고함도, 광기와 살기도, 그리고 그녀에 대한 궁금증조차도 포프의 머릿속에 들어오지 않았다.

지금 포프의 귀에 맴도는 것은 오늘 아침에 치프가 말해줬던 이야기뿐이었다.

'괜찮아! 예상 못 한 상대도 아니야!'

소녀와 처녀의 간격에서, 그녀는 그렇게 자신의 운명과 대적했다.

장소는 나무 사이의 간격이 좁은 숲이었다.

진은 그런 협소한 공간에서의 싸움에 능한 자였다.

나무를 차고 도약하거나 줄기의 반동을 이용하여 공격 속도와 압력을 높이는 기술은 그야말로 현란했다.

유인원이라기보다 곤충의 뜀뛰기에 가까운 그녀의 탄력은 실로 무시무시했다.

포프는 시작부터 그녀의 공세에 압도당했다.

하지만 목숨이 위태로울 정도는 아니었다.

권투에 비유하자면, 구석에 몰리긴 했지만 상대의 펀치를 모조리 피하는 놀라운 상황이었다.

'안드레이 녀석과 싸우는 바람에 몸에 무거워!'

진은 자신의 컨디션을 엉망으로 만든 안드레이를 저주했으나 움직임 자체에는 아무런 무리가 없었다. 집중력도 훌륭했다.

서로의 팔다리가 교차하고 칼날이 옷을 스치는 등 접전이 펼쳐졌다. 신장과 체중에서 둘은 거의 비슷했고 순발력은 포프가, 기술은 진이 더 좋았다.

어느 순간 진의 히트 블레이드와 포프의 나이프가 충돌했다.

나이프 파이팅에서 양측의 칼날이 정면으로 부딪히는 것은 우연을 제외하면 나올까 말까 하는 일이었다.

이유는 간단했다. 칼날의 면적이 방어용으로 쓰기에는 부족하기 때문이다.

포프는 거기서 상대와 자신의 기량 차이를 실감했다.

진은 히트 블레이드로 포프의 나이프를 잘라서 그녀의 전의를 상실시키고 살집과 내장을 편하게 분리시킬 생각이었다.

하지만 막상 부러진 것은 히트 블레이드였다.

오늘 아침 권총과 함께 지급받은 포프의 나이프는 연기만 조금 날 뿐, 멀쩡했다.

'칼날의 수명이 벌써 다됐나?'

발차기 등으로 포프와의 거리를 벌린 진은 소매에서 새로운 히트 블레이드를 꺼내 꽉 쥐었다.

히트 블레이드의 칼날이 주황색으로 달아올랐다.

몇 번의 공방전 끝에 포프의 나이프와 진의 히트 블레이드가 다시 충돌했다. 히트 블레이드는 이번에도 부러지고 말았다.

'역시 사장님께선 이 여자가 저런 무기를 들고 올 걸 알고 계셨어!'

진이 당황하는 사이 포프는 침착하게 상대의 몸통을 노리고 사격했다. 권총에 붙은 노이즈 캔슬러 기능으로 인해 진은 포프의 손가락이 까딱거리는 것만 볼 수 있었다.

가슴팍에 두 발을 맞은 진은 남은 하나의 히트 블레이드를 포프의 얼굴 쪽으로 던졌다. 그것까지 나이프로 쳐서 부러뜨린 포프는 진의 가슴 쪽을 봤다.

탄두가 한 발을 제외하고는 진의 코트에 껌처럼 눌린 채로 달라붙어 있었다.

"놀랐지? 이거 꽤 비싼 방탄 코트야. 생긴 건 싸구려 우비지만."

탄은 막았으나 충격까진 막지 못했는지 진은 히트 블레이드 대신 큼직한 강철 나이프를 약간 불편한 모습으로 꺼내 들었다.

'전자방어막이 소실됐어. 처음 한 발을 막자마자 터졌다고! 안드레이 녀석 탓이야!'

진에게 있어서 안드레이는 저주의 대상이었다. 그리고 판세를 여기까지 꾸며 버린 치프는 공포였다.

'그 사장 녀석을 상대로 장난치지 말았어야 했어. 심리적으로 압박한답시고 일을 벌였다가 오히려 나만 손해를 보고 있잖아? 다른 건 다 그렇다 쳐도 내가 히트 블레이드를 사용한다는 사실만 마지막까지 숨겼다면 일이 이렇게까지 복잡해지진 않았을 거라고!'

포프는 진이 움직이지 않자 호흡을 조절할 겸 입을 열었다.

"엄마를 왜 미워하시는 거죠?"

포프가 물었다.

진은 자신이 그렇게 만만해 보이냐며 소리를 지르고 공격할까 하다가 가슴에 들어온 충격이 가실 때까지 포프의 질문에 어울려 주기로 했다.

"네 엄마, 스위트 베르자르는 내 은인이야. 빈민가에서 부모님께 매를 맞으며 살던 나를 자매단으로 데려가 보살펴 줬지. 부모님은 얼마 못 가 죽었어. 혁명가들이 전제군주제가 다시 설 오파로아에 시궁창 쥐들이 살 곳은 없다며 빈민가에 불을 질렀거든."

"그 사건, 학교에서 배운 기억이 나요. 다라비아 방화 사건이죠?"

"똑똑하네. 어쨌거나 당시 네 엄마와 자매단 간부들이 거둔 여자아이의 수는 100명이 넘었어. 난 그중에서도 독보적인 실력을 갖게 됐지. 내가 모든 시험을 마치자 네 엄마가 직접 나에게 암살의 모든 기술을 가르쳤어. 아, 네 엄마가 마스터 어쌔신이라는 얘기는 들었겠지?"

"예. 반달리온에게서요."

"아, 그래. 반달리온. 그 녀석은 자신에게 주어진 일을 지나치게 즐겼지. 조금만 더 놔두면 스위트 베르자르와 불륜이라도 저지를 분위기였어. 그래서 내가 좀 도와줬단다."

도와줬다는 진의 말에 포프의 표정이 사나워졌다.

"…엄마의 아킬레스건을 끊은 게 당신이었나요?"

"맞아. 실은 그 자리에서 죽여 버리고 싶었지만 그 여자도 뭘 모르는 것 같아서 내버려 뒀지. 몇 분 이따가 보니까 정말 걸작이 찍혔어. 스위트 베르자르가 절망한 채로 폭사하는 꼴은 최고였다고!"

포프는 울컥했지만 감정을 억눌렀다.

"엄마가 몰랐다니, 뭐였죠?"

"흠… 그래, 자유의 어둠에 대한 거였어."

진은 포프의 사격에 대비해 나무 뒤로 돌아들어간 후 기척을 감췄다. 포프도 기척을 감추고 수풀 속에 들어가 몸을 숨겼다.

"네 엄마는 날 정말 정성껏 가르쳤지. 매일같이 나에게 자유의 어둠을 이을 후계자라고 불러줬어. 그땐 정말 기뻤는데, 나중에 진실을 알았을 때는 정말 찢어 죽이고 싶었지!"

진은 기척이 드러나든 말든 상관치 않고 칼자루 끝으로 나무를 퍽 쳤다.

"우리는 오파로아 행성에서의 혁명을 막고 각자 일상으로 돌아갔는데, 얼마 이따가 자매단 몇 명이 우주연합 군부에 잡혀서 죽었다는 말을 들었어. 당연히 복수하러 갔지만 헬터스크라는 녀석에게 간단히 붙잡혔지."

"헬터스크에게? 그도 드래곤이라는 말을 얼마 전에 들었는데요?"

"그런 것 따위는 중요하지 않아. 헬터스크는 이번에도 자유의 어둠과 관계없는 녀석이 나타났다며 날 죽이려 했어. 난 내가 자유의 어둠을 이은 자라고 했지만 헬터스크는 헛소리 말라고 하더군. 설득력이 있었지. 우리의 은신이 그 녀석에겐 전혀 통하지 않았거든."

진의 거친 숨소리가 포프의 귀에 들려왔다.

"자유의 어둠은 훈련 따위로 이어지는 힘이 아니라는 거야! 무조건 혈연을 따라 이동한다며 날 비웃었지! 결국 난 시키는 대로 하겠다며 녀석에게 빌었고, 덕분에 스위트 베르자르가 나와 자매들을 훈련시킨 이유까지 알게 됐어!"

진의 고함이 숲의 일부에 쩌렁쩌렁 울렸다.

"그 계집은 자기 딸들이 자유의 어둠을 잇지 못하도록 다른 사람들을 훈련시킨 거라고!"

"네?"

"누구한테 들었는지는 모르겠지만 가장 강력한 오파로아인에게 자유의 어둠이 이어진다고 믿었던 거야! 근거도 없이!"

"……."

"그 계집은 죽기 직전에야 반달리온에게 설명을 듣고 나서야 자신이 헛짓했다는 걸 깨닫더군. 불쌍할 정도로 무식했지."

진의 목소리에 웃음이 섞였다.

"이 자리에서 네가 죽으면 둘째가, 둘째가 죽으면 셋째가 그 힘을 잇겠지. 셋째까지 죽으면 어찌 될까? 너희 친척에게 전해질까? 뭐, 상관없어. 엠페라투스가 깨어나면서 자유의 어둠은 의미를 잃었으니까. 하지만 나와 자매들의 인생을 망쳐놓은 베르자르의 핏줄은 전부 말려 버릴 거야! 내 손으로!"

진이 입을 벌리고 한탄했다.

"하아, 하지만 아쉽기도 해. 난 끝까지 그 계집의 전투 능력과 은신 능력을 넘어서지 못했어. 나와 자매단의 은신은 드래곤들에게 가볍게 발각됐지만 스위트 베르자르는 헬터스크뿐만 아니라 반달리온까지 갖고 놀았지. 존경스러울 정도로 증오스럽다고 하면 얼추 맞겠네."

다음 순간, 스위트 베르자르의 지독한 훈련이 이번에도 진을 구해주었다.

칼날이 피부에 닿자마자 반사적으로 몸을 튼 진은 수풀 속에 몸을 숨겼다.

그녀는 수풀 사이로 보이는 포프의 모습에 경악했다. 그녀는 권총 대신 마체테를 오른손에 든 채 자신을 노려보고 있었다.

진은 몇 번이고 눈을 깜박거렸다. 포프가 대놓고 서 있는데도 흐릿하게 보였기 때문이다. 포프가 거기에 있다는 사실을 아예 잊을 뻔하기도 하고 초점도 잡지 못했다.

은신한 오파로아 행성인을 보는 법에 대해 훈련받지 못했다면 그녀는 다른 헌터들이나 전자 기기들처럼 포프를 놓쳤을 것이다.

'뭐야, 저 은신 능력은? 설마 알타이르의 계집들에게 배운 건가?'

그러나 진이 데스디아를 포함한 알타이르의 전사들을 떠올린 것은 그때 한순간뿐이었다.

그녀는 그보다 훨씬 더 비슷한 느낌의 소유자를 과거에 본 일이 있었다.

바로 포프의 어머니, 스위트 베르자르였다.

"며칠 전부터 비누 대신 세척기로만 몸을 씻었으니 냄새로 추적할 생각은 하지 마세요."

"……."

"기자님 말씀대로 이렇게 끝내 버리면 미련이 남겠네요. 엄마를 무슨 말로 꾀어내서 해를 입히신 거죠?"

포프가 말하는 사이에 진은 자리를 수없이 옮겼다. 그러나 진을 노린 포프의 마체테는 그를 끝까지 쫓아 움직였다.

진은 자신의 은신이 의미가 없다는 사실을 확인하기 위해 작은 단검을 던졌다. 그러자 포프는 어깨의 방탄 소재 보호구로 단검을 튕겨냈다.

'내 은신이 통하지 않아?'

은신을 이용한 기습으로 모든 걸 끝낼 생각이었던 진은 계획을 바꿀 수밖에 없었다.

'저것이 자유의 어둠을 가진 자의 능력이란 말인가? 오파로아 행성인의 잠재 능력과는 근본적으로 달라! 왜 저 계집의 목소리가 내 귀에 들리는지를 이해하지 못하겠어! 빌어먹을!'

그녀는 포프 모르게 자신의 몸에 주사를 놓으며 일어났다.

"반달리온이라는 드래곤이 자신을 쫓고 있다고 너희 엄마가 연락을 한 적이 있어. 난 일단 만나서 얘기하자고 했지. 그 자리에서 자신을 도와달라는 말은 하지 않더군. 그 계집은 자신의 신변보다 자유의 어둠에 대한 걱정이 더 컸어. 난 '당신이 깔끔히 죽는 수밖에 없다'고 말했지. 자유의 어둠은 현세대 마스터 어쌔신인 내가 이어나가겠다고 맹세했고 말이야."

그녀가 수풀 밖으로 완전히 몸을 드러냈다.

그녀가 정면으로 승부해 올 거라 생각한 포프 역시 은신을 풀었다. 진은 포프의 모습이 그제야 눈에 보이자 기가 차서 웃음조차 나오지 않았다.

“기자님께서 현세대 마스터 어쌔신이라면, 자매단은 아직 존재한다는 뜻인가요?”

“나처럼 헬터스크에게 항복한 자들만 남아 있어. 거부한 자는 내가 다 죽였지.”

“…엄마는 그런데도 당신을 믿으신 거군요?”

“내가 배신한 줄은 몰랐을걸? 네 엄마는 반달리온에게 추적당하는 중이라서 다른 자매들에게 정보를 얻는 건 불가능했을 거야. 만약 알아차렸다면 너처럼 비누를 바꾸지 않았을까?”

“…….”

“암살자답게 멋지게 끝내고 싶었지만 나와 베르자르 가문 사이엔 뭔가 있는 것 같구나, 포프. 암살은 됐어. 다시 정면 승부야!”

길이가 좀 긴 강철 나이프를 오른손에 쥔 진이 포프 쪽으로 섬광탄을 던진 후 달려갔다.

섬광탄의 폭발과 동시에 긴 나이프를 휘두른 진은 자신의 나이프가 포프의 마체테에 막히는 걸 보고는 즉시 왼손의 히트 블레이드를 움직였다.

히트 블레이드는 이번에도 치프가 준 나이프와 충돌하자마자 쪼개지고 말았다.

진은 히트 블레이드가 쪼개질 때 나이프로부터 오색의 불똥이 튀는 것을 목격했다.

‘나노입자 적층식 나이프? UNSMC 녀석들이 귀찮은 걸 선물

했군!'

포프는 섬광탄이 터지기 직전부터 감고 있던 눈을 그제야 뜨고 반격에 나섰다.

하지만 포프는 이상하리만치 진을 맞추지 못했다.

진은 뭔가 믿는 구석이 있는지 반격에 신경 쓰지 않고 마음껏 공격했다. 그러나 포프의 놀라운 순발력과 방어 기술에 막혀 이렇다 할 결과를 얻진 못했다.

"1년 만에 정말 강해졌구나, 포프 베르자르! 여기서 네가 죽으면 다음은 네 동생들 차례라는 게 신경 쓰여서 그런 거니? 하하하하!"

진은 자신이 공격할 땐 조용했고 포프에게 공격받을 때는 무슨 쉬는 시간처럼 소리까지 질러대며 여유를 즐겼다.

포프는 자신의 공격이 빗나가는 것보다 진의 체력이 신경 쓰였다.

'기자님의 호흡이 일정해! 난 제법 힘든데… 설마 이게 경력자와 아마추어의 차이인가?'

그녀는 진의 운동량을 생각해 봤다.

옷과 사용하는 무기는 무거웠고 동작은 화려했다. 치고 빠지는 속도, 가끔씩 섞는 은신, 나무 사이를 밟고 도약하는 동작 등등.

운동량에 있어서 진은 포프의 배에 달했다. 그런데도 그녀는 지친 기색 하나 없었다.

정면 승부를 선언하기 전에 진이 자신에게 투여한 약은 몸의 스태미나를 폭발적으로 증가시키는 효과가 있었다.

포프는 자신의 뒤통수를 노리고 들어오는 진의 공격을 왼손 나이프를 쥔 주먹으로 후려쳐서 막아냈다. 뒤이어 돌려차기와 베기로 반격했다. 하지만 포프의 반격은 이번에도 가볍게 빗나갔다.

"기자님, 혹시 이상한 약이라도 쓰셨나요?"

"응? 아, 맞아. 이곳에 오기 전에 이상한 놈이랑 싸우느라 좀 다쳤거든. 그래서 주사를 좀 맞았어. 마약은 아니니 이상하게 보지 마. 앞으로 20분 정도 지나면 난 지쳐서 드러눕겠지. 하지만 그 시간이면 충분해. 내가 너한테 공격을 받을 일은 절대 없을 테니까!"

진이 맹수처럼 포프에게 달려들었다.

포프는 다시 방어에 몰두하며 생각했다.

'약에 의한 효과라면 체력의 우위 따윈 생각하지 말아야 해. 그런데 어떻게 저렇게 자신감 있게 얘기할 수 있지? 사장님이랑 대련할 때도 이런 느낌이었는데, 내가 어설퍼서 그런 걸까?'

치프와의 대련을 떠올린 포프의 왼팔이 문득 움찔했다.

'넌 이상할 정도로 오른손이 먼저 나가는 경향이 있어.'

어제 들었던 치프의 조언이 밤하늘 속에서 터진 조명탄처럼 포프의 의식을 일깨웠다.

갑작스런 백 핸드 스프링으로 진과의 거리를 확 벌린 포프는 땅을 짚은 자신의 두 발을 의식적으로 움직였다.

'어떻게든 해야 돼!'

그녀는 오른발이 앞으로, 왼발이 뒤로 가도록 자세를 바꿨다. 평소의 반대였다.

'저 계집이 왼손잡이 흉내를?'

돌진하는 도중 움찔한 진은 조명탄을 던졌다. 그것을 마체테의 넓은 칼날로 사뿐히 받아내 뒤로 던져 버린 포프는 뒤편에서 터지는 조명탄 섬광을 무시하며 진을 공격했다.

그녀의 왼손 공격이 진의 코트를 제법 깊게 스쳤다. 효과를 확인한 포프는 한 번 더 공격하기로 했으나 진이 그녀의 뒤편을 노리고 뛰어오르는 게 먼저였다.

진은 손바닥으로 포프가 등에 남겨둔 마체테를 손으로 건드렸다. 자동 개방형 칼집이 마체테를 떨구도록 하기 위함이었다.

어제 치프가 성공했던 것과는 달리 칼집은 열리지 않았다.

'생체 등록을 했다고? 언제?'

돌아선 포프는 왼손으로 칼집에 끼워둔 마체테를 풀어 손에 들었다.

포프의 왼손에서 시작된 공격이 진의 코트를 뚫고 폐까지 들어갔다. 뒤이어 오른손의 마체테가 진의 가슴을 깊숙이 베었다.

두 번의 공격에 피를 토한 진은 땅에 쓰러졌다.

"여, 여리구나… 포프 베르자르."

"……."

"스위트 베르자르였다면 두 번째 공격으로 내 목을 잘랐을 거야. 넌 암살자로서… 불합격이야."

"암살자가 될 생각은 없어요. 그쪽 세계는 알고 싶지도 않아요."

포프는 입가를 가린 방진마스크를 내리며 숨을 돌렸다.

"저는 저대로 살아갈게요. 당신은 암살자인 채로 눈을 감으세요."

"하, 하하……!"

바람에 재가 날리듯, 진의 온몸에서 검은색의 기운이 고속으로 올라왔다.

그 현상은 숲 위에 떠 있는 브리치와 반응했다.

"그래서 네가 애새끼라는 거야!"

진의 고함에 움찔한 포프는 뒤를 돌아봤다. 얼마 전에 벙커 앞에 나타났던 환상종, 헤라클레스가 브리치로부터 고속으로 떨어지더니 두툼한 집게발을 그녀에게 내뻗었다.

포프는 마체테를 교차하여 막아내려 했으나 의미가 없었다. 타격에 위로 붕 뜬 포프를 맞이한 것은 또 다른 헤라클레스의 집게발이었다.

배구공을 치듯 포프를 땅에 내려친 헤라클레스는 브리치로부터 속속 내려오는 헤라클레스들과 케이론을 한 번 보고는 포프 쪽으로 걸어갔다.

"참으로 한심하군, 미스 타리시아. 혼자 처리할 자신이 있다고 방방 떠들더니 결국 우리를 부른단 말인가?"

"닥치고 그 계집이나 찢어 죽여. 내가 보는 앞에서 처먹으라고!"

진은 코트에서 응급주사를 꺼내 몸에 찔렀다. 포프에게 당한 상처가 빠른 속도로 재생되었다.

제법 큰 부상을 입은 포프는 오른손에 든 마체테를 봤다. 칼날이 부러져 있었다.

'남은 무기가… 권총이랑 작은 단검 몇 개뿐이야. 이런 걸로는 헤라클레스와 케이론을 상대할 수 없어. 하다못해 은신이라도 쓸 수 있었다면 좋았을 텐데……!'

땅에 누운 채 기침한 포프의 입에서 핏물이 튀었다.

'이건 아니야! 엄마의 묘를 만들어 사죄하고 아빠를 죽인 녀석도 찾아내야 해. 동생들도 지켜야 하고!'

그녀는 왼손의 마체테를 놓은 뒤 하늘을 향해 손을 들었다. 그에 대응하듯 케이론 한 마리가 플라즈마 광선검을 팔뚝에서 뽑으며 그녀에게 다가갔다.

'이런 식으로 죽을 순 없어!'

포프가 왼쪽 손목에 낀 검은색의 팔찌가 번쩍 빛났다.

뒤이어 육중한 굉음이 헤라클레스와 케이론, 그리고 진이 있는 숲을 흔들었다.

드래곤의 형태로 나무를 짓밟으며 착지한 존재, 회색의 반달리온은 꼬리로 자신의 뒤편에 위치한 헤라클레스와 케이론, 그리고 나무들을 싹 걷어버렸다.

그가 나타나면서 밀어냈던 공기는 폭풍이 되어 돌아와 숲을 흔들었다.

반달리온은 분노한 눈으로 진을 노려봤다.

"나중에 헬터스크를 만나면 한마디 해야겠군. 나와 스위트베르자르의 승부를 끝내 버린 자가 너였나?"

"반달리온? 네가 어떻게……?"

진은 이 상황을 믿을 수가 없었다.

반달리온의 눈이 더욱 밝게 빛났다.

"이렇게 좋은 느낌으로 화가 나는 건 처음인 것 같군. 멀쩡한 모습으로 죽을 생각은 버려라, 미스 타리시아!"

『그라니트 : 용들의 땅』 5권 끝